ティアムーン帝国物語 VII

TEARMOON EMPIRE STORY

断頭台から始まる、姫の転生逆転ストーリー

WRITTEN BY NOZOMU MOCHITSUKI

餅月望

TOブックス

サンクランド王国
Sunkland Kingdom
王都
セントノエル
学園
公都
ノエリージュ湖
聖ヴェールガ公国
Principality of
Saint Veirga
王都
レムノ王国
Remno Kingdom
辺土
N
未開地

Tearmoon Empire Story World Map
ギルデン
辺土伯領
ティアムーン帝国
Tearmoon Empire
帝都
新月地区
ガヌドス港湾国
Ganudos
Port Country
初期帝国領土
(中央貴族領地群)
ガレリア海
セイレント
静海の森
ルドルフォン
辺土伯爵領
ペルージャン農業国
Perugian
Agricultural country

contents

第三部　月と星々の新たなる盟約III

第四部　その月の導く明日へI

CHARACTERS

ティアムーン帝国

仇敵

ミーア

主人公。帝国唯一の皇女で
元わがまま姫。
が、実はただの小心者。
革命が起きて処刑されたが、
12歳に逆転転生（タイムリープ）した。
ギロチン回避に成功するも
ベルが現れ……!?

孫と祖母

ミーアベル

未来から時間遡行してきた
ミーアの孫娘。通称「ベル」。

仇敵

革命

ルドルフォン辺土伯家

ティオーナ

辺土伯家の長女。
ミーアを慕っている。
前の時間軸では革命軍を主導。

セロ

ティオーナの弟。優秀。

仇敵

ルードヴィッヒ

少壮の文官。毒舌。
信奉するミーアを
女帝にしようと考えている。

アンヌ

ミーアの専属メイド。実家は
貧しい商家。ミーアの忠臣。

ディオン

帝国最強の騎士。
前の時間軸ではミーアを処刑。

サフィアス

ブルームーン家の長男。
ミーアにより生徒会入りした。

四大公爵家

ルヴィ

レッド
ムーン家の
令嬢。
男装の麗人。

シュトリナ

イエロームーン家の
一人娘。
ベルにできた
初めての友人。

エメラルダ

グリーン
ムーン家の令嬢。
自称ミーアの
親友。

※ ――― 未来の時間軸での関係性　※ ………… 前の時間軸での関係性

サンクランド王国

キースウッド

シオン王子の従者。
皮肉屋だが、
腕が立つ。

シオン

助力

第一王子。文武両道の天才。
前の時間軸ではティオーナ
を助け、後に断罪王と
恐れられたミーアの仇敵。
今世ではミーアを
「帝国の叡智」と認めている。

［風鴉（かざがらす）］ サンクランド王国の諜報隊。

［白鴉（はくあ）］ ある計画のために、風鴉内に作られたチーム

聖ヴェールガ公国

支援

支援

ラフィーナ

公爵令嬢。セントノエル学園の
実質的な支配者。
前の時間軸ではシオンと
ティオーナを裏から支えた。
必要とあらば笑顔で人を殺せる。

［セントノエル学園］

近隣諸国の王侯貴族の子弟が
集められた超エリート校。

レムノ王国

アベル

王国の第二王子。前の時間軸
では希代のプレイボーイとして
知られた。今世では、
ミーアに出会ったことで
真面目に剣の腕を磨いている。

［フォークロード商会］ クロエ

いくつかの国をまたぐ
フォークロード商会の一人娘。
ミーアの学友で読書仲間。

混沌の蛇

聖ヴェールガ公国や中央正教会に仇なし、世界を混乱に陥れようとする破壊者の集団。歴史の裏で暗躍するが、詳細は不明。

STORY

崩壊したティアムーン帝国で、わがまま姫と蔑まれた皇女ミーアは処刑されたが、
目覚めると12歳に逆戻りしていた。第二の人生でギロチンを回避するため、
帝政の建て直しに奔走。かつての記憶や周囲の深読みで革命回避に成功する。
だが、未来から現れた孫娘・ベルから思わぬ一族の破滅と、自分が暗殺されることを知らされてしまう。
回避のためには、帝国初の女帝になる必要があるらしく……？

イラスト――Gilse
デザイン――名和田耕平デザイン事務所

第三部
月と星々の新たなる盟約Ⅲ

THE NEW OATH BETWEEN THE MOON AND THE STARS

第一話　皇女ミーアの放蕩祭り　前　～食いしん坊ですか？　いいえ、矜持です～

聖夜祭の日、ベルの誘拐から始まった危険な陰謀の夜を越え、無事にシュトリナを助け出し……、さらにはイエロームーン邸で、歴史的な会談を終えて後、ミーアは、帝都ルナティアへの帰路を急いでいた。

パカラ、パカラッと馬車に揺られながら、ミーアは頬杖をついて、物憂げな顔をしていた。

「あっ、ミーアさま、ほら、ルナティアが見えてきましたよ」

久しぶりの帰郷とあって嬉しげなアンヌ。そんなアンヌに笑みを向けつつも、ミーアは、ローレンツとの会話を思い出していた。

――結局、核心部分までは、まだ遠いように思えますわね。

ローレンツの口から出てきた蛇の巫女姫なる人物……。そして、その人物が持つという蛇の聖典、地を這うモノの書。

結局、得られた情報は、そういうものが〝ある〟というだけの話であって、いまいち状況は進展したとは言い難かった。

ローレンツがもっと深く蛇に傾倒していれば、より多くの情報が得られたかもしれないが、最初からあまり従順でなかった彼は、巫女姫に会ったこともないのだという。

「さて、蛇のことをなんとかできるのは、いつになることやら……」

「ミーアさま？」

ふと気付くと、すぐ目の前にアンヌの顔があった。心配そうにミーアの顔を覗き込んでいる。

「あの、ミーアさま、どうかなさいましたか？」

「ああ……いいえ、なんでも……」

慌てて、誤魔化すような笑みを浮かべかけて……、そこで思い直す。

――そう言えばアンヌにもずいぶんと心配かけてしまいましたし……。ここは素直にお話ししようかしら……。

アンヌに隠し事をするのは悪いような気がしたから、ミーアは自らの心の内を話すことにした。

「イエロームーン公から、ずいぶんと大変なことを聞いてしまいましたわ。結果、敵の大きさや得体の知れなさが際立つばかりで、ほとんど得るものがなかったな、と少し気落ちしてしまったんですの」

「ミーアさま……」

アンヌは一瞬黙り込むが、すぐに首を振った。それから、ぐっと両手の拳を握りしめて……。

「胸を張ってください、ミーアさま。シュトリナさまは、救われました」

力強く、言った。

「ミーアさまがいなければ、シュトリナさまも、ローレンツさまも救われませんでした。だから、胸を張ってください。ミーアさまは胸を張るべきです」

その言葉に、ミーアは反射的に後ろを見た。彼女たちの馬車についてくる二台の馬車のことを。

そのうち一台には、シュトリナとベルが乗っていた。

バルバラとのことですっかり消耗してしまったシュトリナ。そんな友人を励ますために、ベルが、帝都に同行することを提案したのだ。

——ふむ……、なるほど。言われてみれば確かにそうですわ。そこまで悲観するべきではないかもしれませんわね……。リーナさんを助け出せただけでも今回はよしとするべき。いいえ、むしろ、今回の目的はそれだったのですから、かえっておまけの情報まで得られたと考えるべきではないかしら？　死んでいたかもしれない〝茸馬の友〟を助け出すことができたのだ。

そのうえ、イエロームーン公爵を味方につけることができた。

彼が国外に脱出させていた帝国貴族たちも、どうやら優秀な者たちのようだし、呼び戻すことができれば、きっと力になってくれることだろう。

これからの大飢饉の時代に、それはなんとも心強いことだった。

——それに、美味しいタルトやクッキーも食べられましたし……欲を言えば、もう一、二枚と言わず、五、六枚食べたかったですけど……。

なんだか、気持ちがスッと軽くなるミーアである。切り替えが早いところがミーアのいいところなのだ。

「そう、ですわね……。うん、悩んでいても仕方のないことかもしれませんわ」

ミーアは笑みを浮かべて、アンヌに言った。

「ありがとう、アンヌ。少しですけど、元気が出ましたわ」

「はい。ミーアさまは落ち込まれてるのは似合いません」

「あとは……、ラフィーナさまのところに送ったバルバラさんがなにか話してくれれば……。うふふ、毎日、お説教だなんて、さぞや嫌がることでしょう……あら？」

とそこで、帝都の街並みに目をやったミーアは気付いた。

大通りには、いくつもの出店が立ち並び、町はいつも以上に華やかさを増していた。

人の数も普段より多く、賑わいが帝都一帯を包んでいるかのようだった。

「ああ……、準備が進んでますわね」

ティアムーン帝国、年末の風物詩「皇女ミーアの生誕祭」。

今年も、その準備は着々と進んでいるようだった。

全五日の日程で行われるそのお祭りは、近隣国の貴族も招待される盛大なものだ。

ミーアもいろいろな貴族に挨拶回りをしなければならない。なにしろ、生誕祭の主役なので、大忙しなのだ。

以前は……、ミーアはそれをちょっぴり疎(うと)ましいものだと思っていた。

いろいろな貴族のもとを訪れて、たくさんの祝福を受ける……、それを面倒に感じていたのだ。

けれど、今のミーアは知っている。それは、とっても贅沢(ぜいたく)なことであったのだと……。

たくさんの人に誕生日を祝ってもらって、お腹一杯美味しいものを食べるということ。

それは、とても幸せなことだったのだ。

毎日のように美味しいものを食べて、それを当たり前のことだと考えていた時には決して気付かなかったことなのだけど……。

そう、だから、ミーアがいつもたくさん食べるのは、決してミーアが食いしん坊だからではないのだ。食いしん坊だからでは決してないのだ。断じて食いしん坊だからなどではないのだ！

残すなんてことはできない、と、いつでも感謝してすべてを平らげるようにしているのである。

信念と矜持があるのだ！　……FNY（ふにゃ）リストとしての。

そんな残さず食べる主義のミーアにとって、自身の生誕祭は感謝して喜ぶべきものではあるのだが……、同時に少々悩ましいものでもあった。

なぜなら……。

――やっぱり、もったいなくはありますわね……。

ミーアは知っている。

誕生祭の時、ミーアがお呼ばれする先では、大量の余った食べ物が廃棄されているのだということを。

貴族というのは、見栄で生きるものだ。

そして、どれだけの食べ物を集め、無駄に捨てられるかというのは、その者の力と気前の良さを表すものだと考えられている。

この時期、帝国貴族たちは、みながみな、競って豪勢な宴会を催すのだ。皇女ミーアの誕生を祝うために、皇帝に、ミーアに、そして周囲の者たちに、精いっぱいのアピールをするのだ。

が……、

――そういえば、この時に捨てた食べ物があればって、何度も思うことになりましたわね。

ミーアは、久しぶりに前の時間軸のことを思い出した。
それはミーアが革命軍の手に落ちる半年前の出来事だった。

その日、ミーアは閑散とした宮殿内を歩いていた。各部を眺めながら、ミーアは深々とため息を吐いた。

「あの美しかった白月宮殿が、このように活力を失ってしまうなんて……。考えたこともありませんでしたわ」

彼女の後に付き従う者はただ一人。メガネの青年文官、ルードヴィッヒ・ヒューイットのみだった。

そのままバルコニーに出たミーアは、そこから帝都の街並みを見下ろしつつ、再び盛大にため息を吐いた。

「帝都も酷い状況ですわね」

「未来が見えていないことが一番の問題です。大飢饉に疫病、ルールー族との内戦、各地の暴動……。あまりにも絶望が大きすぎて、明るい未来が見えない。みな生きる気力を失い、自暴自棄になっています」

ルードヴィッヒの言葉を聞きながら、ミーアは嘆きの独り言をこぼす。

「なんてことですの……。たった二年前のわたくしの誕生祭の時には、あんなにも食べ物が余っておりましたのに……。捨てるほどあった食べ物は、どこへ消えたというんですの……？」

今や、ミーア自身が食べるのに困るような状況である。腹ペコミーアなのである。

「食べ物が無限に湧き出す壺があるわけではない、と、気付くのが少し遅かったということでしょう」

ルードヴィッヒは呆れ交じりに首を振った。

その事実に気付いている貴族が、もっといれば……このようなことにはならなかったというのに……。

「うう、ぐぬぬ……。食べたものはともかく、よもや無駄に余らせて捨てるなどと……。あっ、あんなもったいないことを、みすみす許してしまうだなんて……。一生の不覚ですわ。ああ、今からでも、あの時に戻って、やめさせたいですわ」

ギリギリと歯ぎしりするミーアに、ルードヴィッヒは小さく肩をすくめた。

「それはどうでしょうか。先のことがわかっていれば、納得するかもしれませんが、誰も、このような飢饉が起きることを知らぬ場にあっては説得できたかどうか……」

「わたくしの命令ですわよ？　いったい、誰が逆らうことができまして？」

キッと睨み付けてくるミーアに、ルードヴィッヒは再び首を振った。

「ミーア姫殿下のご生誕を祝うために、最高の用意をせよ……と陛下から勅命が出ておりましたから。いかにミーア姫殿下といえど、分が悪いでしょう？」

と、そこまで言ってから、ルードヴィッヒはわずかに考え込む。

これは、あくまでも雑談。言ってしまえば無駄なifのお話だ。

けれど、それを通して得られるものもあるかもしれない。正論をぶつけて、ミーアの意見を封殺するなど、詮なきこと。それならば、この会話も有意義に使うべきだろう。

ということで……、しばしの沈黙の後、ルードヴィッヒは言った。

「そうですね……。相手の希望していることを真っ向から批判するのではなく、方向性を変えるという程度ならできるかもしれませんが……」

ちらり、とミーアのほうを見ながら、彼は言った。

それは、ルードヴィッヒが課す教育の一環だった。

これから先、帝国を立て直そうと思った時、ミーアは幾度も交渉の場につかなければならないだろう。それも、かなり厳しい交渉の場に……。

本来、その手の交渉に姫が出張って行くようなことはあり得ない。どこぞの月省の文官か、宰相か、大物貴族か……。ともかくそれは、姫が為すべきことではない。

しかし、今は平時ではない。

もしも皇女が出ていくことで事態が打開できるのであれば、当然、そうしてもらう必要がある。

そしてミーアは……、なんだかんだ言いつつも、自身が交渉の場に足を運ぶことを厭わない。それ以上に、ミーアは、一応はルードヴィッヒの言葉に耳を傾け、自分にできる範囲で努力しようとする。その姿勢だけは見せる。一応は……。

だからこそルードヴィッヒとしても、ついついミーアの成長を期待して、教育を施そう、などという気になってしまうのだ。

「ふむ……、なるほど。相手の希望の方向を変える……。それは具体的にはどうすれば……」

腕組みして考え込んでいる……ように見えるミーア。そんなミーアを横目に見つつ、ルードヴィッヒは思った。

——まぁ、あまり意味のある考察とも思えないが、こうして考える癖をつけることは、一応は意味があるだろう。いずれ、この窮地から帝国が立ち直った暁には、もっと頭を使う機会は増えていくだろうし。

けれど……残念ながら、そんな時は訪れることはなかった。

ルードヴィッヒの配慮も、頭を悩ませたミーアの努力も……、すべては革命の火に焼かれ、断頭台の露と消えるのだから。

でも……、それでも……。

その日の彼らの会話のすべてが無駄になることはなかった。

その記憶は、今日、馬車の中で黙考するミーアへと、きちんと受け継がれたのだから。

——ふーむ、なるほど。確かに、その場に際してみて思いますけれど、節約しろとは言い難いですわ。お父さまを説得するのも難しそう。でも……、みすみす食べ物が捨てられるのは避けたいところですわね。なんとかできないものか。

ミーアは考える。

——余らせない一番の方法はわたくしが食べてしまうこと……。でも、正直、わたくしも、そんなにたくさんは食べられませんし……。ああ、小食の我が身が憎いですわ。

自称小食の姫殿下は必死に考える。考えて、考えて、甘いものが欲しくなってきて、考えて……。

「……相手の希望の方向性を少しだけ変える、か……。ふむ、それならば……」

やがて、一つの答えに至る。

「そうですわ……。気前よくお金を使いたいのでしたら、いっそ……」

と、タイミング良く馬車は、白月宮殿の前に着いた。

「ああ、着きましたわね」

つぶやきつつ、ミーアは後ろの馬車を再び見た。

シュトリナとベルが乗った馬車は、いったん、アンヌの実家へ行ってもらっていた。

ベルを皇帝に見せるわけにはいかないからだ。

ミーアたちについてきたのは、もう一台の馬車のほう。そこには、アベルとシオン、二人の王子が乗っているのだ。

――こうして、帝国までついてきてくださったわけですし、歓待するのが礼儀というもの。頑張らなければなりませんわね。

イエロームーン邸についてきてくれたばかりか、ミーアの誕生祭に出て祝ってくれるという二人を、しっかりと歓迎しなければ……、と。ミーアは気合を入れていた。

……そんなミーアだったから……、予想していなかったのだ。

油断があったのだ。

まさか帝都のど真ん中……、白月宮殿の前に、そんな罠が待っているだなんて……微塵も想像できなかったのだ。

迂闊だったとしか、言いようがないことだった。

それは、今まさにミーアを突き刺す刃となって、彼女の身に迫りつつあった。

次回、ミーア、白月宮殿にて、死す！

……羞恥心に刺されて。

第二話　皇女ミーアの放蕩祭り　後　～希望の灯・奇跡の思い出～

「あら？　あれは……」

白月宮殿においても、ミーアの誕生祭の準備は進んでいた。それはまぁ、いい。

城壁にはきらびやかに、飾り布が垂れており、そこには、でかでかとミーアの名前が書かれているのも、まぁ、いつものことといえばいつものことだ。

問題なのは……、その前。

白月宮殿と並ぶようにして立つ、白くて巨大な……、ミーア像だった！

「なっ……ぁっ！」

ミーアは、ひきつった顔で言葉を失う。

――なっ、なんですの？　あれは……いったい！

さらに、

「ほら、そこの部分をもう少し削らないと、ミーアの可愛さが出ないではないか。ああ、そちらは気をつけてな。その、丸みを帯びた、ちょっぴりふくよかなところが実にミーアらしく……」

その陣頭指揮をしているのは、他ならぬティアムーン帝国皇帝、マティアス・ルーナ・ティアムーンその人だった。

最前線にてアグレッシブに奮闘する父の姿を見て、ミーアはさらに息を呑んだ。

頬がカッと熱くなるのを感じつつ、いそいそと馬車を降りるミーア。後ろの馬車からは、アベルとシオンが降りるのが見えたが、今はともかく、目の前の問題を片づけるべく動く。

ずんずん、っと歩み寄るミーア。そんなミーアの気配を察したのか、マティアスは振り返り……、

「おお、戻ったか。ミーア！」

満面の笑みを浮かべて、駆け寄ってきた。

「ご機嫌麗しゅう。陛下。ただいま戻りましたわ」

スカートをちょこん、と持ち上げて頭を下げるミーア。とりあえず、挨拶をしておく。その完全無欠な挨拶に、しかし、マティアスはものすごーく不満げな声を上げる。

「むっ！　愛しの我が娘（マイスイート）よ。陛下などと他人行儀な。いつも通りパパと呼びなさい、パパと」

「ぱっ、普段からパパなんて呼んでおりませんわっ！　お父さま、いい加減なことを言わないでくださいまし！」

ミーアは頬を真っ赤にして、思わず悲鳴を上げる。

なにしろ今のミーアは、父親と二人きりではない。

彼女の後ろには、二人の王子が控えているのだ。

ミーアが恐る恐る後ろを振り返ると……、アベルがぽかんとした顔でミーアを見ていた。一方、シオンは、口元を押さえて笑うのを堪えている。

――ぐ、うう、くっ、屈辱ですわ。恥ずかしい！　こっ、このような辱めを受けるだなんて……。

などと思いつつも、ミーアは問いたださずにはいられなかった。

「それより、お父さま、これはいったい何なのですか……？」

震える声で、ミーアは言って、それから改めて、ソレを見上げた。

ソレ……もちろん、そびえ立つ純白のミーア像である。

「おお、これか。実はな、お前に喜んでもらいたくて用意していたのだ。雪像というらしい」

マティアスは誇らしげに像を見上げながら言った。

「過日、ベルマン子爵の訪問を受けてな。聞いたぞ？　なんでも、ミーア学園には木製のミーア像を設置する予定というではないか」

「聞いてませんわ！　初耳ですわ！」

ミーアは前にベルマンが、巨大黄金像を作りたいと言っていたのを思い出す。

てっきり諦めたものとばかり思っていたが……、まさか、諦めていなかったとは……。

「それを聞いて、ぜひ、帝都にも欲しいと思っていてな。そんな折に、この雪で作る像の噂を聞いてな……調べたのだ」

実にフットワークが軽い。やる時はやる皇帝なのである。

そんなことに力を入れなくってもいいのに、と思わなくもないミーアである。

「で、ですが、帝都には雪は降っていないはずですわ」

未だに、疑問は解消されていない。ここまでの道のりで、雪を見た記憶はなかった。

なるほど、確かに雪が降ってもおかしくはない寒さではあるし、一度雪が降れば、しばらくは溶けないであろうことは想像できる。

けれど肝心の雪自体は、しばらく降っていないはずなのである。けれど、その疑問を受けて、マティアスは、なぜだか、得意げな顔で言った。

「ミーアが懇意にしているギルデン辺土伯に頼んで、雪を運んでもらったのだ。帝国の北方では、すでに雪が降っていたからな。積極的に協力してくれたぞ」

ギルデン辺土伯……、ガヌドス港湾国からの帰り道に、ミーアが仲間に引き入れた辺土貴族である。

——ベルマンにギルデン……うぐぬぬ……、あ、あいつら、余計なことを……。ゆ、許しませんわ！

ギリギリギリと、内心で歯ぎしりしつつ、ミーアは改めて、その「ミーア雪像」を見上げた。

それは、妖精のような格好をしたミーアを象(かたど)ったものだった……なんというか、こうして見ると実になんとも、出来が良かった！　顔の造形や、髪の一本一本の作りこみなど、細かな部分にこだわりにこだわった芸術品のような逸品である。

——こんなの作れるのですわねー、芸術ってすごい……。

などと、ミーアが若干、現実逃避してしまったとしても、無理のない話だった。

しかも、ところどころが微妙に美化されていて、こう……ありていに言ってしまうと実物のミーアよりだいぶ美しくデフォルメされている。実物のミーアがギリギリ美少女だとすれば、その雪像は文句なしの美少女、かなり盛ってあるのだ。

さらにさらに、なんといってもでかい！　己が存在を誇示するようにそびえ立つ巨大雪像は、白月宮殿の高さにも匹敵するほどの身長を持っていた。

これならば、ここにそれがあると知ってさえいれば、帝都のどこからでも、それを見ることができるのではないだろうか……。

さて……、少し想像していただきたい。ものすごく美しくデフォルメされた自分の像、そりゃーちょっと盛りすぎと違いますか？　というほどに美しく脚色を施された雪像……、しかも、城ほどの大きさのある像が、目の前にそびえ立っているのである。

その制作の陣頭指揮に立っているのが、他ならぬ父親なのである。

どう思われるだろうか……？

お年頃のミーア的には、ぶっちゃけ、ものすごーく恥ずかしかった！

――こっ、こんなの、アベルたちに見られたら、死んでしまいますわ！

これを見た人間はきっと思うだろう。

帝国の叡智、ミーア・ルーナ・ティアムーンは、自己アピールが激しい、ちょっぴりイタいヤツなのかな？　と。しかも、その美しさを見た後で、現実のミーアを見たら、きっと生温かい笑みを浮かべることだろう。

『あー、これがミーア姫か。まぁ、うん。えーっと、とても言いづらいけど、さすがにちょっと……盛りすぎじゃね？』

などと、思いながら……。

——こっ、こんなの二人には見せられませんわ。絶対絶対、見せられませんわ。

ミーアとしては、すぐさま踵（きびす）を返して、王子二人の目を塞（ふさ）ぎたいところだが……、時すでに遅し。

二人の王子は、その見事な雪像を見上げて、びっくりした顔をしている。

嗚呼、いっそ空から星でも落ちてきて、世界が終わっちゃったりしないかしら？　などと現実逃避モードに入ってしまうミーアであった。

……羞恥心は姫を殺すのだ。

これ以上、それを見ていることは精神衛生上よろしくない、と早々に察したミーアは話を変えるべく、マティアスに話しかける。

「んっんん、それはさておき、お父さま……」

「久しぶりなんだから、パパと呼んでくれてもいいと思うのだがな……。どうだろう？」

「お・と・う・さ・ま！　真面目に話を聞いていただきたいですわ。えーっと」

ミーアは振り返り、後ろに立っていた二人の王子たちのほうに体を向けて言った。

「わたくしの同級生のアベル王子と、シオン王子ですわ。わざわざ、わたくしの誕生祭に参加するために、同行してくださったんですの」

そうして、にこにこ笑うミーア。

「むっ……」

ミーアの様子を見て、マティアスは、わずかばかり表情を厳しくした。

「そうか……。我が娘の誕生日を祝うために……な」

それから、むっつりとした顔のまま二人の王子に歩み寄り、

「遠路はるばる、よく参られた。マティアス・ルーナ・ティアムーンである」

鋭い視線を向けた。

視線を受けて、アベルは足を引き、礼の姿勢をとる。

――これが……、ティアムーン帝国の皇帝陛下、ミーアの父君か。

その威風堂々とした態度に、アベルは小さく息を呑む。

戦士である自らの父とは、また違った雰囲気。

こちらを見定めようとするかのごとき、その鋭い視線に、自然と背筋が伸びる。

チラリとシオンのほうを窺いそうになって、思わず、アベルは自分に呆れる。

――気後れするな！

挨拶の順番からいけば、レムノ王国はサンクランド王国の後。それが順当というものだ。

大陸において、ティアムーンと並び立つ大国はサンクランド。レムノはだいぶ格が劣る。

しかも自分は第二王子。第一王子にして、王位継承権第一位のシオンよりも、格段に劣る存在で……。

――だが、それがどうした？

ミーアが信じると言ってくれたのだ。ならば、その気持ちに応えなければならない。

尻込みしている暇などないのだ。

「レムノ王国第二王子、アベル・レムノです。ミーア姫殿下とは、共に生徒会の任にあたらせてい

ただいております。以後、お見知りおきを」

凛と顔を上げ、皇帝マティアスを見つめる。と、アベルに続くように、シオンも声を上げた。

「お初にお目にかかります、陛下。サンクランド王国第一王子、シオン・ソール・サンクランドでございます。彼と同じく、ミーア姫殿下とともに、セントノエル学園生徒会の任にあたらせていただいております」

二人の王子の挨拶を受け、マティアスは静かに腕組みをした。

――ふむ……、アベル・レムノ。レムノ王国の第二王子か……。

マティアスは、じっくりとアベルを観察する。

――鋭い眼光、隙のない立ち姿……、騎士の趣のある少年だ。確か、レムノ王国は軍事力を強化しているとの報告があったな……。第一王子のほうが剣の腕が立つという話だったが……、なかなかに凛々しい顔立ちだな。

次に、マティアスはシオンへと目を向ける。

――そして、こちらがサンクランドの第一王子。シオン・ソール・サンクランドか。華やかな容姿と隙のない姿勢。爽やかな印象を受ける少年だ。なるほど、これならば貴族の子女が放ってはおくまい。

頭の中の情報と照合していく。

そうなのだ、マティアスは近隣の有力貴族や王子たちの情報を、きちんと記憶しているのだ。

なんのためか？　決まっている。ミーアの婿探しのためだ！

――レムノ王国の第一王子は粗暴者との噂があったな。だが、見たところ、このアベルという少年には、その雰囲気はない。しかしミーアは優しい子。私のように、温厚な者を好きになるはずだ。昔は、私と結婚すると言っていたし……。

ふむ、と鼻を鳴らしつつ、マティアスはシオン王子のほうを見た。

――ということは、ミーアの本命はこのシオン王子のほうか。いや、だが、いかにも婦女子の人気が高そうな少年にミーアが飛びつくだろうか？　そんな軽薄なことをミーアがするか？　否、しない。なにしろ昔は、私と結婚すると言っていたし……。もっと堅実な男を好むはずだ。

ふむ、と再び頷き、マティアスは思った。

――よしんばこの二人のうちのどちらかが、ミーアと恋仲になるにしても、あと五年、いや、十年は男を磨き、ミーアに相応しい男になってもらわねばならんな。ミーアと釣り合いが取れるようになるのは不可能ではあっても、せめて、その足元ぐらいまでは到達してもらわなければ……。

などと……実にしょーもないことを考えつつ、腕組みするマティアスに、ミーアが横から話しかけた。

「そうですわ。お父さま、わたくし、今年の誕生祭について、とっても素敵なことを思いついたんですの」

「ほう、素敵なこととは、なにかな？　ミーア」

そう言って、皇帝はなんとも柔らかな笑みを浮かべた。そんな父に、ミーアは若干ドヤァっとした笑みを浮かべながら言った。

「はい、実はわたくし……、このたびの誕生祭、みなさんにお祝いしていただきたいと思っておりますの」

胸を張って、そんなことを言う。

「む？　それは当たり前のことではないか？」

不思議そうに首を傾げるマティアス。しかし、ミーアは首を振った。

「貴族だけではありませんわ。この帝国に住まう臣民すべてに、わたくしの誕生日をお祝いして、喜んで、楽しんでいただきたいんですの」

「それもまた当たり前のことだ。ミーアの誕生日を祝わないなどと、そのような不敬なものは極刑に処すと命令をくだ……」

「そうではありませんわ。お父さま、それでは強制することになってしまう。わたくしがしたいのはそういうことではございませんわ」

ミーアは静かに首を振った。

「ほう、では、どうすると？」

「簡単ですわ。みなで……美味しいものを食べればよろしいんですわ」

そうして、ミーアはにっこにこと笑みを浮かべた。

「わたくしが求めるのは、みなでお腹一杯に食べること。民の、ただの一人でも空腹でいることは許さない。みな、食べて飲んで、楽しく過ごしていただきたいんですの」

その言葉を聞いて、マティアスは、少し驚いたような顔をした。

「毎年、気になっておりましたの。貴族のみなさんは、わたくしのためにたくさんのご馳走を用意してくださいますわ。けれど、とてもとても、わたくし一人では食べきれませんし。お客さま方も、そこまでは食べない。だから、たくさん余ってしまいますわ。でも、そんなの、わたくしちっとも嬉しくなんかありませんの。それよりは、臣民に喜んでもらったほうがよほど嬉しいですわ」

そう語るミーアに、皇帝は、うるるっと感動の目を向けていた。

「わたくしは、わたくしのために食料を無駄に捨ててしまうより、みなに食べて、笑顔になってもらいたいですわ。そのほうがお祭りに相応しいって思うんですの」

「ああ、ミーア。我が娘は、なんと優しいことか……。よぅし！　ミーアの気持ちはよくわかった。早速、各貴族に触れを出そう。領民を招き、そこで用意している食事をふるまうように、と。その町に、誰も空腹の者がいないように、広場に宴会の用意をせよ、と」

父の言葉を聞いたミーアは、心の中で快哉を叫んでいた。

——ふふ、上手くいきましたわ。考えてみれば簡単なこと……。無駄に捨ててしまわずに、民の者たちに〝食い溜め〟をしてもらえばいいのですわ。そうすれば、ちょっとぐらい食料の供給が滞ったところで、なんとかできるはず！

……んなわきゃあない。のではあるけれど、この場所に、読心術の心得がある者が一人もいないのが、不幸なことではあった。


——これは……。

ルードヴィッヒは……、目の前でミーアがやったことを、ある種の感動をもって眺めていた。

貴族たちの無駄遣いについては、ルードヴィッヒも気にはなっていたのだ。

誕生祭において、無駄に捨てられる大量の食料……。ミーアの予言の通り、来年の収穫は減少傾向にある。もしも、本当に飢饉が来るとするならば、食料を無駄にすることが許されてよいはずがない。

けれど……、それを止めるためにどうするのか……というアイデアはルードヴィッヒにはなかった。

実際に、すでに、宴会のための料理の用意は始まっている。今から節約せよと言ったところで、食材を腐らせてしまい、結局は無駄になってしまうだろう。

それに、ミーアの誕生日を祝うこの年末のお祭りは、皇帝が主導して行われるものだ。それに反することはミーア自身でも不可能に違いない。

また、お金を動かすという意味においても、誕生祭は無視できないものだった。各地から商人たちが集まる、この祭りを開く意味は小さくはないのだ。

だから、やむを得ないかと思っていた。

どちらにしろ毎年やっていることだ。無理に変えると混乱が起き、問題も大きいから、現状維持で仕方がないと諦めていたのだ。

それがどうだろう……。ミーアは、いとも簡単に解決策を提示する。

——無駄に捨てさせるよりは、それを民の腹に入れてしまおうとは……。

盛大に金を使い、気前のいいところを見せたい貴族たち……。その願望をしっかりと理解して、方向性を少しだけ変えてやるというミーアの手腕……。その見事さに、ルードヴィッヒはうならざるを得ない。

——なるほど、考えてみれば、節約するように言ったところで、貴族たちは、きっと自分のためにしかその食物を用いないだろう。

ここで無駄を咎めたところで、その蓄えが民のために使われるとは限らない。ならば、いっそ貴族には使わせてしまえばよいのだ。そして、それを無駄とすることなく、民のために使わせればよい。ミーア自身が「民が腹いっぱい食べることを望む」と言ったことで、貴族は、ミーアの希望を叶えるべく気前よく料理を用意し、民衆は、美味い料理をたらふく食べることができるというわけだ。

――いうなれば、それは次善の策。飢饉に向けて蓄えておくのが最善であることは変わりはないが……それが無理であればすぐさま次の打開策を打ち出す。相変わらず、ミーアさまの智慧の泉は枯れることを知らないな……。

感心しきりのルードヴィッヒである。実に、いつもの光景であった。


さて、かくして後の世に言う「皇女ミーアの放蕩」と呼ばれる誕生祭は始まった。

ミーア的には「無駄になるぐらいならみんなで食っちまおうぜ！」程度の、軽い思いつきでなされた提案だったが……それは、意外な効果を生み出した。

当初ミーアが考えたような〝食い溜め〟であるが……、もちろんそんなことはできない。当然のことである。

……でも、記憶は残った。

それは、とても楽しい記憶だった。

民衆にとって貴族とは税を搾り取っていくもの。目に見える形で、なにかをもらうなどということとは、ほとんどないことだった。

されど、この時は違ったのだ。

皇女ミーアの名のもとに、帝国臣民はただの一人も漏れることなく宴会へと招かれたのだ。ミーアの誕生日を祝うために。

食事と酒が無料でふるまわれた。そうして、彼らには一つの命令が下された。

今日を楽しむように。今日という日を喜び祝うように……と。

それは皇帝からの勅命だった。

当然、逆らうことなどできず、集まった者たちは、仕方なく微妙にひきつった笑みを浮かべて祭りを楽しんだ。

仲が悪い者もいたが、今日のところは仕方ない。文句の一つも言いたいのを堪え、笑って、皇女の誕生日を祝った。

そのうち、酒が回ってきたのか、一人の男が歌を歌い始めた。陽気なリズムに誘われて、若者たちがダンスを始める。

雰囲気に乗せられた商人が、名を売るためもあって、酒をひと樽だけ供出した。それを見ていた別の商人がそれならばうちは、と、つまみを提供。人々も家に残っていた食べ物を見知らぬ人々にもふるまい始めた。

そんな賑わいの中に、その日の主役、ミーアを乗せた馬車が通りかかったりした日には、祭りは大いに盛り上がった。

人々の間にあったわだかまりは……、無理矢理に浮かべた笑みの中に溶け、そうして偽物の笑顔は、いつしか本物の、楽しい笑顔へと変わっていった。


それは……不思議な時間だった。

ただの一度も帝国に訪れたことのなかった、奇跡のようなお祭りだった。

なによりそれは楽しい記憶だった。

町民も商人も富む者も富まざる者も、仲の良い者も悪い者も、老いも若きも男も女も、すべての者が一人の少女の誕生日を祝ったのだ。

その日のこと、楽しかった記憶は人々の心に深く刻み込まれた。

そしてそれは、苦しい時に人々を照らす希望の灯となった。

皇女ミーアは貴族だけではなく、きちんと自分たちに目を向けてくれる人。

身分に関係なく、自らの宴へと招いてくれる気前のいい、優しい人。

だから、頑張ろうと。

今は苦しいかもしれない。けれど耐えれば、また、あの時の楽しい時間が戻ってくるかもしれない。

それを目指して頑張ろう、と。

皇女ミーアが用意してくれる楽しいひとときを、また、味わうために。

その後、何度か帝国を襲った危機の時にも、人々は士気を失うことはなかった。

今を耐え、今年の終わり、またあの楽しい祭りを味わうために。

いつしかそれは、帝国の新たなる伝統行事となっていくのだが……。

それはまた別のお話なのであった。

第三話　至高の色を身にまとい、いざ踏み出さん！　女帝への道を！

ミーア誕生祭、その始まりの日に、白月宮殿では盛大な舞踏会が催される。

帝都ルナティアに集った大勢の貴族たちは、こぞって参加すべく、宮殿に集まってきた。

宮殿の入り口、城門で、初めに彼らを出迎えたものは巨大なミーア雪像だった。

「ほぉ、これが噂の……」

見上げるほどに壮大で、なおかつ細部までこだわりにこだわり抜いた芸術的一品。

その完成度の時点で、すでに人々の目を引くのに十分な出来ではあったが……。貴族たちが感心したのは、別の点だった。すなわち……、

「これほどのものを、雪で作るとは……さすがは陛下だ」

極めて完成度が高い彫刻を、暑くなれば溶けてしまう雪で作ろうという趣向……、これがたいそう貴族たちにはウケたのだ。

「なるほど……下手に黄金などで作っては野暮というもの。ちょっとしたことで崩れ、消えてしまうものに、これほど細工を施して労力をかける、ふふふ、儚(はかな)くも切ない、何とも言えぬ風情がござ

いますな」

「まさにまさに」

儚く消えるもの、泡と消える夢に金をかけてこそ、真の金持ちというもの。

金を払った分の見返りを得るなど、ケチな商人のすることである。

「しかし……、このモデルとなっている姫殿下は、ずいぶんと野暮なことをおっしゃったとか……」

「さよう。民衆など捨て置けばよいのに。ずいぶんな入れ込みようとか」

今回の誕生祭のお触れもそうだが、それ以前のミーアの行動も、彼らの目には非常識な行動に映っていた。

貧民など放置すればよい。新月地区という住処(すみか)を与えているのだから、わざわざ汚物に手を伸ばすがごとき行いをする必要はない。

それを、自分たちから寄付を募り、病院を建てるなど無駄もいいところ。

彼らの目には、そのように映っていたのだ。

「まぁ、未だ幼い娘なればこそでしょう。それに、帝国皇帝になるのは男児が慣例。将来的にはやはり、ブルームーン家のサフィアス殿が次期皇帝として有力かと……」

「いやいや、レッドムーン家にも男子は豊富。武門の家なれば、これからの帝国を率いていただくにも心強い」

などと言い合う彼らの頭には、初めからミーアが帝位を継ぐという選択肢はない。皇帝の血縁、四大公爵家のいずれかの男児が帝位を継ぐものと信じて疑わない。

古き慣習に縛られた彼らにとって、女帝の擁立など思いも寄らぬこと。皇女ミーアには、いずれ、どこぞの国にでも嫁いでもらえれば文句はない。その時までに尊き血筋の者としての常識を身につけてもらえれば……、などと思っているのだ。

そんな風にして、こっそりよからぬ相談を繰り広げつつ、彼らは会場に足を踏み入れた。

「ほぅ……」

毎年のこととはいえ、そこに広がる光景に、彼らは思わず息を呑む。

会場の真ん中に置かれた巨大な円卓。そこに並べられた料理は、帝国の姫の誕生日を祝うのに相応しく、贅を極めたものであった。

並ぶ料理は、すべて料理長が全身全霊をかけて作ったもの。精緻を極めたそれはまさに、食べる芸術品と呼んでも差し支えのないものばかりだった。

「さすがは、ミーア姫殿下の晩餐会。毎回、この豪勢さには、ため息が漏れてしまいますな」

「そうですな。いつもながら素晴らしい料理の数々……」

「先ほど食しましたが、いや、なかなか。料理長の腕の冴えといったところでしょう」

などと、笑いあう彼らは……知らない。

今年の晩餐会の料理が、どれほどの創意と工夫のなされたものであるのかを。

実は、今年の料理……、ミーアの強い要望を受けた料理長が、苦心の末、例年の五分の一程度の費用で調理しているのだ。

「わたくし、安い材料で美味しいものというのが、食べてみたいんですの」

そーんなミーアのかるーい感じのお願いを真面目に受け取り、料理長は頑張ったのだ。材料費を抑えつつ、貴族たちの舌を満足させる、それはまさに究極の一品といえる。

もっとも……それは中央貴族の舌がアテにならないという話でもあるのかもしれないが……。

ともあれ、料理長の絶品に舌鼓を打ちつつ、彼らが談笑していると……、不意に、周辺の明かりが暗くなった。

「おお、どうしたというのだ？」

ざわめきが、波のように広がっていった次の瞬間……っ！

「ご機嫌よう、みなさま。本日は、わたくしの誕生日をお祝いするために、いらしていただいて感謝いたしますわ」

今宵の主役が登場した。

その姿に誰もが、目を奪われた。

「お……おお、あれは……」

会場の扉から現れた人物、ミーア・ルーナ・ティアムーンの、まばゆい姿に、みな度肝を抜かれていたのだ。

まるで、仄(ほの)かな輝きを放っているかのよう——否！　事実として、ミーアは輝きを放っていたのだ！

淡く輝くは白金色の髪、ミーアが動くたび、サラリと流れては美しく煌(きらめ)く。ふっくら健康そうな頬も、細く華奢な首筋も、綺麗に浮き出た美しい鎖骨までもが、ことごとく、ぼんやりと光を放っている！

そう……それはあの日、ミーアの命を救ってくれたもの……、湯けむり入浴剤の効果だった。

今のミーアは、その身にまとう発光性の成分によって物理的に輝いているのだ。

「なんと美しい。輝くほどに美しいとはまさにこのこと……」

などとつぶやいている者がいるが、否である。輝くほどではなく、事実として輝いているのだ。

そのうえ……、今日のミーアには……ほのかに大人の魅力があった！

なぜならば……、

「あの紫色のドレスの仕立ても、実に見事ではないか……」

貴族たちが驚いたのが、そのドレスの色合いだった。

高貴なる紫色のドレスを、今日のミーアは身に着けていたのだ。

普段から明るい色のドレスを着ることが多かったミーアである。昨年も、可愛らしくもどこか子どもっぽいドレスを身にまとっていた。

ゆえに、そのドレスのセレクトは、その場の貴族たちに、ある種の衝撃を与えた。

そうなのだ……。今日のミーアは、サラサラの髪とすべすべのお肌に加え、物理的な輝きと高貴な雰囲気までも身にまとった、まさに、文句のつけようがないお姫さまだったのである！

だが……、その美しさに息を呑んだのも一瞬のことだった。

貴族たちは、直後に考え始める。

ミーアが、高貴なる色である紫色のドレスを身にまとった意味を……。

至高の色である紫は皇帝の色。ゆえに皇女であるミーアが紫色のドレスを着たとしても不思議はない。不思議はないのだが……。

自らの誕生祭、大勢の貴族たちを目の前にして、至高の色をまとうこと……、その裏に、どうしても彼らは意味を感じてしまう。

それはすなわち……、自らが帝位を継がんとする、意志の表明なのではないか、と……。

そして、彼らのその予想を裏付けるように、さらなる衝撃が待ち構えているのだった。


……ちなみに、ドレスの色が紫色になったことは、ここ最近のミーアの食生活と無関係ではなかった。

そう、紫色は──収縮色！

世の中には膨張して見える色もあれば、収縮し、縮んで見える色もある。

それは、イエロームーン家での出来事以降、ちょっぴり食べすぎなミーアのために、アンヌが施したトリックアートなのだ。

「ミーアさま、実はクロエさまに聞いたことなのですが……なんでも、色の中には痩せて縮んで見える色というのがあるらしいですよ」

などというアンヌの話に、ミーアがホイホイ乗っかっただけの話なのだが……。

そんなトホホな真実に気付く者はただの一人もいなかった。


「……あの色のドレス……あの色の、意味は、まさか……」

ごくり……と生唾(なまつば)を飲み込む貴族。

いや、ただ単に、収縮色だからなのだが……。

「それ以外に考えられまい……。至高の色のドレスを、このような日にまとうなど……。つまり、ミーア姫殿下は……帝位を継ぐおつもりなのだ」

緊張のにじんだ声で、別の貴族が言う。

いや、ただ単に、ミーアが食べすぎちゃったからなのだが……。

「長き帝国の慣習を覆すということか……。まさか、そのような野望を隠していたとは」

いや、ただ単に、お腹の膨張（FNY）を収縮色によって隠しているだけなのだが……。

貴族たちに広がった動揺、けれどそれが治まる前に、さらなる衝撃がミーアの口から発せられた。

すなわち、

「実は、本日、お集まりのみなさまにご紹介したい方がおりますの。どうぞ、お二人とも、こちらへ」

そう言って、ミーアが手招きをする。と、それに応えるように、二人の少年がミーアの後ろに歩み寄った。

「あれは……？」

彼らの顔を知る者はそう多くはなかった。けれど、知っている者は思わず言葉を失った。なぜなら、そこにいたのは……。

「こちらはわたくしの学友の、アベル王子とシオン王子ですわ。アベル王子はレムノ王国の第二王子殿下で、シオン王子はサンクランド王国の第一王子殿下ですわ」

ミーアの紹介に、一瞬、会場が静まった。

「わたくしの誕生祭に出席するために、来てくださったんですの」

何でもないことのように言うミーアだったが……、発生した衝撃は決して小さなものではなかった。

確かに、ティアムーン帝国は大国だ。

その皇女の誕生祭なのだから、近隣諸国から客人が来ることも珍しいことではないし、ペルージャン農業国やガヌドス港湾国の王族が来たこともある。

が……、サンクランド王国ほどの大国から、王族が来たことはない。

しかも、第一王子のシオン王子といえば、王位継承権一位の王族である。

それはすなわち、かのサンクランド王国が、皇女ミーアをそれほど高く評価しているということだ。

「まさか、サンクランドの王子が……」

「いや、もう一人の王子の方も軽視はできんぞ」

レムノ王国といえば、ティアムーン、サンクランドには劣るとはいえ、小国とはいえない、侮りがたい国力を持つ国だ。

しかも、アベルはその第二王子だ。王位継承権一位のシオンとは違い、第二王子であれば……ミーアの婿になる資格は十分にある。

至高の色を身にまとい、その上で二人の王子を紹介することが、いかにも意味深に思えてしまって……、貴族たちは戦慄(せんりつ)を禁じえなかった。

しかし……、ああ、しかしなのだ……。

彼らを襲う最大の衝撃は直後にやってきたのだ。

貴族たちが、まだ、唖然(あぜん)と立ち尽くしている中、唐突に会場の扉が開いたのだ。

「遅れてしまい、申し訳ありませんでした。ミーアさま」

現れたのは、四大公爵家の一角、グリーンムーン公爵家の令嬢、エメラルダだった。

……まぁ、ぶっちゃけ、それはどうでもよかった。

エメラルダとミーアが仲良しであることは、この場に集う貴族たちならば、誰もが知っていることだったからだ。

問題はエメラルダのすぐ後ろに立っていた人物だった。

それは、清らかな笑みを浮かべる少女だった。

年の頃はミーアとさして変わらない。十代の半ばぐらいだろうか。

小川の清流のような涼しげな水色の髪、さらりと風に流れる髪の合間から覗くのは、透き通るように白い肌だった。

神々しいまでの美しさを持ったその少女のことを……、その場に集うみなは知っていた。

直接は見たことがない者も、肖像画で見たことがあったのだ。

それは大陸に君臨する聖女……。すなわち、

「うふふ、ご機嫌ようミーアさん。お誕生日、おめでとう」

ヴェールガ公国の公爵令嬢、聖女ラフィーナ・オルカ・ヴェールガの登場が、会場の空気を再び変えた。

二人の王子の存在は決して無視しえないものではあった。されど文字通り、ラフィーナは格が違う。彼女を敵に回すということは、サンクランドはじめ、大陸の複数の国家を敵に回すということ

と同義である。

それほどの影響力を、貴族たちはラフィーナの背後に見ていた。

そして……そのラフィーナがミーアの誕生日を祝うために、わざわざ帝国まで足を運んだという事実……。

事態の急転についていけない貴族たちをしり目に、ラフィーナは軽やかな足取りでミーアのもとに向かった。

「らっ、ラフィーナさま？　なぜここに？」

「あら？　お友だちのお誕生日をお祝いするのは、当たり前のことでしょう？」

驚いた顔をするミーアに、ラフィーナはクスクスと悪戯（いたずら）っぽい笑みを浮かべながら言った。

「ふふふ、驚いてもらえたみたいでなによりよ、ミーアさん。こっそり来たかいがあったわ」

「まぁ、そんな……。遠いところをわざわざそのようなことのために……」

ミーアは、恐縮しきりの様子でラフィーナに言うが……、貴族たちは、その演技に歯噛みする思いを抱く。

白々しい。聖女ラフィーナが訪れることを知らぬはずがなかろうに、と。

仲睦まじく手を取り合うミーアとラフィーナ。その光景は、嫌でも帝国貴族たちに思い知らせることになった。

皇女ミーア・ルーナ・ティアムーン、現皇帝の娘が有している権勢の強大さを。

彼女が皇帝の寵愛（ちょうあい）を受けていることは知っていた。

ここ最近は民衆への慈善活動にも力を入れており、そのおかげか、民からの人気が高いことも、いささか気に入らないながらも認めるところではあった。

また、辺土貴族たちを厚く遇することで、中央貴族とは距離を置く彼らとの関係も、かなり良好だと聞いている。

けれど……、その権勢が国外にまで及ぶとは彼らも考えてはいなかったのだ。

帝国に並びうる大国、サンクランド王国の王子と、サンクランドほどではないにしても、侮りがたい国力を持ったレムノ王国の王子、二人の見目麗しき王子たちと笑みを交わし、大陸最大の権勢、ヴェールガの聖女ラフィーナ・オルカ・ヴェールガとも極めて親密な関係を築いている。

このような人物が、かつてこの帝国にいただろうか？　いるはずがない！

その圧倒的な権勢は、ミーアに反感を持っていた貴族たちを黙らせるのに十分だった。

……彼女を敵に回してはヤバイ……と多くの者たちは察した。

そもそもが、皇帝陛下自体、愛娘のこととなると、いろいろとヤバくなるのだ。その上、彼女の絶大な権力を目の当たりにした貴族たちは大いに焦った。

そうして……、皇帝からの勅命に改めて思いが至った。

皇女ミーアは「民がすべて、自分の誕生日を喜び、楽しみ、祝うことを望む」と言ったのだという。であるならば……、それを全力で、叶えなければならないのではないか？

深々と、その想いを刻み込まれた貴族たちは、恐怖に背中を押されるようにして自らの領地に飛んで帰った。そうして……ひきつる笑みを浮かべつつ、民たちを自らの屋敷に招いたのだ。

……もはや、やけくそだった。

民衆を喜ばせなければ、皇女ミーアの癇気に触れるかもしれない。それだけは避けねば、と全力で忖度したのだ！

結果、民とともに酒を酌み交わし、同じ者を祝うために歌い……、などとやっているうちに、ちょっとだけ、気持ちよくなってきてしまった。

「気前のいい領主さま」

などとおだてられれば悪い気はしない。それに、しょせんは、たった五日間のことなのだ。

短い間だけ、民衆にいい顔を見せておけばいいのだ、と……、自らも楽しむことにした。それが、勅命だからと、そうしたのだ。

結果……、彼らの心にもまた、刻み込まれてしまったのだ。

領民との楽しい祭りの思い出が……。ただ、税を納めてくるだけの者たち、ただの他人だった者たちが、酒を酌み交わした顔見知りになってしまったのだ……。

それは、少なくはない影響を彼らに及ぼすことになるのだった。


一方で、それでもなお……、古き因習に従う者たちは存在した。

「困ったことになりましたな。これは、サフィアス殿を焚きつけませんと……」

「いやいや、あれほどの布陣、普通の者では太刀打ちできますまい。ここは、レッドムーン公爵家に動いていただいて、牽制を……」

などと……、良からぬ相談をする彼らであったが……。彼らは知らないのだ。

四大公爵家の子女たちが、現在、どのようなことになっているのかを……。

すでに彼らが頼りとする四大公爵家にも、ミーアが適当にばらまいた種が芽吹き、しっかりと根を張りつつあるということを……。

そして、自分たちがする企みが、ミーアに筒抜けになるということも。


かくて……、ミーアは、女帝への道の第一歩を華々しく踏み出したのだ！

本人の与り知らぬところで……。


晩餐会の会場へとミーアを送り出したルードヴィッヒは、湧き上がる感慨に胸を熱くしていた。

「ミーアさまがあの色を身にまとうとは……」

その意味するところを考えると思わず体に震えが走る。それは武者震い。

彼は、それを止めることができなかった。

「ついに……、ついにミーアさまは表明されたということか……。女帝として、このティアムーン帝国を統べるということを……」

それは、ルードヴィッヒの悲願だった。

あの日、ミーアから声をかけられてから……、彼は帝国内を懸命に駆けずり回った。

ミーアの求めは、帝国の財政問題の解決にとどまらなかった。

彼女は、帝国のすべてを立て直そうと考えていた。

だから、ルードヴィッヒはその力の及ぶ限り、全力で応えようとした。

そのうちに、彼はこう考えるようになっていた。

「ミーア姫殿下こそが、帝国を指導するに相応しき方」

それがルードヴィッヒの出した結論だ。

合理的に考えて、それが帝国を導くのに最も良い方法だ。

冷静に、客観的に考えて、それが正しいはずで……。でも、

「帝国初の女帝ミーア陛下……か」

なぜだろう……、その言葉を口にする時、ルードヴィッヒの心は震えた。

思考を積み重ねる過程において……どうしても、そこに感情が絡んでしまうような気がした。

帝国初の女帝に就いたミーアと、それを傍らで補佐する自分。いや、傍らでなくても構わない。

彼女の手足となって働けることが、なんだか、とても素晴らしいことのように思えて……。

それは遠い昔……どこかで抱いた想い。

いつのことか、どこでのことか……、不思議なことに思い出すことはできなくって……。

あるいは、それは夢の中の出来事であったのかもしれないと……、そんなことさえ思ってしまって。

「たとえ夢でも構いはしないさ。女帝となられたあの方のおそばで働くことができる、これほど嬉しいことはないのだから……」

ルードヴィッヒは、自身がいささか感傷的になっていることを自覚して……、苦笑いを浮かべる。

「まだ、なにかを為したわけでもないというのに……」

頬をパンパンと叩いてから、彼は歩き出した。

「バルタザルと師匠に連絡を取ろう。それに、ジルにも。ほかの連中にも協力を仰がねば……」

老賢者ガルヴのもとから輩出された少壮の官僚集団、その力を結集させるべく、ルードヴィッヒは動き出した。自分と同じく、ミーアのもとに馳せ参ぜよと呼びかけるのだ。

すべては、そう……、紫――至高の色、をまとうミーアのために。


紫色のドレスに身を包んだミーアを送り出し、アンヌは満足げに頷(うなず)く。

自らの研究の成果を、ミーアに使ってもらえることがなんとも誇らしかった。

――最近、ミーアさまはすごくご苦労されてたから、少しぐらい太ってしまっても仕方ないよね。

自分では想像ができないほどの重圧の中に置かれたミーア。

そのせいで、甘いものを食べて発散したりするうちに、少しふっくら気味になってしまったミーア。

そんな主(あるじ)の役に立つために、アンヌは日夜研究を欠かさない。

今回、パーティー前にミーアに入ってもらったのは、先日、クロエからもらった入浴剤入りのお風呂だった。疲れが取れる効果があるとかで、出てきたミーアはまさに輝きを放つかのように元気になっていた。

……まぁ、物理的に輝いていたわけだが……。

新しい情報は貪欲(どんよく)に……、学園の他国の貴族の従者からも積極的に情報収集を試みた。それに、セントノエルは何といっても、大陸の最先端をいく学園都市である。町に出れば、いろいろなものが手に入る。

アンヌは、ミーアのためになるものがないかどうか、時間がある時には積極的に街に出ていた。

ミーアの健康を保つための勉強も、その肌の質を保つための技も、その髪を綺麗に梳く技術も、研鑽に努めているのだ。

「ミーアさまのために、私にできることをするんだ」

ミーアの美容を保つ、その一番の責任者という自負が、アンヌの中にはあった。

その彼女からしても、今日のミーアは合格点。

まさに、輝くような美しさを放っていた。

……まぁ、実際に、物理的に輝いていたわけだが……。

「うふふ、髪も上手く梳けたし、もう、あの時みたいに歯がゆい思いをしなくて済むな……あれ？　でも……、あれっていつのことだったっけ？」

アンヌは、小さく首を傾げた。

いつだったか……、自分はミーアに櫛をかけた。それはミーアにとって、とても大切な時だった。

だけど、その時に上手くできなくって……。

「夢の中のこと……だったかな？」

いくら思い出そうとしても、そんな記憶は出てこない。

でも、ミーアの一大事に、自分が櫛をかけられないなんて絶対に嫌だった。

これから先、ミーアには婚礼の儀もあるだろうし、大勢の国民の前に出ることだってあるのだ。

そんな時、最善の姿でミーアを送り出すこと、それが自身の一番の仕事であると、アンヌはしっかり心得ていた。

不甲斐ないことはできない。だから、日々の努力を欠かすことはない。

「とりあえず……、ミーアさまが帰ってくるまでにすることは……」

アンヌは、ふーむ、と腕組みする。

「うん、あれだけお綺麗なんだもの。きっと、お二人の殿下とも、楽しい時間を過ごせるはずだわ。ということは……きっと、戻ってきたらお疲れだろうし」

ミーアのダンスの腕前を知っているアンヌは、きっとミーアがたくさん踊ってくるのだろうな、と考えた。

となれば、寝る前に、汗を流して……と思っても不思議はないはずだ。

いつミーアが戻ってきてもいいように、お風呂の準備をしようかな、などと思うアンヌであった。


すべては、そう……、紫──収縮の色、をまとうミーアのために。


さて、アンヌの特殊メイクにより、上手いこと化けたミーアは、我が世の春を謳歌していた。

さる侯爵と挨拶を交わし、次にそのご令嬢に挨拶を。さらにそのお友だちに挨拶……。

「ミーアさま、このお料理、とても美味しいですよ」

などと勧められるままに、もぐもぐ。

一段落つき、今度はさる伯爵と挨拶を交わし、そのそばにいたペルージャン農業国の姫、ラーニャと談笑をして、

「あ、ミーアさま。実は、これ、ペルージャンで開発された新しいケーキで……」

などと勧められるままに、もぐもぐ。

それを食べている最中、挨拶にやってきた中央貴族に「タイミングが悪いですわ！」などと内心で舌打ちしつつ、ニコやかに対応。

そのままケーキを二切れ食べ尽くすと、さらに近場に美味しそうなキノコのソテーを発見して、もぐもぐ。もぐもぐ……。

ひとしきり、モグモグモグタイムを満喫したミーアに、歩み寄る者がいた。

「ミーア姫殿下、よろしければ、一曲お付き合いいただけるだろうか？」

かしこまった口調で言うのは、シオン・ソール・サンクランドだった。気付けば辺りには、穏やかな曲が流れ始めていて、談笑に飽きた者たちが、思い思いにダンスを始めていた。

「あら、シオン……。ダンスのお誘いですの？」

「ああ。君のお父上への挨拶では後れを取ったが、毎回、アベルに先陣を譲るのもシャクなんでね」

ふと見れば、アベルが少し離れたところで苦笑いを浮かべていた。

「ふむ……、殿方というのもなかなかに大変なものですわね……、うひゃっ！」

と、シオンが唐突にミーアの手を引いた。

「ず、ずいぶん強引ですわね、シオン」

どぎまぎしながらミーアは言った。基本的に、押しには滅法弱いミーアである。しかも、相手はイケメン中のイケメンのシオンなのだ。

冷静でいられるだけの余裕など……ない！

「はは、君は今日の主役だからね。あまり、俺で時間を取られるわけにもいかないだろう」

そうして、シオンは軽やかにダンスのステップを踏み出した。

シオンのイケメンオーラに当てられて、余裕を失っていたミーアであったが、それでも難なくついていく。

そう……、お忘れかもしれないが、ダンスだけは得意だったミーアなのである。今では、そこに、そこそこの乗馬技術と、危険な調理術というスキルも加わり、だいぶ、スキルが盛られたミーアなのである。ミーアだって成長しているのだ！

「あら、相変わらず、ダンスがお上手ですわね、シオン」

「そうかな？　君のほうは、なんだか以前踊った時より迫力が減ったんじゃないか？」

悪戯っぽくウインクするシオンに、ミーアは余裕の笑みを返した。

「あら？　あなたがついてこられるか心配だったから、手加減しただけですわ。本気でいきますわよ？」

言葉とは裏腹に、今日のミーアにはシオンに対する敵意はなかった。

そこにあるのは、ただ純粋に、ダンスを楽しみたいという思いのみ……。

そうなのだ、ミーアの中で、シオンに対する敵愾心は、もうほとんど残っていないのだ。

ゆえに、そのステップもパートナーであるシオンに合わせたものとなり……、結果として、二人は非常に息があったダンスをすることができた。

それは、ミーアにとって、とても楽しい時間となった。

そして、もちろん、シオンにとっても。

……だからだろうか？

その後、ミーアのダンスパートナーをアベルに譲った際……、シオンの胸には、ほんの少しだけ名残惜しさが残ったのだった。


「ふぅ……」

踊り終えたシオンのもとには、多くの女性たちが寄ってきた。

彼の見事なダンスに見惚(みと)れたのはもちろんのことだが、それ以上に、帝国貴族の令嬢にとって、大国サンクランドの王子というのはとても魅力的だ。上手く恋仲にでもなれば、ミーアとだって並び立つ権力を得ることができるかもしれないのだ。

普段であれば笑顔であしらうところなのだが……、なぜだろう、今日のシオンにはあまり余裕はなかった。

正直なところキースウッドに任せてしまいたいところなのだが、ここに入れるのは王侯貴族のみ。頼りになる従者はいない。

――さて……少し面倒だな。どうしたものかな。

近づいてくる者たちの笑顔の裏に、見え透いた打算を見てしまって、シオンは思わず辟易（へきえき）するが……、

「すみません。あの……」

っと……、その人垣をかき分けて歩み寄ってくる者がいた。

非難の声もなんのその、そこに現れたのは、シオンの見知った人物だった。

「んっ？　君は、ティオーナ」

ティオーナ・ルドルフォン。

帝国辺土伯の令嬢である彼女もまた、ミーアの晩餐会に招かれていたのだ。

「まぁ、田舎者がしゃしゃり出るなんて、生意気なっ！」

などという非難の声をあっさり無視して、ティオーナはシオンの手を取った。

「あの、シオン王子、一緒に来ていただけますか？　ラフィーナさまが、お呼びです！」

言うが早いか、ティオーナはシオンを連れて、会場の中を突き進んだ。そのまま、彼女は会場の外へと向かう。

「ティオーナ、ラフィーナさまが呼んでいるというなら、会場から出るのはまずいと思うが……」

苦笑いを浮かべるシオン。彼の視線の先には、会場の中心で帝国貴族に囲まれて談笑しているラフィーナの姿があった。

シオンの指摘に、ティオーナがハッとした顔をする。けれど、

「だが、そうだな。少し疲れたから外の空気でも吸いに行こうか」

その手を逆に引いて、シオンは前に出た。

二人が向かったのはバルコニーだった。

吹き付けてくる冷たい冬の風が、動いて暑くなった体に心地よかった。

辺りに人の姿はない。さすがに、姫殿下の誕生日を祝う晩餐会を抜け出そうなどという不届き者はいないのだろう。

冷え切った空気を思い切り吸って、吐いてから、シオンは言った。

「しかし、すまなかったな、ティオーナ。助かったけれど、俺と一緒にいたら、君の立場が悪くなるんじゃないか?」

それを聞いて、ティオーナは、くすくすと小さな声で笑った。

「大丈夫です。最初から悪いですから」

卑下するわけでもなく、ごく自然にティオーナは言った。

「でも、ミーアさまのおかげで、それもだいぶ良くなりました。セントノエルで嫌がらせを受けることもありませんし、選挙のことがあってから、和解することができた人たちもたくさんいます」

ティオーナは自らの胸にそっと手を当てて、瞳を閉じた。大切な記憶を思い出すかのように……。

「そうか……。それならいいんだけど……」

彼女の顔を見ながら、シオンはなんとなく思った。

――なるほど、彼女も俺と同じくミーアに救われたんだったな……。

「それよりも、シオン王子……、あの、こんなことをお聞きしたらいけないのかもしれませんけど……」

ティオーナは、一度、言葉を止めてから、意を決した様子で言った。

「あの……いいんですか？」

「ん？　なにがだい？」

意味がわからず、首を傾げるシオン。

「ミーアさまのこと……。その……、先ほどダンスを見させていただきました。シオン王子、とっても楽しそうでした」

それから、ティオーナは少しだけ言い淀んでから、

「シオン王子はミーアさまのこと……、好きなんじゃないかな、って思いました。それなのに簡単にアベル王子に、パートナーを譲ってしまって……」

その指摘に、きょとんと首を傾げたシオンは、苦笑いを浮かべた。

「あまりミーアを独占したら、アベルに文句を言われそうだったから譲ったまでだが……」

言葉の途中でシオンは気がついた。自分が偽りを口にしていること。そしてティオーナが、真実を見極めるかのように、真っ直ぐに自分を見つめていることに。

――やれやれ……、誤魔化すのは誠実じゃないかな……。

ため息交じりに、首を振り、シオンは言った。

「君の言う通り、確かに俺はミーアに惹かれているかもしれない。でも、俺は失敗したんだ」

サンクランドの風鴉（かざがらす）がしでかした失態。そして正義を標榜（ひょうぼう）しつつ、自身が犯した罪……。その負い目が、今もシオンを縛（しば）り続けていた。

「今さら、俺に何かを言う資格があるとは思わない……。それに、俺はサンクランドの第一王子だ。仮にミーアに恋をすることがあったとしてもそれが叶うことはない……」

「ミーアさまは、そんなの気にしないと思います」

まるでシオンの迷いを断ち切るかのように、きっぱりとした口調でティオーナは言った。

「ミーアさまは、その……すごく器の大きい方ですから、そんなのきっと気にしません……」

「そうだろうか？」

そう問いかけつつも、シオンは思っていた。

確かに、その通りなのだろうな、と……。

ティオーナは深々と頷いてから続けた。

「それに、きっと後悔します。話せる時に、しっかりと話をしておかないと……きっと」

ティオーナの言葉は、シオンには、後悔を知る者の言葉に聞こえた。

もしかしたら、ティオーナはかつて、話したいことを話さずに後悔したことがあるのかもしれない。

「話せる時に話す、か……」

シオンは、初めて考え始める。

自分の気持ちについて。

自分はミーアのことを、どう思っているのか……。

ちなみに……シオンが、ちょっとした決意を固めつつあるその頃……、ミーアは何をしていたか

といえば……。

「ふむ……、このケーキも絶品ですわ。アベル、あなたも食べてみるとよろしいですわ！」

器の大きさを発揮して、モグモグモグタイムの三ラウンド目に突入していた。

ダンスで消費したエネルギーの補給をしつつも、「飢饉の間はぜいたくなもの食べられないだろうから、食べ溜めしておきましょう！」という、この精神性！

心もお腹も、器の大きいミーアなのであった。

「ご機嫌よう、ミーアさん」

ミーアが「さすがに食べすぎたかしら？」などとお腹をさすっていると、すぐそばで声が聞こえた。

顔を向けてみると、いつの間にやってきたのか、ラフィーナが立っていた。

「まぁ、ラフィーナさま」

ミーアは、慌てて椅子から立ち上がる。

最初の登場の時以来、挨拶回りが忙しくて、ゆっくり会話をする暇もなかった。

というか、ほったらかしてシオンやアベルとダンスを楽しんだり、ケーキをもぐもぐしたりしてしまっていたのだ！　いささか礼を失する態度だったかもしれない、と反省したミーアは、お客さまを歓迎する態度で、ラフィーナに笑顔を振りまく。

ラフィーナはミーアに勧められるままに、席に座ると、不意に声を落とした。

「……ところで、ミーアさん、私はミーアさんのお誕生日に呼ばれていなかったのだけど……来ても大丈夫だったのよね？」

そう言って、上目遣いに見つめてくる。

「……はぇ？」

口をぽっかーんと開けるミーアに向かい、ラフィーナは続ける。

「もしかしたら、ミーアさん、私に来てもらいたくなくって、それで誘わなかったんじゃないかって……。心配になってしまったのよ。呼ばれていなかったのは、私だけだったみたいだから……」

「あっ……」

すぅっと……、ミーアの背筋に冷たぁいものが……走った。

そうなのだ、生徒会のメンバーでこの場に呼ばれていないのは……、ラフィーナだけなのだ。

クロエはもともとが平民の出身なので仕方ないとはいえ、サフィアスもティオーナも、二人の王子も、誕生祭には呼ばれている。

貴族で呼ばれていないのは……ラフィーナだけだ。

ミーアは、ラフィーナだけを、自分の誕生祭に呼ばなかったのである！

これが、何を意味するか……。

例えばミーアが、ラフィーナとさほど仲が良くなければ問題はない。

そのような関係でラフィーナを呼ぶことは、彼女の権力を目当てとすることに繋がる。むしろ、それならば呼ばないほうが、謙虚さがあって、ラフィーナには評価されることだろう。

だが……、幸か不幸か、ミーアはラフィーナとお友だちである。

では、お友だちを誕生パーティーに呼ばないというのは、どういうことを意味するのか？

ダラダラと背中に汗を流しつつも、ミーアは震える声で言った。

「ら、ラフィーナさまは、ご多忙ですし、わざわざ来ていただくのは申し訳ないって思っただけですわ。決して、来てもらいたくないだなんて、全然思っておりませんわ。こうして来ていただけて、わたくし、かっ、感動しておりますのよ？」

……ちなみに、割と本音である。

ミーアは決して、ラフィーナに来てもらいたくないとは思っていなかったのだ。ただ、いろいろあって若干忘れていた節はないではないが……。

ラフィーナはじぃっとミーアの瞳を見つめてから、

「……でも、忘れてたりして？」

ミーアは、ニッコニコの笑みを浮かべたまま、それを受け流す。

心の中で、悲鳴を上げつつ……。

――うう、や、ヤバいですわ！　ら、ラフィーナさまは、時々、人の心を読まれる方……意識してはいけませんわ。忘れてたなんてことありませんわ……。わたくしは、忘れてなどおりませんでしたわ！

自分で自分に言い聞かせ、それを信じ込む！

自分は、ラフィーナのことを、忘れてなんかいなかった！

ラフィーナが忙しいだろうから、誘わなかっただけなのだ！

――ワタクシ、ワスレテ、ナイ……。

っと、そこで、ラフィーナは表情を崩した。

「ふふふ、冗談よ、ミーアさん。もう、そんなに慌てなくっても大丈夫よ」

涼やかな笑みを浮かべるラフィーナ。だけどミーアには、なんとなーく、その日が笑っていないように見えてしまうのであった。

――うう、失敗しましたわ。これからは、毎年ラフィーナさまをお誘いしておかなければなりませんわ。それに……。

と、ミーアはそこで思い至る。

――ああ、そうですわね……。バルバラさんのこと、入れ違いになってしまったのでしょうし。説明は必要ですわね。

バルバラとともに、ヴェールガに送った書状（言い訳の塊）。そこには、初代皇帝の企みを、ミーアが継承しないことを正式に表明した旨を全力で記載してあったのだが……。

――あれをお読みでないということは……あのイエロームーン公爵にしたように、初代皇帝の責任を負わなくていいように、迅速にきっちりと宣言しておく必要もありますわね……。ならば、なにかしら、それに良い場所があればいいですわね……ふむ。

などと考えているうちに、その日の晩餐会も終わりが近づいていった。

「ミーアさま……」

ふと顔を上げれば、そこにはエメラルダが立っていた。

「あら、エメラルダさん。今日は、わたくしのために、わざわざ来ていただいて感謝いたしますわ」

「いえ。親友のお誕生日をお祝いするのは当たり前のことですわ。今日はこれで失礼いたしますけれど、我がグリーンムーン邸で行われるパーティーも楽しみにしていてくださいませね。ああ、シオン王子も、アベル王子も、それにラフィーナさまもよろしければ……」

などと、朗らかな笑みを浮かべるエメラルダ。

ミーアの誕生祭は五日間。その間ミーアは、帝都近郊の中央貴族領地群の街々をめぐることになっている。どの貴族の領地へ赴くかは定まっているわけではなく、毎年、各月省の意見を組み入れて、コースが決まるのだ。

その五日間が終わると、今度は四大公爵家のそれぞれが祝宴を開いてくれるので、それに参加しなければならない。

当然、エメラルダのグリーンムーン家でも祝宴が開かれることになっている。

——確か、グリーンムーン家は、領都ではなく、帝都にある別邸のほうで祝宴を開くことになっていたかしら……？　ということは、しばらく帝都にいるんですのね……ふむ。

っと、ミーアはそこで、何かを思いついたようにパンッと手を打った。

「あ、そうですわ。ねぇ、エメラルダさん、あなたにお願いがございますの」

「あら？　なんでしょうか、ミーアさま」

お願いと言われたのが嬉しかったのか、エメラルダはニコニコと笑みを浮かべた。

そんな彼女にミーアは、ごく自然な口調で言った。

「この冬の間に、例の『約束』、果たしていただけるかしら？」

「約束……」

一瞬、首を傾げたエメラルダだったが、次の瞬間、ハッとした様子を見せた。

その頬は心なしか、緊張に強張っているように見えた。そんなエメラルダにミーアは優しく笑みを浮かべる。

「わたくしのために、お茶会を開いていただきたいんですの。甘くて美味しいケーキを食べさせてくださる約束になっておりましたわよね？」

それは、あの日、無人島でなされた約束……否、それはもっと昔……。

「サフィアスさんとルヴィさん、それに、シュトリナさんもお呼びして、そこで、誓い合うんですの」

ミーアは、一度、言葉を切って、それから言った。

「この帝国のために力を尽くすと……。この帝国の民、すべてのために……」

その言葉に、エメラルダは瞳を見開いた。そうして、
月光会（クレール・ド・リュンヌ）の発案者、エメラルダ・エトワ・グリーンムーンが、長く待ちわびていた瞬間が訪れようとしていた。

月と星々の会合が、ついにもたれようとしていた。

第四話　月と星々のお茶会～かくて盟約は結ばれん～

月光会（クレール・ド・リュンヌ）。

それは、ティアムーン帝国四大公爵家と皇女ミーアのみに参加が許された特別なお茶会。

エメラルダの企画立案によって始まったお茶会は、すでにセントノエル学園内で幾度か開かれていたのだが……、ただの一度もすべてのメンバーが揃ったことはなかった。

イエロームーン公爵家の娘、シュトリナが入学するまで、イエロームーンの席が空席であったことはもちろんあるのだが、それはそれとして、全員がそれぞれに忙しい身である。

すべて出席しているのはエメラルダのみで、サフィアスもルヴィも予定が合わないことがしばしばだった。

けれど、その日……。

グリーンムーン邸の一室には、三人の星持ち公爵令嬢（エトワーリン）と一人の星持ち公爵令息（エトワーレ）が揃っていた。

広い一室、その中心に据えられた円卓の周りに四人は座り、思い思いに談笑を楽しんでいた。

「しかし、まさか月光会（クレール・ド・リュンヌ）にこんな形で全員が揃うなんて思ってもみなかったよ。この忙しい時期に招集をかけるなんて……。オレはまたてっきり、君がおかしくなったものとばかり……」

「あら、ずいぶんと失敬ね、サフィアスさん。それではまるで、私が空気を読めないみたいじゃない？」

サフィアスの軽口に、不機嫌そうに言うエメラルダ。

「いやいや、今回ばかりは私も青月の貴公子に賛同するよ。まさかミーア姫殿下の誕生祭の二日目にお茶会だなんてね……ふむ、この紅茶、美味しいね。ペルージャン産の紅茶かい？」

二人の会話を涼しい顔で聞いていたルヴィが、目の前の紅茶に口をつけて笑った。

「そのはずですわ。ラーニャ姫からのいただきものを、ミーアさまに分けていただいて……、あら？　なにかしら、そのお顔は……」

「いや、なに。君も変わったな、と思ってね。緑月の姫君。ずいぶんと丸くなった」

ルヴィの指摘に、エメラルダは、はて？　と首を傾げる。

「そうかしら？　そのようなこともないはずですけど……、でも、そうですわね。ミーアさまの親友に相応しくあろうとは考えておりますわ」

その素直な物言いに、ルヴィは、わずかばかり瞳を見開いてから、

「なるほどなるほど。この場に集う者はみな、ミーア姫殿下と触れ合い変えられてしまったということか……。ねぇ、君もそうなのかな？　黄月の姫君」

そうして、ルヴィが視線を向けた先、静かに座っていたのは、野に咲く花のような可憐な少女だった。ふわふわの髪を揺らして、少女、シュトリナは愛らしい笑みを浮かべる。

「ええ。みなさんと同じか、もしかしたら、それ以上じゃないかしら？」

シュトリナの言葉を聞いて、

「あら？　それは聞き捨てなりませんわ。私のほうが軽いなどと……」

噛みつくエメラルダ。キッと、鋭い視線をシュトリナへと向ける。さらに、

「私も、そう言われるのは少し不快だね。私だってミーア姫殿下には、返しきれないほどの恩義を感じているよ」

珍しいことに、ルヴィもムッとした顔をしていた。

友情、恋愛、それぞれ別のベクトルではあっても、ミーアから受けた恩義は、二人にとって非常に大きな意味を持っているのだ。

「おいおい、なにを張り合っているんだい？　もうすぐミーア姫殿下がいらっしゃるんだぞ？」

いがみ合う少女たちを見て、サフィアスは、やれやれと首を振った。

正直、女子同士の言い争いに口を挟むなど野暮なことだと、彼自身は思っているのだが……。

――まぁ、これも経験というものか。これも将来の役に立つかもしれないしね。それに、あまり騒がしくしているのも問題だからなぁ。話をするのは、あの混沌の蛇という者たちのことだろうし……。

生徒会で何度か耳にした話……、サフィアス自身は未だに半信半疑ではあるのだが……。

――ラフィーナさまもシオン、アベルの両王子も一切疑う様子はなかった。ということは、たぶん、その存在自体は確実なのだろう。

そして、今まで生徒会だけで対処していたのを、いよいよ四大公爵家の者たちにも明かし、共に戦おうと……、ミーアはそう表明するつもりなのだと……、サフィアスは思っていたのだ。

――であれば、我々が仲間割れをしているわけにもいかない。ここは一枚岩になって対処しなければ、下手をすれば帝国が傾く。

自分だけが、重大な危機に関する情報を持っているのだから自分がしっかりしなければ、と……サフィアスは、いつになく気合が入っていた。

「そうですわね……私としたことが……」

サフィアスにいさめられたエメラルダが神妙な顔で頷いた。

「ああ、そうだったね。私も、少しムキになった」

ルヴィも、気持ちを落ち着けるかのように紅茶に口をつける。

「リーナも、不用意な発言でした。ごめんなさい」

シュトリナが最後に頭を下げて、その場は収まった。

それを見て、サフィアスは満足げに頷く。

——おお！　オレもまとめるのが上手くなったな。生徒会でもまれているからだろうか。ふふふ、成長しているということだな！

などと、若干調子に乗ってしまうサフィアスであったが……実のところ、そういうことではなかった。なんのことはない。ミーアがこれから重大な話をすることを知っているのは、なにもサフィアスだけではなかったのだ。

エメラルダは知っている。

夏の無人島、そこで見つけた帝国の重大な秘密のことを。

ルヴィは知っている。

ミーアが数年にもわたる大規模な飢饉がやってくると予測していることを。そのために、皇女専属近衛隊（プリンセスガード）を、効率的に動けるように組織していることを。


そして、シュトリナは知っている。

自らの家を縛っていたもの。ミーアがそれを破棄してくれたことを。


みなが黙り込んだ刹那、部屋のドアが静かに開く。

「ご機嫌ようみなさま。このたびは、お集まりいただき感謝いたしますわ。それでは早速、お茶会を始めましょうか」

入ってきたミーアは、ニッコリと微笑んで、言い放つのだった。

「まず、初めに、みなさまに謝っておきたいことがございますの」

そうして早々に、ミーアは頭を下げた。

「本来、月光会（クレール・ド・リュンヌ）には、四大公爵家の子弟とわたくし以外は参加できないことになっていると聞いておりましたが……。今回は、特別に二人の方の参加を認めていただきたいんですの」

そこで、ミーアは振り返って見せる。と、ミーアの後ろから一人の少女が姿を現した。

澄んだ水色の髪を揺らしながら、入ってきたその少女は……。

「おや……、あなたは、ラフィーナさま」

ルヴィが意外そうな声を上げる。一方で、その他のメンバーは特に驚いた様子を見せなかった。

「ご機嫌よう、みなさん。ふふ、セントノエルの外で、このように会合をするのは少し新鮮ですね」

涼やかな笑みを浮かべてラフィーナは言った。横で見ていたミーアは、ついついその笑みに底知れぬ凄みを見てしまう。

――ラフィーナさまに関しては、別に誰の許可を求める必要もなかった気がいたしますわね……。

いったい、どこの誰がラフィーナに、たてつくことができるだろう？　そのような蛮勇を持つ者など、ミーアは一人しか思い浮かばなかった。そんなことができるのは、帝国最強の騎士ぐらいなものである！

ということで、特に反対意見もなさそうなことに、ミーアは満足げに頷く。

なにしろ、ミーア的にはこの会の主目的は、ラフィーナへのパフォーマンスである。彼女が参加しないのはあり得ないことだった。

「それとももう一人……、わたくしの大切な助言者、ルードヴィッヒ・ヒューイットの参加も認めていただきたいんですの」

ここでミーアは言葉を切って、そっと瞳を閉じる。

相手がラフィーナであればまだしも、平民であるルードヴィッヒは本来この場には相応しくない。

けれどミーアとしては、自分がやらかした際に彼の助言は必要不可欠なものだった。

この場に呼ばないわけにはいかない。

なので……、カッと瞳を見開いて、ミーアは力説する。言い訳を！

「ルードヴィッヒはわたくしの片腕、わたくしの知恵、そして、わたくしと心を同じくする者。もう一人のわたくしだと思っていただければ嬉しいですわ」

そう言って、ミーアはルードヴィッヒのほうに目を向けた。

その視線を受け、ルードヴィッヒは、わずかにメガネの位置を直してから、深々と一同に頭を下げる。

「ルードヴィッヒ・ヒューイットにございます。ミーアさまの過分なご信頼にお応えできますよう、精一杯、努めさせていただきます」

――はて？　なんだか、今日のルードヴィッヒはいつもより気合が入っているような……？　まぁ、別にいいですけど……。

それからミーアは、みなの顔を見た。またしても異議は出なかった。

――ふむ、誰かしらイチャモンをつけてきてもおかしくはないかと思いましたけれど、意外と素直ですわね。これなら、アベルとシオンもつれてきても問題なかったかしら……？

などと思いつつも、ミーアは言った。

「では、改めて、お茶会を始めますわ。エメラルダさん、お願いいたしますわね」

そう言って、ミーアは自らの前にケーキやお菓子が並ぶのを待った。

なんと！　今日は、ケーキが三種類も出てきた！

焼きリンゴのタルトと、甘月マロンのクリームをたっぷり使った山を模したケーキ、さらに、花の蜜がたっぷりかかったパンケーキである。

――ほう……、難しい話をする前に、まず甘いものを摂取しようということですわね。さすがは、エメラルダさん。できる女ですわ！

ミーアのテンションが90、エメラルダへの信頼度が１００上がった！

「さて、それでは……本題に入りますわ」

っと、一通りケーキをペロリしたところで、ミーアは静かに口を開いた。

「ミーアさま、お口に……」

などと、エメラルダが近づいてきて、口元をハンカチで拭いてくれた。

……堂に入ったお姉さんっぷりである。聖夜祭の際に、あまりミーアと遊べなかったのが、若干寂しかったらしい。

んっ、んん、などと喉を鳴らしてから、ミーアは改めて言った。

「では、本題に行きますわ……。といっても、ふむ……どこから話したものかしら？」

ミーアがルードヴィッヒに目を向ける。

ルードヴィッヒは心得たとばかりに頷いてから、

「それでは、私から……。そうですね、やはり、順番に話をしていくのがよろしいでしょう。始まりは、レムノ王国の革命未遂事件から……」

そうして、彼は語り始めた。

レムノ王国の革命未遂事件と、その裏で暗躍していた者たちのこと。

サンクランド王国の諜報部隊、風鴉と白鴉、そして、潜り込んでいた蛇の存在……。

「混沌の蛇……、そのような者が……？」

「驚きましたわね……。レムノ王国の内乱に、そのような裏事情が……」

ルヴィとエメラルダが、狼狽した様子でつぶやきを漏らす。

「不幸中の幸いと言ってはなんですけれど、帝国内に張り巡らされていた、サンクランドの諜報網は一掃されておりますわ。白鴉だけでなく、風鴉のみなさんにもお帰りいただきましたの」

そう言って、ミーアは紅茶を一口。それから、

「次に、夏休みのことをお話しする必要がございますわね……」

ミーアはエメラルダのほうに目を向けた。エメラルダはちょっぴり緊張した顔になり、小さく頷いた。

「実は、夏休みにミーア姫殿下と舟遊びに出かけましたの。あっ、シオン王子とアベル王子のお二人も同行されていたんですのよ」

……後半は若干自慢げな口調になっているエメラルダである。

「そして、その際に、無人島でとんでもないものを見つけてしまいましたの」

「とんでもないもの？」

怪訝そうな顔で首を傾げるルヴィ。ミーアは深々と頷いて、もったいぶった口調で言った。

「初代皇帝陛下が残した碑文。この帝国の興りと、混沌の蛇との関係性についてが書かれたものですわ」

そうして、ミーアは話す。

初代皇帝がいかなる思惑によって、このティアムーン帝国を築いたのか。この地を呪うために、

帝国内に蔓延する「反農思想について」。

……ちなみに、それらはすべて台本通りである。

話したいことをルードヴィッヒにまとめてもらったものを暗記したのである。

パンケーキに覚えるべき文字を花の蜜で書いていき、覚えたらペロリとする、なぁんていうふざけた暗記法だったが、実に見事に暗記に成功してしまったため「暗記パンケーキ法」と命名したミーアである……どうでもいい。

「初代皇帝陛下が……」

「なるほど……。確かに、言われてみれば我々の中にも、農業に対する偏見は根付いているな。中央貴族の者たち、我がブルームーンの派閥の者たちにも、その傾向は確かにある。オレ自身、農民は農奴の末裔だなどと、見下してしまったこともある。恥ずべきことだったな」

サフィアスが、苦々しげな口調で言った。

「そして、イエロームーン公爵家……。彼らは、初代皇帝陛下によって密命を受けていた。そうですわね、リーナさん」

ミーアの視線を受けたシュトリナは、わずかばかり強張った顔で、小さく頷いた。

「我がイエロームーン公爵家は、初代皇帝陛下から特別に命令を受けていました……」

そうして、語られるのはイエロームーン公爵家の秘密。

壮絶な歴史に、その場の誰もが言葉を失った。

その間、ミーアは、紅茶のお代わりを所望。ミルクたっぷりのそれに……、流れるような動作で砂糖を入れようとしたところで……。

「ミーアさま、僭越ながら、少しお控えいただきますよう……。アンヌ嬢から言われております」

横から、ひそめた声で、ルードヴィッヒが言った。

ぐむ、っとうなりつつ、ミーアは砂糖のビンから手を離した。

やがて、話し終えたシュトリナは小さく息を吐き、瞳を閉じた。それは、罪の告白を終え、刑の執行を待つ囚人のような……、悟りきった表情だった。

混沌の蛇と繋がりのある毒を熟知した娘。ミーアの暗殺さえ企んだ彼女に、みな困惑の視線を向けていたが……、

「誤解のないように言っておきますけれど、リーナさん自身に罪があるとは、わたくしは考えておりませんわ。初代皇帝に命じられてしたことですし……。イエロームーン家に罪なしとしてしまうと、納得できぬ者もいるでしょうから、そちらへの対処は現当主たるローレンツ殿に一任いたしましたけれど……、それは、リーナさんまでは及ぶべきではない、と考えておりますの。重ねて言いますが、この件はすでに終わったこと。蒸し返すような真似をしないでいただきたいですわ！」

……要するに、初代皇帝のやらかしを、これ以上つついてくれるなよ、ということである。

ちなみに、四大公爵家の者たちは、それぞれ皇帝の血縁であるがゆえに、初代皇帝の罪がミーアに及ぶと言い出すと、自分たち自身も墓穴を掘ることになりかねない。

唯一、怖いのはラフィーナだったが……、チラッとうかがってみた感じ、怒った様子はなかった。というか、むしろ、優しい笑みを浮かべてミーアを見つめていた！

……それはそれで、ちょっぴり怖くなってしまう小心者ミーアなのであった。

それから、気を取り直して、今度はルヴィに目を向ける。

「過去のことに目を向けるより、わたくしは、むしろこれから先のことに、力を合わせる必要を感じておりますの」

「これから先のこと……ですか？」

サフィアスが首を傾げる。

「ええ。ルヴィさんにはすでに動いてもらっているのですけれど……、みなさんにも言っておきますわ。これから先、数年にわたり大規模な飢饉が大陸全土を襲いますわ」

断言するミーアに、サフィアスが驚いた様子で言った。

「そっ、そんなこと……、ミーア姫殿下は未来のことをも見通されるのですか？」

「すべてのこと……とは申しませんけれど、少なくとも農作物が軒並み不作になることは事実ですわ」

そうして、ミーアはルードヴィッヒのほうに目を向けた。ルードヴィッヒは小さく頷き、

「すでに、来年の収穫はかなり減るであろうことが予想されています。今年は、冷夏であったために実りが悪いのです」

「そっ、そんな……」

震える声でつぶやいたのは、シュトリナだった。

混沌の蛇の企みを熟知している彼女だから、帝国を飢饉が襲った場合、どのようなことになるのか、よく理解できるのだろう。

「ミーアさま……、あの、それは間違いないのでしょうか？　もし、そんなことになったら……」

「ああ、リーナさん、心配には及びませんわ。そのための備えを、わたくしたちはしてきたのですから……。ですわよね、ルードヴィッヒ」

ミーアの視線を受けて、ルードヴィッヒは重々しく頷いた。

「はい。ミーアさまの命を受け、備蓄に努めてまいりました。仮に飢饉が起きたとしても……、十分に耐えしのぐことができるでしょう。遠方の地より小麦を買い付けてきてくれるフォークロード商会、ペルージャン農業国、ガヌドス港湾国、それぞれからの食糧輸送ルートが守られてさえいれば……、民を飢えさせることはありません」

「加えて、その供給が守られるよう、ルヴィさんに、皇女専属近衛隊（プリンセスガード）の運用計画を作っていただきましたの。食料が不足するなどと聞けば、不安に思った民が暴徒化し、馬車を襲うかもしれませんし。それに、混沌の蛇……彼らが混乱を生み出すべく破壊工作を行うかもしれませんから」

ミーアの視線を受け、ルヴィは頷いた。

「皇女専属近衛隊（プリンセスガード）と、いざという時には、我がレッドムーン公爵家の私兵団の一部を投入することも考えに入れて計画を作っている」

それを聞き、サフィアスが立ち上がった。

「そうか。ならば後でその計画、こちらにも回してくれ。我がブルームーン家でも手伝えることがあると思う」

「ああ、わかったよ。そのように手配しよう」

頷くルヴィ。さらに、その隣でエメラルダが腕組みする。

「それに、ガヌドス港湾国にも、きっちりと釘を刺しておく必要がありますわね。ああ、シュトリナさん、イエロームーン家からも使者を送ってくださらない？　昔はガヌドスと交流があったんですわよね？」

エメラルダもそれに続き、シュトリナも了承の頷きを見せる。

誰も、ミーアの未来予想を疑う様子すら見せなかった。

ミーアが飢饉が来ると言うのであれば、そうなのだ、と……。その前提で動き出そうとしている。

しばらくその様子を見てから、ミーアはパンッと手を打った。

「さて……、それではそろそろ、一番大切なお話をいたしますわね……」

みなが一斉にミーアに視線を向ける中、代表してエメラルダが声を上げた。

「一番大切なこと……それはなんですの？　ミーアさま」

ミーアは気持ちを落ち着けるよう、そっと紅茶に口をつけ……。

――うぅん、やっぱり、ミルクティーは甘くないと美味しさが半減してしまいますわね。

などと思いつつ……、一つ息を吐く。

それから、満を持して口を開いた。

そう、今日このような場所を設けた理由が、きちんとミーアにはあるのだ。

「知れたことですわ。エメラルダさん。わたくし、言いましたわよね？　お茶会を開いてもらいたいと。そこで、帝国に忠誠を誓い合うのだと」

遠き日の約束の言葉をそらんじる。その上で、

「では……、その忠誠を誓うべき帝国の姿とは……、いったいなにかしら？」

「それは……」

ミーアの言葉に、みなの顔に動揺が走った。なぜなら、いましがた語られたからだ。

この帝国は、肥沃なる三日月地帯を涙で染め上げるための帝国。

反農思想という呪われた思想を広め、内戦を勃発させ、多くの死と流された血とによって、この地を破滅させるためのものであると……。

そのようなものに、忠誠を誓うことなどできようか……？

ただ一人、エメラルダだけが、落ち着いた顔をしていた。彼女はすでに、あの島で、ミーアの考えの一端を聞かされていたからだ。

一同の顔を見回してから、ミーアはゆっくりと頷いて見せた。

「そうですわ。そのような帝国に忠誠を誓うなど、馬鹿げたことですわ」

ミーアは、吐き捨てるように言った。

なにせ、そのせいで断頭台まで追いやられたミーアである。

ルードヴィッヒのお小言に耐えて、なんとか立て直そうと頑張ってきたミーアであったから、帝国が傾いたおおもとの原因たる初代皇帝には恨み骨髄なのである。

「馬鹿げたことですわ。ほんっと、ふざけてますわよねっ！」

だんだん、っと地団駄踏みたくなるのを堪えつつ、ミーアは小さく息を吐く。

「ですから、わたくし決めましたの。そんな古い盟約は、もう破棄してしまおうと……」

言いながら、ミーアはチラリとラフィーナを見た。そう……、ミーアはこれを聞かせるために、ラフィーナを呼んだのだ。

初代皇帝との約束とか破棄しときますよー。だから、これから先どっかの貴族が、初代皇帝への忠誠から馬鹿なことをやったとしても、自分には関係ありませんよー、と……。アピールするために！

「イエロームーン公爵家だけではありませんわ。帝国貴族は、みな、この帝国に忠節を尽くすと、家督(かとく)を継ぐときに盟約を結びますわよね。けれど、今ここに、それをすべて破棄いたしますわ。あなたたちは帝国に忠誠を誓う必要はもうございませんわ」

「へ……？　あの、ミーアさまそれは……」

混乱した様子で、瞳を瞬かせるサフィアスに、ミーアは静かに笑みを浮かべる。

「その上で、お願いしたいことがございますの。古き盟約を破棄した上で、わたくしと……、新しい盟約を結んでいただけないかしら？」

「新しい盟約……」

「そう。滅びのための……、古い三日月(ティアムーン)を涙に染め上げる帝国とではありませんわ。みなの安寧と繁栄のための新しい帝国と盟約を結んでいただきたいんですの」

一度言葉を切り、ミーアはそっと瞳を閉じて続ける。

「貴族のためだけではございませんわ。この地に住む臣民すべての繁栄のため、三日月(ティアムーン)をすべての臣民の歓喜の涙で染め上げる帝国ですわ。それに忠誠を誓っていただくこと、そしてその帝国のために力を尽くすこと……、それが、結んでいただきたい新たなる盟約ですわ」

それをこそ、ミーアは求めたかった。

国が、国民の繁栄のために存在するというのは当たり前のことだ。されど、貴族の中には、国民の中に、一般民衆を入れていない者がいる。領民を踏みつけにしてでも、自らの繁栄を追求しようという人間がいる。

けれど……、それではダメなのだ。

そんなことをしたら、断頭台が猛スピードで駆け寄ってくることを、ミーアは痛いほど（……主に首が）よく知っているのだ。

だからこそ、今この場で明言したのだ。

帝国は〝臣民すべて〟の繁栄のために存在するのだ、と。

そうしなければ、滅亡にまっしぐらだからこそ、しっかりと明言しておいたのだ！

「もちろん、これは個人的な密約ということになりますわ。本来、こうしたものは、皇帝陛下と、現公爵家の当主たちの間でなされるもの。個々の貴族たちと結ぶべきものですわ。でも……」

と、そこまでだった。

突然、立ち上がったエメラルダが、ミーアのそばまで歩み寄ると、そこで膝をかがめた。

「ミーアさま……。私は……、エメラルダ・エトワ・グリーンムーンは、ミーア・ルーナ・ティアムーン姫殿下と、盟約を結ぶことを、ここに誓います」

彼女に続くようにして、シュトリナ、サフィアス、ルヴィが、ミーアの足元に膝をかがめる。そうして、口々に、その盟約への同意を宣誓する。

「みなさん……」

と、そこで、パチパチと拍手の音が聞こえた。見ると、ラフィーナが穏やかな笑みを浮かべて拍手をしていた。

「ミーアさん、素晴らしかったわ。星持ち公爵令嬢(エトワーリン)、星持ち公爵令息(エトワーレ)と、月の皇女との新しき盟約……。確かに、このラフィーナ・オルカ・ヴェールガが見届けたわ」

それから、ラフィーナは静かに自らの胸に手を当てる。その口が紡ぐのは祈りの言葉。

「願わくば……、今日、この場でなされた誓いを、永遠に我らの神が守られますように。この場のみなの絆が、神の祝福を得ることができますように」

聖女ラフィーナの清廉(せいれん)なる祈りの言葉によって、月光会(クレール・ド・リュンヌ)は静かに幕引きとなった。

さて……、月光会(クレール・ド・リュンヌ)を終え、自室に帰ってきたミーアは、そのままベッドにぴょーんっと転がった。

「ああ……疲れますわ。誕生祭もまだまだ半分以上残っておりますし……。やはり精神的な疲れが大きい気がいたしますわね」

などと言いつつ、お腹をさすっているミーア。

食べすぎて胃腸が疲れていることに気付かないのであった。

そこで、ふと、ミーアの目に飛び込んできたもの、それは、ベルから借りっぱなしになっていた聖女ミーア皇女伝だった。

「ああ……そう言えば、読み返そうと思ってベルから借りたんでしたっけ……」

よっこいしょーっと掛け声をかけ、ミーアは起き上がる。それから、皇女伝を手に取りつつ、はふぅっとため息を吐いた。

「ああ……完全に忘れておりましたけれど……。結局のところ……、わたくし、女帝にならないと、暗殺されてしまうんですわよね」

今日までの成果に、ミーアはそれなりに満足していた。

けれど……おおもとの問題は、残念ながら解決していないのも事実だった。

「うーむ、でも、帝国って、過去に一度も女帝っていないんですのよね……」

うぐぐ、っとうなりながら、ミーアは再びベッドに寝転がった。

「ともかく、名乗り出るタイミングが大事ですわ。タイミングを誤れば、女帝など夢のまた夢ですし……。それに上手くやれば、女帝にならなくっても……良くなったりするかも……？　あー、なんとかサボる方法はないかしら……」

女帝にならなくってもいいって書いてないかしら……？　などと思いつつ、ミーアは皇女伝を開こうとして……。

「失礼いたします、ミーアさま」

その時だった。部屋のドアがノックされたのは……。

入ってきたのは、アンヌだった。

「ミーアさま、ルードヴィッヒさんが面会にいらっしゃっているのですが……」

「あら、ルードヴィッヒが？　なにかしら？」

アンヌの言葉を聞いて、ミーアは、ふむ、と考え込んだ。

——先ほどはなにも言っておりませんでしたけれど、なんの用かしら……？　あ、そうですわ。どうせならば、わたくしが女帝にならずに済む方法を、一緒に考えてもらうのはどうかしら？

サボることにかけては、努力を怠らないミーアである。

「構いませんわ。わたくしのほうでも相談することがございましたの。入ってもらって」

そう言うと、ミーアはむっくりと起き上がり、隣の私室へと移った。


ベッドルームの隣には、普段、ミーアが生活をしている部屋がある。

いつでもお菓子の時間に移行できるように、部屋の中央には大きなテーブルが置かれているものの、基本的には、そこは、他人を入れる場所ではない。

けれど、極めてプライベートなこの場所は、秘密の会談を行うには適した場所でもあるのだ。

「突然、申し訳ありません。ミーアさま」

「いえ、構いませんわ。わたくしも相談したいことがございましたの。でも、まずは、あなたのお話をうかがいますわ」

そう言いつつ、ミーアは、アンヌが用意してくれたお茶に口をつけた。

——ふむ、アンヌもなかなか、お紅茶の淹れ方が上手くなってきましたわね。

などと感心していると、

「月光会でのこと、お見事でございました」

ルードヴィッヒが、真剣な顔で言った。

「あのような形で、四大公爵家をまとめ上げるとは思ってもおりませんでした」

「ふふふ、大したことではありませんわ。まぁ、四大公爵家がまとまっていたほうが、これから先、なにかとやりやすいでしょうし……」

ラフィーナへのアピールは別にしても、飢饉に際しての四大公爵家の働きを期待したいミーアである。そのためにも、危機感の共有はやっておいて損のないことだった。

そして、ルードヴィッヒに褒められて悪い気はしないミーアである。のだが……。

「それに、高貴なる色をまとっての堂々たる立ち居振る舞い……、まことに見事にございました」

続く、ルードヴィッヒの感極まったような声に、違和感を覚える。

「……ん？　ああ、あのドレスですわね。ええ、アンヌが用意してくれて……」

言いつつも、ミーアは小さく首を傾げる。

――はて？　高貴なる色……？

「喜ばしく思います。ミーア姫殿下、我らの心が一致していることが……」

「……はぇ？」

なんのことを言われているのかわからず、ミーアはパチクリ、瞳を瞬かせる。

――はて？　心が一致している……いったいなんのことですの？

困惑するミーアに、ルードヴィッヒは力強く頷いた。

「どうぞご安心ください。ミーアさまに、至尊の地位に就いていただきたいと願っている者は、帝国には多いのです」

「……はぇ？」

ミーアの目を、しっかりと見つめたまま、ルードヴィッヒは熱意のこもった口調で言った。

「ミーア姫殿下を女帝の地位に押し上げるため、我ら一同、粉骨砕身の覚悟で働いていきたく思います。今、バルタザルにも手伝ってもらい、同門の者たちに声をかけております。それから、各月省の文官たちの中から、見どころのある者もリストアップしていて……」

「…………はぇ？」

ミーアを女帝へと押し上げる、巨大な波が生まれようとしていた。

かくて、月と星々の新たなる盟約は結ばれ、歴史は新たなる流れを作り出す。

「はぇ……？」

未だに事態が飲み込めないミーアをあっさりと飲み込んで、歴史の奔流はどこへ向かうのか……。

それを知る者はどこにもいなかった。

第三部　月と星々の新たなる盟約Ⅲ　完　第四部へと続く

第四部
その月の導く明日へI

THE TOMORROW THE MOON LEADS

プロローグ　キノコ鍋から始まりて……

「お、おお……」

ぐつぐつと、躍る具材。ホロホロに溶けた野菜と、美味しそうに煮えた鶏肉。それらを漬す黄月トマトベースのスープと、鍋のど真ん中、顔をのぞかせる何種類かの……キノコ。

黒くて、ひらひらしたキノコ、小皿ほどの大きさの笠を持つ真っ白なキノコ、小さな房が複数集まったキノコ、キノコ、キノコ……っ！

それらは、香り高い高級キノコではなかった。どちらかというと、森の猟師などが好んで鍋に使うような、素朴なものばかりだった。そして、ミーアは基本的にそのような、素朴な滋味に溢れるキノコが好みだった！

もちろん、キノコに貴賤なし。高級キノコにも高級キノコの味わいというものがあることは、ミーアも認めるところであった。けれど、やはり鍋には、鍋に合うキノコがあるのだ。

そして、ウサギ鍋以来、ミーアの頭の中では鍋料理は、究極に美味しいメニューの一つに数え上げられていた。

つまり、ミーアは素朴な滋味溢れるキノコを使った鍋が大好きなのだ。

ついでに言うと、生存術を極める過程で、山菜類にもすっかり詳しくなっているので、その味覚は、ちょっぴりお祖母ちゃん化しているのは、否めないところであった。

まぁ、それはさておき……。

「お……、おお、おおお……」

感動に震えるフォークを伸ばして、ミーアはキノコに突き刺した。

ふるふるん、と美味しそうに震えるのは真っ白なキノコ！　ヴェールガ茸と呼ばれるそれは、絶品のキノコとして、人々に知られている。

それを、ミーアは目の前まで持ってくると……、一気に口の中に放り込んだ！

「あふ、おふう……」

アツアツのキノコを口の中で転がす。キノコのまとったスープが舌の上にジュッと溶け出し、幸福のハーモニーを奏でる。

程よく冷めてきたところで、ミーアはキノコに歯を立てた。

コリッ……、心地よく歯を受け止める弾力……、コリ、コリッと何とも言えない歯触りに、ミーアの胸が充実感に満たされる。

「ああ……すっ、素晴らしいですわ。これが……キノコ鍋……。実に素晴らしい！」

そうなのだ……、年が明けて早々のこと……、ミーアはついに、念願だったキノコ鍋パーティーを開催していた！

ちなみに場所はアンヌの実家ということで、ミーアの隣にはちゃっかりベルが腰かけて、同じように舌鼓を打っている。

本当は生徒会のメンバーでやれたらよかったのだが、残念ながらみな忙しい身である。シオン、アベル、ラフィーナは、すでにそれぞれの国に帰国していた。

「ああ、残念ですわ……。せっかくですし、聖夜祭の時にできなかったのを、やってしまいたかったのに……」

もちろん、キノコ鍋は美味しいのだが、それも囲むメンバーによってずいぶん変わるというもの。けれど、まぁ、今日の会がつまらないと言っているわけではない。

そこにいたのは、アンヌの家族とミーアベル、さらに、頭の包帯がまだとれていないリンシャとティオーナ、さらに、たまたま帝都に来ていたクロエだった。

十分賑やかである。

小麦の取引の確認がてら、帝都を訪れたクロエの父、マルコ・フォークロード。彼が、ミーアのキノコ好きを耳にして、手土産にキノコ詰め合わせセットを持ってきたのが、今回のキノコ鍋パーティーの発端だった。

「ああ、美味しい。美味しいですわ！　やはり、キノコは歯ごたえが大事ですわね！」

「そうですね、ミーアおば……お姉さま！」

ミーアと同じく、ほふほふと湯気を吐きつつ、鍋料理を楽しむベルである。

鍋を囲む者たちの、実になんとも幸せそうな顔を見て、ミーアは満足げに頷いた。

「やはり、キノコ鍋はこうでなければなりませんわね」

みんなでワイワイ、楽しく囲んでこそキノコ鍋というものである。

ミーアは笑みを浮かべて、クロエのほうを見た。

「このたびは、クロエのお父さまには、大変お世話になってしまいましたわ」

「いえ、そんな！」

ぶんぶん、と手を振るクロエにミーアは小さく首を振って見せた。

「クロエ、わたくしは、恩義を受けた方にはきちんとお返ししなければと思っておりますの。だから、あなたのお父さまにも、きちんとした形でお返しを……」

「それを言うなら、ミーアさま、私はミーアさまにたくさん恩義を受けていますから。父のお土産は、そのお礼ですから、お気になさらないでください」

クロエは小さく笑みを浮かべて言った。

「こうして、帝都で歓迎していただいて、大好きな本のこととかお話しできました。それに……」

と、クロエの視線の先には、エリスの姿があった。

「ミーアさまのお抱え作家さんとも知り合うことができましたし、私、感動です」

「ふふふ、エリスとも本のお話をしたんですのね。楽しめたようでなによりですわ」

同じ本好きとして、クロエの気持ちがよくわかるミーアである。

なにしろ、エリスの小説のアイデアを聞いているだけで、とっても楽しいのだ。

まぁ、エリスが昔書いたという恋愛小説の中に「ハンカチを落として男子と出会う」というのを見つけてしまった時には、いささか複雑な気持ちになったものだが、それはそれ。

本好きにとって作家との出会いは、何物にも代えがたい価値を持っているのだ。

「そう……。でも、やはりそれはそれですわ。もしも、マルコ殿が困ったことがあったら、遠慮なく、わたくしに教えてちょうだい」

なにしろミーアとしては、フォークロード商会の持つ小麦の購入ルートは命綱なのだ。なにか問題があれば、早急に聞いておきたいところである。まぁ、それ以上に今日のお土産、キノコの詰め合わせセットに感動したというのが大きいのだが……。

多少のムチャならば聞いてやろう、という気持ちになってしまうミーアである。

「ミーアさま……。はい、わかりました」

クロエは、ちょっぴり感動した顔で頷いた。

……と、その時だった。

「あの、ミーアさま、実はご相談したいことがあるのですが……よろしいでしょうか？」

「あら、リンシャさん。ええ、構いませんわ……。でも、ふふ」

ミーアは、真面目な表情を浮かべるリンシャに笑みを返した。

「やっぱりあなたにかしこまった態度をとられるのは慣れませんわね」

「もう、からかわないでください、ミーアさま」

リンシャは呆れ顔で肩をすくめてから、

「……ベルさまのことで、少しご相談したいことがあるんです」

わずかながら、声を潜めて言った。

第一話　ミーア姫、正論を吐いてしまう

「うーん……、ちょっと食べすぎましたわね……」

ミーアは、お腹をポンポンと叩きながら、けっぷと息を吐いた。

――ふむ……、なんだか心なしか微妙に手触りが……。

いささか、お腹のお肉のつき具合が心配になってくるミーアである。

――まぁでも、クロエも言ってましたし……冬は動物が食べ物を蓄える時期だ、と。わたくしも同じことですわ。冬は多少……、ほんのちょっぴりだけ太ってそれから痩せていく。それだけのことですわ……。自然の摂理に従っているだけですわ……、たぶん。

きっと、春になれば自然とシュッとしてくるはず……、たぶん。

……などと、自分を納得させるミーアである。

気持ちを切り替えて、ミーアは後ろを振り返り、

「どうぞ、こちらにお入りになって」

リンシャを自室に招き入れた。

「失礼いたします」

やや緊張した面持ちのリンシャは、おずおずと部屋に入ってきた。それから、きょろきょろ、興

味深そうに室内を見回しては、うーむ、などと難しい顔でうなっている。

「あら？　どうかなさいましたの？」

小首を傾げつつ、ミーアは部屋の中を見回した。

一見したところ、室内に変わったものはない。

――特に悪趣味なものはありませんし……。変わったものも……、キノコの苗床を飾ろうとしたのもアンヌに反対されてしまいましたし……うーむ、なにもありませんわよね？

ちなみに、変なものといえば、三日月大根（ムーンラディッシュ）の頭の部分が水につかった状態で、窓際に置いてあったりはする。以前、ミーアが本で調べて「帝国の食糧難打開の切り札」として見出だしたものだった。

まぁ、それはさておき、室内をしばらく見て回ってから、リンシャは思わずといった様子で言った。

「いや……、本当に、皇女殿下……、なんですね」

「はて……？」

この人、何を言ってるのかしら……？　などと首を傾げるミーアだったが、ふと自らの格好を見て笑った。

「ああ……、確かにそうですわね。リンシャさんと会った時は、服も庶民のものを着ておりましたし、帝国の姫だなんて思えなくっても不思議はございませんわ」

案外、革命が起きた時も、庶民の服さえ着ていれば化けて逃げ切れるかも……などと思ってしまうミーアである。

「いや、そういう問題でもないんですけど……」

なにか言いたげな様子のリンシャだったが、すぐに首を振り、それから深々と頭を下げた。

「このたびは、お時間をいただき、感謝いたします」

「礼など無用のことですわ。むしろ、お礼を言いたいのはこちらのほう」

ミーアは、リンシャの頭に巻かれた包帯に目を向け、わずかに顔をしかめる。

「ベルのせいで、ケガをさせてしまいました……。申し訳ないことをいたしましたわ」

深々と頭を下げて、ミーアは言った。

「わたくしにできることであれば、いくらでも償いはいたしますわ」

「ああ……いいえ、大丈夫ですよ。傷自体は深くもなかったし、頭だから血がいっぱい出たってだけで……」

リンシャは苦笑いを浮かべながら、首を振った。

「心配をかけてしまったみたいで、むしろ申し訳ないぐらいですから。これぐらいのケガで動けなくなるなんて、我ながら情けない」

「それならば、よろしいのですけど……」

そう言いつつ、ミーアは椅子に腰かける。向かい側にリンシャが座り、さらにアンヌが食後の紅茶を持ってきたところで、

「それで、相談したいことというのは、いったいなんですの？　まさか、ベルが留年しそうだとか、そういうことではありませんでしょう？」

「へ？　あ、ああ……。それは大丈夫です……たぶん」

「……たぶん？」

微妙な歯切れの悪さに、ミーアはちょっとした既視感を覚えてしまう。

「がっ、頑張ってますよ？　ベルさまは。だから、きっと、大丈夫……だと思います……たぶん？」

「………………たぶん」

たぶん、これは大丈夫じゃないんだろうなぁ！　などと確信しつつも……、ミーアはとりあえずそれ以上は突っ込まないことにする。

リンシャが言うのだから、大丈夫なのだろう……たぶん。

春になると、シュッとしてくるだろう……たぶん。

どっちもなんだかんだで上手くいくのだろう……たぶん。

希望的観測に最大限すがりつつ、ミーアは話を先に進めることにした。

「では、いったい、どのようなお話かしら？」

その問いかけに、リンシャは紅茶の色を確かめるかのようにティーカップを回し、紅茶を飲んでから……ため息を一つ。それから、決意のこもった瞳でミーアを見つめてから、

「ミーアベルさまの癖のことを、ミーアさまはご存知ですか？」

「癖……ですの？」

突然のことに、ミーアは瞳を瞬かせる。

「それは、いろいろと癖はあるかと思いますけれど……、いったいなんのことかしら？」

「いろいろな人に、感謝の印として高額の金貨を渡すことです」

リンシャは、淡々と感情のこもらない口調で言った。

「まぁ！　高額の金貨を⁉」

思ってもみなかったことに、ミーアは目をむいた。

「べっ、ベルにそんな癖が？」

「ああ、やっぱりご存知ではありませんでしたか……。ベルさまは、ミーアさまも、反対はしないだろう、と言っておられましたが……」

「はっ、初耳ですわ！」

それが、本当ならば大変である。

なにしろ『金貨の無駄遣いは、ギロチンの呼び子』という格言もあるぐらいである……。いや、そんな格言はない。

まぁ、それはそれとして、

「ベルが、本当にそんなことをしておりますの？」

「はい。ミーアさまから預けていただいている分から、何度か、そうしたことがありました」

確かにベルには、何かあった時のために、それなりの金額を預けておいたのだが……。

——まっ、まさか、浪費癖があるなんて思っておりませんでしたわ！　せっかく、わたくしが節約しておりますのに、ベルが無駄遣いしてたら意味ありませんわ。

それにしても、いったいなぜ、ベルはそんなことを……？　とミーアは不思議に思う。

ベルのいた未来では、金貨によって褒賞を与えることができるような状況ではなかったはずだし……、そもそもそんなやり方、誰も教えるはずがないと思うのだが……。

「ベルさまは、どうしても必要なことだと言っておられたのですが……」

困ったような顔をするリンシャにミーアは、うむむ……っとうなり声を上げた。

「どうしても必要……。ふーむ、これは……一度、話をする必要がありますわね……」


リンシャから話を聞いた翌日、ミーアは早速、ベルから話を聞くことにした。

ベルを城に呼ぶわけにはいかないからアンヌの実家に行かなければならないなぁ……、などと考えていたミーアだったが、その日は、とても寒かった。

外を見ると、なんと、チラチラ雪が降っていたりもした！

それを見たミーアは……、

「ふむ……。いつまでもベルのことを隠しておくわけにはまいりませんし……。せっかくの機会ですから、お父さまに紹介するのはどうかしら……？」

ふと、そんなことを思った。

「まぁ、ラフィーナさまや、シオンに居場所を作ってもらうこともできるでしょうけど。それでも、帝国の中にいさせるのであれば、お父さまに認知しておいていただくべきですわね……。それで、わたくしの義理の妹とするか……。あるいは、リーナさんと仲良しならば、イエロームーン公爵家に……でも、あそこも、毒草とかが危ないかしら……。いっそ庶民として、アンヌの家で面倒を見ていただくというのもありですわね……。ふーむ……、その辺りのこともそのうち、話し合う必要がありますわね」

などと、いろいろと考えた末のことである。

……別に、雪を見てしまって……、寒そうだなぁ、外に出るの嫌だなぁ……、などと思ったというわけではない。思ったわけではないが、まぁ……、ミーアは雪を見た時、庭を駆け回るタイプではなく、ベッドで丸くなるタイプであることは否定のできないところではある。

とまぁそれはさておき、そんなわけで、ミーアはアンヌにお願いして、ベルを呼んできてもらったのだ。

「ふむ……、しかし、いったいベルは、どうしてそんなお金の無駄遣いをしているのかしら……？」

ベルは、ルードヴィッヒの教育を受け、アンヌやエリスに育てられたという。

「しかも、わたくしのことを、祖母として心から尊敬しているってお話でしたわ……。わたくしを尊敬しているというのならば、金貨を褒美として与えるというのは、いかにも不自然」

そのやり方はすべてを金で解決するというやり方に通じる。そして、常に金に頼ってばかりいると、必要な金額が天井知らずに上がっていってしまうことを、ミーアはよく知っている。

飢饉の際、食料を得るために、さんざん苦労してきたミーアなのである。

あるいは、ルードヴィッヒあたりならば、合理的な判断によってそういう方法を用いることもあるかもしれないが、ベルの教育上はあまり好まないのではないだろうか。

アンヌやエリスに至っては、そんなやり方をしたら怒りそうな気さえする。

つまりそれは、誰かに教わったやり方ではなく、ベル自身が考えたやり方なのではないか。

……などと考えつつ、メイドに自分とベル、それにアンヌとリンシャの分の熱ーいお茶とお菓子の用意を指示。糖分の補給ルートをちゃっかりと用意するあたり、ミーアもだいぶ、戦術手腕が身についてきたと言えるかもしれない。

今日もミーアのスイーツ戦線に異常はないのだ。

そうこうしているうちに、ノックの音が聞こえた。

「失礼いたします。ミーアさま、ベルさまをお連れいたしました」

「ああ、来ましたわね……。どうぞ、お入りになって」

三人をさっさと自室に招き入れると、ミーアは愛想よく言った。

「ありがとう、アンヌ。ベルも、リンシャさんも寒かったでしょう？　とりあえずお茶にいたしましょうか。お菓子を用意しておきましたわよ？」

そうして、三人をテーブルの周りへと誘う。

「わぁ！　美味しそうなケーキ！　ミーアお姉さま、ありがとうございます！」

歓声を上げるベルに、ミーアは優しい笑みを浮かべるのだった。

さて、甘いお菓子とお茶で、お腹を落ち着けたミーアは改めてベルの顔を見た。

「ところで、ベル、少し小耳にはさんだのですけれど……、あなた、市場で買い物をした時に、お礼と称して金貨を渡して、お釣りを断ったとか？」

「ミーアさま、横から失礼いたします。私も、実はお礼と言って銀貨をいただきました」

そう言って、リンシャは、それを取り出した。

「先日、森で賊に殴り倒された時に、ベルさまにいただいたものです。今まで世話になったお礼だと……。これは、お返ししますね。私はこのような形でお礼をいただきたくはありませんし、お給金はラフィーナさまから直接いただいておりますから」

リンシャはにっこり笑って、ベルに銀貨を返した。

ミーアは、そんなリンシャの顔を見て、

——ああ、リンシャさん、ちょっぴり怒ってるんですのね……。

などと、なんとなーく察する。

……ちょっと怖かったので、あえて突っ込まず、ミーアはベルのほうに目を向けた。

「それで、これはどういうことですの？」

「あ、はい。そうなんです。えっと……」

ベルはアンヌとリンシャをチラッと見てから、ミーアの耳元に顔を寄せた。

「金貨を渡した方はボクがもっと子どもだった頃に、すごくお世話になった方だったので、お礼をしておかなければって思いました。ボクにできる一番のお礼が金貨だったので、それでしました」

「ベルがもっと子どもだった時……」

ミーアは腕組みしてつぶやく。

——なるほど……、つまりは帝国が内戦状態になった時に、ベルによくしてくれたお店ということですわね。

未来の世界においてベルは逃亡者であり、力のない子どもでもあった。誰かに優しくしてもらっても、ろくなお礼はできなかっただろう。

恩義を受けた際に、それを返したいと思うこと……、その気持ちはミーアにもよくわかるものだった。アンヌになに一つ報いることなくギロチンにかけられたこと、あの日の口惜しさを、未だにミーアは覚えている。

もしも、あの日、アンヌにあげられるようなものを持っていたなら……、例えば金貨の一枚でも持っていたなら……なるほど、それを渡して恩義を返そうとしたかもしれない。

だから、決してベルに共感できないわけではない……ないのだが……。

「お金はみなに平等な価値を持ちます。自由に、その人の使いたいように使ってもらえますし、とてもわかりやすい。ボクにできる一番のお礼の形なんです」

「ベル……」

「それに、また会えるとも限りません。だから、その場その場できちんと受けた恩義を返そうってしてるんです」

ミーアは、そこでようやく知る。

ベルの深層意識に未だに根付いている焦燥感……。

その場その場で恩義を返していくということ。それは、いつ自分がいなくなってもいいように、というベルなりの考えに基づくものなのだ。

ベルが生きてきたのは、「明日、お礼を言えばいい」と、気軽に思える世界ではなかった。

「あの時に、きちんと言っておけば……」という後悔をいくつも積み重ねる、そのような過酷な世界なのだ。

それを知ってしまったミーアは、うーむ……と思わずうなってしまう。

正直、説得する言葉が思い浮かばなかったのだ。なので、

「それでも……、わたくしは、すべてをお金で返そうというやり方には反対ですわ。お金がすべての人に等しく価値を持つ、なんでもお金で解決できるというのも誤りだと思いますわ」

ミーアにしては、至極まっとうなことを言ってしまった。極めて珍しいことである。

「そう……でしょうか？」

そしてそれを聞いたベルは、なんだか微妙に納得していない顔をするのだった。

それもまた当然の反応だっただろう。実感のこもらない、借りてきた言葉では、人の心を動かすことなどできはしないのだから。

──うーん、これは困りましたわね。

ミーアは甘いおやつをパクリと口に入れるが、あいにくと都合のいい説得の言葉は思い浮かばなかった。

「それはそれとして、ベル、今日はお父さまに挨拶してもらおうと思っていたんですけれど……」

とりあえず、ベルの癖のことはいったん棚上げしておいてから、ミーアは次の話題に移る。

「へ？　ミーアおば……お姉さまの、お父さま……ですか？」

きょとりん、と首を傾げるベル。ミーアは重々しく頷いて、

「そう。現ティアムーン帝国皇帝、マティアス・ルーナ・ティアムーン陛下にですわ」

そう言っておきながら、ミーアは腕組みした。

――しかし、よくよく考えると少し難しいかもしれませんわね……。

なにしろ、普段があんな感じでも、大帝国ティアムーンのトップである。

さすがに「自分の孫娘だから会って！」などと本当のことを言うわけにもいかないので……、そうすると、ベルはよくて一般民衆の娘。悪くすると不審者である。

「お父さまが暗殺者に命を狙われたなどという話はついぞ聞いたことがございませんから、きっとそれ相応に気をつけているはず。素性の明らかでない者と会うとは、あまり思えませんし……。さて、なんと言って誤魔化そうかしら……」

などと少々悩みつつ、ミーアは父の執務室を訪れた。

「失礼いたします。お父さま。少しよろしいでしょうか？」

「おお、ミーア！　どうかしたのか？」

基本的に、ミーアの父、すなわち皇帝というのは割と多忙な人だ。けれど、食事の少し前の時間は比較的、自身の執務室でゆっくりしていることが多い。

理由はとても簡単で、状況が許すならば、彼はミーアと共に食事をしようとするためだ。そのため、御前会議やら、各月省からの報告やらは、すべて食事前にきっちりと終わるようにスケジュールが組んである。

愛娘ミーアと一緒に会話を楽しみながらする食事を、彼は、なによりも楽しみにしているのである。

……ミーア的には時々、それがウザくはあるのだが、それはそれ。

とりあえず、部屋の外にベルを待たせたうえで、ミーアは父の部屋に入った。

「珍しいではないか。ミーアが自分から来るとはな。今日は、一緒にランチをできるのか？」

ミーアの姿を見た皇帝は、なんとも嬉しそうに笑みを浮かべた。

「ええ、それはまぁ、そうなんですけれど……。実は、今日はお父さまに会っていただきたい子がおりまして……」

「ほう。私に会わせたい者か。ふむ、それはもしかすると、お前が連れてきたというお友だちのことかな？」

皇帝は柔らかな笑みを浮かべて、顎をさすった。

「聞いたところでは、お前に似た顔の少女だというではないか？　ちょうど見てみたいと思っていたところだ」

「あら、お耳が早いですわね。さすがはお父さまですわ」

父の反応に、ミーアは素直に感心する。

――白月宮殿に入ってくる者に関しては、すべて把握しているということかしら……。ふむ、お父さまが情報を大切にされる方だとは思っておりませんでしたわ。案外、お父さまもやりますわね。

前の時間軸、城に訪れていた大切なお客さまのことを、まったく把握しておらず、ルードヴィッヒにめちゃくちゃ怒られたことがあるミーアである。

事前に必要な情報を得ておくことの大切さは、身をもって知っているのだ。

けれど……、

「ふふふ、当然だ。私がミーアの交友関係を調べていないと思ったのかね？　お前と同じクラスの者のみならず、馬術クラブの者も、生徒会に所属する者も、寮の隣室の者のことまで、すべて把握しているとも！」

胸を思いっきり張り、ドヤァ！　顔をする父に、ミーアは微妙に頬を引きつらせる。

「そ、そうですの。まぁ、いいですわ。その子を紹介したいのですけれど……、ああ、ちなみに、お父さま、突然ですけれど、隠し子などがいたりとか……、そういうことはありませんの？」

ふと思いついて聞いてみる。

もし、そういう覚えがあるんだったら〝そういうこと〟にできて楽ですのに……などと安直なことを考え出すミーアである。

まぁ、貧民街で拾った少女でも、外国の貴族の娘でも、適当な身分を用意することはできるのだが、隠し子として認知させてしまったほうが、名実ともに妹として扱えて楽だなぁ、と思ったのである。が……、

「それは、絶対にあり得ぬことだ」

皇帝はきっぱりと首を振った。

「あら？　なぜですの？　わたくし、別に怒りませんわよ？　皇帝が世継ぎを気にするのは当然のことですし。若かりし日にやんちゃしたとしても、わたくしは別に……」

「いや……そう言われてもなぁ。私はお前の母以外に女を知らぬし……」

「……はぇ？」

口をぽっかーんと開けるミーアに、皇帝は、豪快な笑みを浮かべる。

「女遊びというものを覚える前に、お前の母に一目惚れしてしまったからな。わはは、思えばもう少し遊んでおけばよかったと思うよ」

――う、うーん、これは……。お父さまの純情を聞かされたわたくしは、どう反応すればいいのかしら……？

ミーアが娘として、いささか複雑な気持ちを持て余している隙に、勝手に部屋を出ていった皇帝は……。

「ほぉ、君か。なるほど、確かにどこかミーアの面影があるな。なに？　名前はミーアベル？　なんと！　名前まで似ているではないか。ふふふ、もしも、ミーアに子どもが生まれたら、案外、君のような感じなのかもしれないな」

ミーアベルとすっかり打ち解けてしまった！

「ちょっ、お、お父さま、そんな気軽に！　いくらわたくしのお友だちとはいえ、そんな簡単に受け入れないでくださいまし」

なんの疑問もなくミーアベルと打ち解けてしまう皇帝に、いささか不安になってしまうミーアである。なにしろ、混沌の蛇に限らず、ティアムーン帝国の皇帝を狙う暗殺者というのは決して少なくないはずなのだ。

けれど……、

「なぁに、ミーアと見た目がそっくりな少女だというのならば、悪い人間のはずがないからな。私が信じる理由は、それだけで十分ではないか」

さも当然、といった口調で皇帝は言った。

「じゅ、十分なんですの？」

「ああ、十分だ。何の問題もない。確かに人は外見では判断できぬものだが、ミーアに関しては違うからな。外見と内面、両方が揃わなければ、ミーアのような美しさは出てこないからな！」

わはは、と笑う皇帝に、ミーアは、

――なんていうか、お父さますごいですわね。

はじめて畏怖を覚えた。

――油断すると、わたくしの黄金像とか、本気で建て始めてしまいそうなのが恐ろしいところですけれど……。

同時に、なんとも言えぬ危機感をも、覚えてしまうのであった。

第二話　食べ物の恨みは怖い

季節は巡る。

それはミーアがだらだら冬休みを過ごし終え、セントノエルに発つ、五日前の出来事だった。

ミーアは、いつもの通り自室でルードヴィッヒの説明を受けていた。

「先ごろバルタザルから連絡がありました。食糧の価格が高騰し始めております」

その報告を聞いた時、ミーアは、持ち上げかけていた紅茶をいったんテーブルの上に戻した。

「ふむ……。やはり、来ましたわね」

声が震えないように苦労する。

ついに、その時が来てしまったのだ。

飢饉の兆候……、昨年から見え隠れしていた不作の影響が、ついに現れ始めたのだ。

「今はまだ問題ありませんが、近い将来、民の中に餓える者が出始めるでしょう」

「ふむ………。で、対策は？」

ルードヴィッヒは、手にしていた羊皮紙の束をミーアの前に置いた。

「まずは、こちらをご覧ください」

それは、この二年間のルードヴィッヒの努力の結晶だった。

この二年間で準備した備蓄と、帝国の臣民を養うのに必要な分量の推計、現在、市場に流れている食糧の価格と、それがどの程度まで上がると、どこの住人が飢餓状態に陥るか、などのデータをまとめたものだ。

その数値は極めて細かいものだった。

ただ、蓄めこんだ食糧を配給すればいいというものではないのだ。それではとても足りない。そうではなく、外から輸入するもの、不作とはいえ帝国内で生産されるものなども当然、計算に入れなければならない。

そのうえで、現在、手元にある備蓄をどう取り崩していくのか、その運用が問題だった。

「ふむ……」

ミーアは、羊皮紙を片手に顎を撫でつつ、熟読してますよ！　という風を装う。が……、実際のところ、細かい数字などは見ても全然わからなかった。

「なるほど」

というか、そもそも〝なにがどうわからないのか〟すらわからないミーアである。

以前、ルードヴィッヒに怒られた状態である。

けれど、それも仕方のないことではあった。数字の羅列など、わからない人が見ても、ただの暗号にしか見えないもの。そして、ミーアは間違いなく〝数字を見てもわからない人〟なのだから。

ミーアは、分厚い資料をパラパラ眺めてから、降参とばかりにため息を吐き……、

「……よくわかりませんわね」

正直に言った。全面降伏である。

それは、言ってしまえば次善の策。あるいは、最悪よりはマシな選択肢だ。

ミーアはよく心得ているのだ。ルードヴィッヒなどの頭の良い相手と会話する際、わかっていないのに、わかってるふりをするのは最悪なことだ。

どこがわからないかもわからない状態、まったく理解できない状態で質問することも、ぐちぐち文句を言われるので、正直、やりたくはないのだが……、それでも、わからないことを放置するよ

りはマシなのである。

ミーアはそう判断して、正直にルードヴィッヒに伝える。と、

「申し訳ありません。情報が完璧でないのは承知の上です」

ルードヴィッヒは苦々しげな顔で頭を下げた。

「残念ながら、帝国各地の貴族については不確定の要素が多く……。現在どのぐらいの備蓄をしているかは、ある程度判明しているものの、その動きを予測するのは、極めて困難です」

けれど、とルードヴィッヒは続ける。

「民に被害が及ぶことに不確定な要素が絡むのは、望ましくありませんが……。それでも、恐らく、ある程度の余力を持って乗り切れるのではないかと予想できます」

「ふむ、なるほど。それは朗報ですわね」

数値の意味はわからないが、まぁ、ルードヴィッヒが大丈夫って言ってるので大丈夫なのだろう、とミーアは理解した。

そのうえで、ミーアはルードヴィッヒを見つめた。

「一つだけ、言っておきますわ、ルードヴィッヒ」

「は、なんでしょうか？」

「このことで、敵を作らないようにしなさい」

まるで、この世の真理を知る賢者のような、ものすごーく悟りきった顔でミーアは言った。

そう……、ミーアは知っている。食べ物の恨みは、根強くて重いのだ。

ミーアは、自身のことを慈悲深く温厚な姫であると思っている。どちらかと言うと、柔和で寛容な、思いやりに溢れた姫だと思っている。

……自己評価が若干甘めなミーアなのである。

それはさておき、そんなミーアであっても、食べ物の恨みには抗しがたいものがあるのだ。目の前でケーキを落とされれば激昂するし、それが最後の一つだと聞かされれば、思わず我を忘れてしまうことだってあるのだ。

だからこそ、ミーアは思う。

この食糧の配給に関して、民の恨みを買うことは得策ではない、と。

「むしろ、それを使い、すべての者を味方とできればベストですわ」

それこそが、ギロチンから遠ざかる道。過去の反省を胸にミーアは言った。

「そのことを、どうか忘れないように、お願いいたしますわね」

「……はっ、かしこまりました。心に刻みます」

深々と頭を下げるルードヴィッヒに、ミーアは満足げに頷く。

「では、とりあえずは、セントノエルに戻っても大丈夫そうですわね」

「ええ。当面はミーアさまのお手を煩わせるようなことはございません。こちらが、皇女専属近衛隊（プリンセスガード）から届いた、セントノエルへの移動計画書になりますが……」

「ふむ……」

ミーアは、羊皮紙に目を落としてから、小さくうなり声を上げた。

――ルードヴィッヒは当面は大丈夫だと言っておりましたし、実際にはまだ飢饉は始まってもいないわけですけれど……、やっぱり不安になってしまいますわね。

食べるものがなくなるかもしれない……、その不安感は人間にとって極めて深刻なものだ。蓄めこんでおいた備蓄が、徐々に削られていくのを見るのも、非常に不安を覚えるもの。考えるだけで、お腹が痛くなってくるミーアである。……食べすぎのせいではない。断じて。

その不安の解消のために必要なことは、来年も今年と同じぐらい農作物が実ることへの信頼だ。食べた分、明日、同じだけ手に入ると思えばこそ、今日、満足に食事ができるのだ。

――わたくしの心の平穏のためには、備蓄を取り崩すばかりではやはり心許ないですわ。無論、クロエのお父さまにも、ペルージャンにも頑張っていただきたいところですけれど……。同時にもっと根本的な解決策を立てる必要がありますわ。わたくしの……。

「…………心の平穏のために根本的な解決策を……」

「？　なにか、おっしゃいましたか？」

「ん？　いえ、なんでもありませんわ。そうですわね。途中で、少々寄り道をしたいから、少し計画を変えていただきましょう」

「寄り道、ですか？」

「ええ、ベルマン子爵領に」

「ベルマン子爵領……ということは、学園都市に行かれるのですか？」

首を傾げるルードヴィッヒに、ミーアは小さく頷いた。

「ええ、そうですわ。アーシャさんに、少しお話がありますの」

第三話　女帝派の産声～ミーアの片腕、再び勝手に動き出す～

ミーアとの会合の翌日、ルードヴィッヒは、帝都の一角に建てられた古い家屋を訪れていた。

そこでは、とある密会が行われていた。

ゆらゆらと揺れる炎の明かり、そこに照らし出されるのは、八人の男女の姿だった。テーブルを囲み、思い思いの場所で談笑する者たち。

その中には、ルードヴィッヒの協力者、バルタザルやジルベールの姿もあった。

そう……そこに集った者たちは、みな、ルードヴィッヒの同門。賢者ガルヴの弟子たちである。

ある者は緑月省にて外交に携わり、ある者は青月省にて帝都の行政を担う。ルードヴィッヒと同じ金月省に勤める者もいた。

変わり種だと、興味本位で中央貴族の家臣団に身を連ねている者もいる。

みなそれぞれに要職に就き、その手腕を振るっている者たちだ。

「しかし、驚いたな。まさか、あの貴族たち全員が海外に落ち延びていたとは……。優秀な者たちだったから、てっきり目障りだと思われて消されたと思っていたよ」

まるで世間話のように語られるのは、先のイエロームーン公爵の工作だった。

それを聞いた別の青年は肩をすくめて首を振る。

「いやぁ、まさか呼び戻されるとは思わなかったよ。てっきり、帝国が傾くのが先かと思ってたけど……。その時には伝手として頼れると思ってたのに、残念残念」

皮肉げな笑みを浮かべる彼は、どうやらイエロームーン公爵の工作を知っていたらしい。知っていて……誰にも言わず、いつか何かに使えないかと、密かに胸にしまい込んでいたのだ。

能力が高く、知恵も働く優秀な者たち。されど、その行いは、何者にも縛られることなく、いささか自由に過ぎた。

彼らは決して帝国に縛られることはない。優秀であるがゆえに、どの国に行っても活躍の場はある。ゆえに、もしもこの国が腐っているとするならば彼らは簡単に見放すだろう。愚かな貴族どもに殉ずる必要などない、というのが師の教えだからだ。

——だが、ミーアさまを女帝とするためには、今以上に文官たちの力が必要になる。貴族たちの協力ももちろんだが、国を動かすためには役人の協力は必須だ。

ミーアが四大公爵家の子息をまとめ上げ、着々と貴族の味方を増やしている現在、自身の同門の者たちの協力を取りまとめるのは、ルードヴィッヒが是が否にもやらなければならないことだった。

「みな、集まってもらってすまなかったな」

ルードヴィッヒの言葉に、その場のみなの視線が集まる。

「いやぁ、ルードヴィッヒ先輩。この時期に、先輩の呼びかけを無視するってのは、あり得ないんじゃないっすかね？」

代表してジルベールが口を開いた。悪戯っぽい笑みを浮かべて、彼は続ける。

「華々しく帝位を継ぐ表明をしたばかりでしょ？　先輩のごひいきの姫殿下が。そりゃあ、みんな来ますよ、興味を持たないわけがない」

「そうか……。それは好都合だ」

ルードヴィッヒは、その場のみなの顔を見回してから、メガネを軽く押し上げた。

「単刀直入に言おう。みなには、ミーア姫殿下に協力してもらいたいのだ」

「ほう、協力を……。だが、それだけの価値があるのかね？　その姫殿下に。私はてっきりこの国の貴族どもも帝室も、無能者揃いだと思っていたが……。ミーア姫殿下は例外であると？」

手前の男が、挑発的な視線を向けてくる。

「俺はそう思っているが……。ぜひ、みなには自分で判断してもらいたい」

そう言って、ルードヴィッヒが取り出したもの……それは、細かな数値が書かれた羊皮紙の束だった。

「それは……？」

「見てもらいたいものがあるのだ」

ルードヴィッヒは、一呼吸を入れて、全員の顔を見る。それから、おもむろに口を開いた。

「今年から、大規模な飢饉が起きる」

ここに来る前に、ルードヴィッヒは決めていた。協力を取り付けるために、目前に迫った危機を利用することを。

狙いは二つ。飢饉に対する際、彼らの協力を得ること、そして、その危機に対してミーアのとってきた姿勢を彼らに示すことで、彼らを仲間に引きずりこむことだ。

加えて言うならば、帝国が危機に瀕したからといって、簡単に逃げられないように彼らを繋ぎとめておく意味合いもある。

自由気ままな彼らだが、ガルヴに教わっていただけあって、その好奇心の強さも人一倍である。

そんな彼らが事前に飢饉の情報を提示されていたとしたら……、その飢饉が三年も続くものであると、予言されていたら……？

彼らが興味を抱かないはずがない。事の顛末（てんまつ）を見届けたいと思うはず。

賢者ガルヴの弟子たちの性質を熟知したルードヴィッヒの策である。

「飢饉か。確かに、その兆候はあるな。昨年の小麦の収穫高の減少、春先の農作物も軒並み不作だと聞くが……」

誰かのつぶやきに、バルタザルが口をはさむ。

「赤月省の公式の見解と言ってもいいと思うが、帝国辺土における収穫量が今年は減ることが予想される。昨年の夏以来、全体的に低い気温が関係しているようだ」

彼の発言を次いで、別の人間が口を開いた。

「緑月省としての見解だが、飢饉が起きる可能性は比較的高い。不作は帝国のみにあらず、周辺国からの輸入も高騰しつつある。まだ、許容範囲内ではあると思うが」

食糧価格の高騰により、貧乏人が飢えていき、餓死者が出て、働ける人間が減り、次の年にはさらに収穫が減っていくという負の連鎖。

その兆候はすでに見え始めている。

「で？　それがどうしたというのだ？　この場にいる者の中で、その可能性に気付いていない者は一人もいまい？」

「ああ、そうだな。だがミーアさまは、この事態を二年前から予想しておられた。それに従って、俺は準備を進めてきたのだ」

「二年前から？　まさか……」

それを聞いた男は、慌てて羊皮紙の束をめくる。

「ミーアさまに従い、この二年間、財政の健全化と同時に食糧の備蓄に努めてきた。さらに、ミーアさまは農作物の不作が、帝国のみならず周辺国に及んだ場合も考えて、遠隔地より、小麦を輸送するルートも用意されている」

「フォークロード商会を使った、遠方からの小麦輸入。しかも、価格を固定して……か」

「なるほど、平時から割高な金を支払っておくことで、いざ危機になった時には、逆に助けてもらうか。なかなか悪くない発想だ。これは商業組合などでも使える制度ではないか？」

集う者たちから、口々に賞賛の声が上がる。

「だが、この事態を予見するなどということが果たして可能なのか？　まさか、お前は姫殿下が予言者だとでもいうつもりか？　未来に起きることを予知することができると？」

一度、メガネの位置を直しつつ、ルードヴィッヒは考える。

確かに、ミーアは予知といっても過言ではないほど、未来を見通したように見えるが……、それが超自然的な力に基づくものであるとは彼は思っていなかった。

「俺には、ミーアさまのお考えのすべてがわかるわけではないが……、俺の予想では、今回のミーアさまの行動を可能としたのは、あくまでも頭脳労働だと思っている」

「頭脳労働……、観測と予測によって、正確に未来を予見するか。なるほど、思えば飢饉にも周期はある。歴史を学べば、大体いつ頃に飢饉が起きると予想することは可能か」

「それだけじゃない。恐らく、帝国の現状を正確に把握しているんだ。それで、飢饉にしろ、諸外国の輸入制限にしろ、戦乱にしろ、状況の激変があった際、帝国が陥る危機を察知していたということじゃないか？」

彼らは互いに頷きあいながら、ルードヴィッヒに目を向けた。

「なるほど。それで、この飢饉を機に、一気に民衆の支持を盤石なものにしようってことなんだな。飢えが広がっているところに颯爽と出ていき、食い物を配るか。その地の領主が食糧をケチっていれば、それを悪者として、民衆の支持を容易に取り付けることができる。君主の作法としては正しいやり方だ」

それを聞いたルードヴィッヒは、けれど、小さく首を振った。

「いいや、そうじゃない。ミーアさまがなさろうとしているのは、もっと、大きなことだ」

そうして、ミーアの片腕と称される男は自信満々に笑った。

「それは、どういう意味だ？」

不審げな顔をする同輩に、ルードヴィッヒは言った。

「あの方は言われたのだ。この件で、敵を作るな、と」

「敵を作るな？　それはいったい？」

疑問をつぶやく彼らの反応を見て、ルードヴィッヒは苦笑した。

――ああ、昔の俺を見るようだな。きっと出会ったばかりの頃であったなら、俺もミーアさまの意を汲むことはできなかっただろうからな。

実のところ、ミーアのところに報告に行った時、ルードヴィッヒは一つの迷いを抱えていた。

それは備蓄を、いかにして配布していくかということだ。

幸いにして、食糧自体は順調に備蓄することができている。民衆を飢えさせないだけであれば、どうとでもできる余力があるのだ。

けれど、状況は変わった。

先日のミーアの「帝位継承の表明」によって、ルードヴィッヒは考えざるを得なくなったのだ。

すなわち、この飢饉をどのように「利用」するのか、ということを……。

最もシンプルに考えるのならば、ミーアが女帝になるのに邪魔になりそうな貴族の排除に使うべきだ。積極的な悪意を持つ者、ミーアの足を引っ張る無能者、それらを排除するのに、今回の飢饉は絶好の機会だ。

領民の心を領主から分断し、代わりにミーアが信頼を得る。効率的に敵対者を排除することは恐らく可能だろうし、それはミーアが女帝を目指す上でも有益なことだろう。

けれど……、それは、なんだか違うような気がしたのだ。ミーアのやり方ではないような、そんな気がしたのだ。

そして、迷うルードヴィッヒの前に、ミーアは一つの方針を指示したのだ。

この件で敵を作るな……と。

そして、それをミーアが言ったタイミング、それは……。

「一つ問いたい。今、見てもらった資料に、なにか不足はあるだろうか？　みながしようと思うような分断工作に、これ以上の情報が必要か？　これを見たミーア姫殿下は言われたのだ。これではよくわからないと。情報が不足していると……。では、それはなにか、わかる者はいるだろうか？」

問いを受けた者たちは互いに顔を見合わせて、困惑の様子を見せるばかり。そんな彼ら一人一人の顔を見回してから、ルードヴィッヒは言った。

「簡単なことだ。各貴族領の備蓄の数値がないことだ」

あの時、ルードヴィッヒが渡した羊皮紙に、素早く目を通したミーアは言ったのだ。

「よくわからない」と。

この場に集う少壮の文官たち――その誰もが「不足はない、これで十分だ」と言った資料に対して、かの帝国の叡智は言い放ったのだ。

「これではよくわからない、不足である」と。

その理由は、ルードヴィッヒにはよくわかった。そして、実にミーアらしいとも思った。

「それこそよくわからない話だ。貴族の備蓄は……、それはわかっていたほうが確実だろうが、苦労して手に入れる情報でもあるまい」

疑問を口にする者がいた。

そして、それはある面で正しいことでもあった。

実のところ、貴族と領民とを分断しようとするならば、なにも貴族がどの程度、備蓄を貯めこんでいようが関係はないのだ。

どれだけの物資を持っていようと、その貴族が使わなければよいのだから。

大切なことは〝助けてくれない貴族と、救いの手を迅速に差し伸べるミーア〟という構図を示すこと。そのためには、その地の貴族の物資は重視すべき要素ではない。

なぜなら備蓄の量にかかわらず、心根の腐った貴族は、民衆など放っておくものだからだ。備蓄が有り余っていようとも、自身の安心のためには領民を切り捨てる、それが貴族というものだ。

だから、貴族の備蓄量は関係ない。多い少ないではなく、問われるのは、その貴族の性格なのだから。

確かにその者を処断して、備蓄をこちらで再利用するなどはできるかもしれないが、事前に使い込まれてしまうことも考えられる。それをあてにすることはできない。

だから、不確定な要素を取り込む必要はない。もし、ミーアが分断工作を念頭に置いているのなら、その情報は、あくまでも補完要素に過ぎないのだ。

だが、ミーアは言ったのだ。よくわからない、と。ルードヴィッヒが載せなかった情報は、必要な情報であるのだ、と。

では、それはどういうことだろうか？

ルードヴィッヒは、すでにその答えに辿り着いていた。

彼は知っているからだ。ベルマン子爵にミーアがなしたこと。あるいは、セントノエル学園にて、ティオーナに狼藉を働いた貴族の子弟たちに、ミーアが何をしたのかを。

「なぜ、貴族の備蓄の情報が必要か……。簡単なことだ。ミーアさまは、貴族たちをも巻き込んで、この度の危機を乗り越えようとされているのだ」

「貴族たちを巻き込む？　どういう意味だ？」

「単純なことだ。持つべき者に出させる。貴族に貴族の義務を果たさせる。ただそれだけのことさ」

貴族は領民から税を集める。代わりに、領民を守る義務を負う。

それは侵略者に対してばかりではない。疫病や飢饉に対してもまたしかり。それは領民が普通の生活を送れなければ労働力が落ち、税が滞って、貴族も生活が成り立たなくなるという実際的な側面を持つことではあるのだが……。

ともかく、貴族は領民に対して、一定の義務を負うものなのだ。

「恐らく、ミーアさまは、各貴族に自分たちの領民を守らせようとしている。まず、彼らが持っている備蓄を吐き出させ、そして、不足した分をミーアさまが補う、そのように考えておられるのではないだろうか」

だからこそ、ミーアはあのタイミングで「敵を作るな」と言ったのだ。

貴族のことはさておき、民衆を飢えさせないためには十分な備蓄であると、ルードヴィッヒが言ったから……、その備蓄の使い方を指示するために言ったのだ。

「いや、そう上手くはいかないでしょう。貴族たちがそのように殊勝な判断をするとは思えない」

懐疑的な声に、ルードヴィッヒは首を振る。

「無論、圧力もかけるだろう。わかりやすく言えば、これまでミーアさまは、なにかにつけて民草に寛容な態度をとってこられた。新月地区に建てた病院しかり、先日の誕生祭しかりだ」

今にして思えば……あの誕生祭からして、すでに計画の一部であったのだ、とルードヴィッヒは感心する。

「そのような、民に好意的なミーアさまが、民を見捨て、自身の安寧のみを優先する貴族に好意的であるはずがない。そのように貴族たちに圧力をかけ、同時に、天秤のもう片方の皿には『安心』を載せるだろう。もしも民衆のために尽力し、その蓄えが不足した際には、こちらが食糧を提供する、と。お前たちを飢えさせることはしないから、と」

民衆に直接、食糧を供給するのではない。その地を治める貴族を通じて、食糧を供給しようというのだ。

「そう考えれば、先日の誕生祭には、いくつもの意味があったのだ。民と貴族との繋がりを強固にすることと同時に、食糧を供給する予行演習という側面とが……」

あれで、貴族たちは具体的に知ったのだ。

領民の必要とする食糧がどの程度か。自身の領民が、どの程度いるのかということも。

「中央政府が一括管理によって、各地の民衆に食糧を供給するのは手間だし、恐らく仕事が回らない。結果、食糧は滞り、餓死者が生まれる。だからこそ、すでにあるその地の統治の仕組みを利用しようとされているのだ」

一人の人間が、帝国全土を見ることはできない。いくらミーアといえども、そんなことは不可能、遠く離れた地の領民のことなど、いちいち気にしてはいられない。

ゆえに、その地に住まう貴族たちに自分たちの領民を見させようという、責任を果たさせようという、それは極めてシンプルな考え方だ。

「それに、貴族たちのメンツも保たれる。その地の貴族を無視して、ミーアさまが直接乗り込んでいって領民を助けたのでは、貴族たちは民衆に軽蔑され、敵視される」

分断工作の狙いは、まさにそれであるが……、

「ミーアさまは、そのように、貴族たちを敵に回されることを望まない。むしろ、これを機に貴族たちをも味方につけたいと、そう願っておられるのだ」

「馬鹿な……。それは非合理だ」

「確かに、無能な統治者が失敗するのを待って、その者に代わって善政を敷く。それが合理的なやり方だろう。効率的で、あまり労力をかけずに済む方法だろう」

そう、それは敵を排除するだけでない。使えない人材を排除するためにも有効な手段であった。

ミーアが女帝となるうえで能力の低い貴族もまた、邪魔者になる可能性が極めて高いのだ。

けれど、ルードヴィッヒは小さく首を振る。

「効率的な統治を考えるならば、トップの首をすげかえるというのは合理的な考え方だ。だが、それはミーアさまのやり方ではない。鈍（なまく）らとなった使えない剣は捨てて、新しく鋭い剣を買うのは、ミーアさまの好むところではないのだ。使えない刃を研ぎ直し、再び使えるようにする……、使え

ない者を排除するのではなく、使えるようにする。それが、それこそがミーア姫殿下のやり方なのだ」

あのベルマンを忠臣に変えたように……。

「だが、それでは各地の貴族の力が増大する。よからぬことを企む者がいるやもしれんぞ？」

ルードヴィッヒの言っていることは分断工作とは真逆のことだ。その地を善く治めよ、と、各地の貴族を力づけ、領民との仲を強固にすることだ。

力をつけた貴族は、そのままミーアに反旗を翻すかもしれない。その危惧は当然のことといえる。が……、それはすぐに別の者に打ち消される。

「いや、抜かりはないだろう。誰があのミーア姫殿下に逆らえるというのだ？　聖女ラフィーナ、サンクランドのシオン王子、レムノ王国のアベル王子と固い友誼(ゆうぎ)を結ばれたあの方に……。今や帝国の最精鋭とも言うべき皇女専属近衛隊(プリンセスガード)をも従え、しかも、その副隊長には軍部に影響力を持つ、レッドムーン家の公爵令嬢が控えているのだぞ？　もとよりグリーンムーン家の公爵令嬢とは懇意にしていると聞くし、セントノエルの生徒会ではブルームーン家の長男を従えているというではないか？」

今やミーアは、ただの帝国皇女ではない。その権勢は、容易には逆らい得ぬほどに、絶大なものとなっている。

仮に、帝国内で最大の領地を誇り、精強な私兵団と忠実な領民を持ち得たとしても、逆らおうなどとは誰も思わない。

その力は、昨年の誕生祭の時に、圧倒的に示されているのだ。

「まさか……そこまで読んで、あのドレスを身にまとったのか？　あの時の演出すべてが、貴族たちを従わせるために？」

驚愕に顔を引きつらせる者たちに、ルードヴィッヒは言った。

「恐らく、これこそがミーアさまの基本構想だ。だから、俺はその意思を汲んで、計画を実行に移していく予定だ。みなには、当面、各部署にて飢饉の対策への協力を求めたい。そして、それをもって判断してもらいたいのだ。ミーアさまが、女帝に相応しい方かどうかを」

そうして、ルードヴィッヒは静かに頭を下げるのだった。

「それにしても、とんでもない方っすね」

思わずといった様子で、ジルベールがため息を吐いた。それから苦笑しつつ、

「でもなんか、なんでも一人でできてしまいそうで、俺たちなんて必要ないって感じもするっすね」

その言葉に、ルードヴィッヒは首を振ってみせた。

「いや、あの方は、きちんと社会というものを知っているよ」

「どういう意味っすか？」

「わからないか？　確かにミーアさまは大体のことは、お一人でできてしまうだろう。特に頭脳労働に関しては誰に頼ることもなくできてしまうだろう。が、それでは国は回っていかない。それをよくご存知だ」

それもまた、ルードヴィッヒが感心するところだった。

「正直、俺は自分でできることは自分でやってしまったほうが楽だと思っている。自分より劣る人

間に仕事を割り振るのは気を使う。だが、それをしなければ、組織は動いていかないんだ」

「なるほど、それで先輩や俺たちに、仕事を振ってると？」

「それだけじゃないぞ？」

「ん？　どういうことっすか？」

瞳を瞬かせるジルベールにルードヴィッヒは言った。

「聞いていないか？　例の学園都市のことだ。ミーアさまは、国を動かしていく若者の育成にも興味がある。だから、セントノエルに帰る前に皇女の町（プリンセスタウン）に寄って行かれるそうだ。ご自分の、学園都市の様子を見るために」

横で話を聞いていた男が、口をはさんできた。

「ああ、それで思い出した。あの話は本当なのか？　ルードヴィッヒ。師匠が、その学園の長になるというのは……」

「ああ、本当だ。すでに弟子の何人かも講師として呼んでいる。ミーアさまは、身分や金の有無にかかわらず、能力を持つ者には、それに相応しい教育を施されるおつもりらしい。つまりミーアさまは、我々のような存在を、学園というシステムのもとに生み出そうとされているということだ」

賢者ガルヴの師弟関係を、システム化しようとしている。それだけで、この場に集う者たちにとっては驚きだった。

ルードヴィッヒの言葉に、ジルベールは、ニヤリと好戦的な笑みを浮かべる。

「それは、うかうかしてられないっすね。うちらの後輩が次々に現れるってわけだ」

「そうだ。能力は我々と同等の、そして恐らくは我々よりも忠誠心に厚い者たちが、だ」

帝国の叡智……巷にささやかれるそのあだ名が、決して誇張ではなかったことに、その場の誰もが言葉を失っていた。

「それで？　我々はどう名乗ればいいだろうな？」

生じた沈黙を破り、問うたのは、ここまで黙って話を聞いていたバルタザルだった。

「レムノ王国の革命軍みたいに、トレードカラーを決めてみますか？　紫の衣を着て表明したわけだから紫巾党みたいな……」

ジルの茶化すような言葉に、ルードヴィッヒはゆっくりと首を振った。

「ミーア姫殿下が自ら表明されたのだ。であれば、我々もまた、こう名乗らなければならないだろう。女帝派、と」

「女帝派……」

ルードヴィッヒの告げた一言、それにより、その場の緊張感が一気に高まった。

「女帝派、帝国初の女帝陛下か」

「ふふ、いいね。それは、実にやりがいがありそうだ」

こうして、ルードヴィッヒが組織した女帝派は、静かなる一歩を踏み出したのだった。

さて、帝都でルードヴィッヒが暗躍する中、ミーアはベルマン子爵領に向かって出発した。ベルマン子爵領から静海の森、ルドルフォン辺土伯領を経由して、ヴェールガ公国に向かう予定である。

帝都を発つ直前に「もう少しゆっくりしていけばいいのに……」とか「せめて、ベルちゃんは、もう少し……なんだったら、置いていってくれても……」などと……、ごねる父が若干ウザかったミーアである。

「というか、これ以上、ベルを置いておいたら、甘いものの食べすぎで太ってしまいますし……」

人は、他人のＦＮＹはよく見えるものなのである。

そんなわけで、予定通りベルを伴っての出発である。

「うーむ……、しかし、ベルマン子爵領までも結構遠いですわね……」

馬車に揺られつつミーアは改めて思った。帝国は広いのだ。

「これは、帝都から各地に食糧を運んでいくのも面倒ですわね。それに、食糧がないという連絡が帝都に届くまでに、そもそもの時間がかかりそうですわ」

これでは、何食かご飯を抜くことになるかもしれない……それはつらいことだ。

「お腹が減るのはつらいこと、あまり待たせずに届けられればよろしいのですけれど……」

前の時間軸、兵士の慰労と視察の名目で、帝国各地を回らされたミーアは、その目で見ているのだ。飢餓による惨状、人々の怒り、憎悪……。

食べ物の怒りは恐ろしい。空腹は人から冷静さを奪うものなのだとミーアはよく知っているのだ。

ルードヴィッヒの実地教育の賜物(たまもの)である！

「ああ、それに、ルードヴィッヒのことですから、きっと、わたくしに、細かな報告を上げてくるに違いありませんわ。そうなると、わたくしの仕事が増えてしまいますわ。なんとかできないものかしら……？」

　基本的にサボることに手を抜かないミーアである。

「よくよく考えるとルドルフォン辺土伯のように、自発的に動いてくれるほうが楽ですわね。あの方の領地から食糧を運んでいただいたほうが、隣接する土地などには素早く運べるはずですし。ふむ……。ある程度、その土地の貴族たちに、食糧供給を手伝わせるのは、一つの手ですわね。具体的にどうすればいいかはさておき、自分の領地のことを一番知っているのは、そこの貴族であるはず……。であれば、それを利用しない手はございませんわ。というか、そもそも、わたくしだけ働いて、連中がサボってられるなんて許せるはずがございませんわ！　よし、その方向でルードヴィッヒに方策を立てていただくとして……」

　今まさに奇跡的にも主と従、ミーアとルードヴィッヒの心は一つになったのだ！

　……そうだろうか？

　そのようなことを考えているうちに、ミーアの前に皇女の町（プリンセスタウン）が姿を現した。

　皇女ミーアを支えるべく集う女帝派の者たち……彼らは、まだ知らない。まとめ役の忠臣、ミーアの片腕ルードヴィッヒすら想像だにしていない。

　皇女ミーアの次なる一手……。

　ミーアが彼らの度肝を抜いてしまうのは、もう少し先のことだった。

第四話　ベルマンはミーアの信頼を手に入れた

ベルマン子爵領についたミーアは、盛大な歓待を受けた。

「ミーアさま、わざわざ我が領地に寄っていただけるとは……、大いなる喜びに、領民一同、歓喜の涙を流しております」

ミーアを出迎えたベルマンは、そう言って、いささかオーバーアクションでミーアを出迎えた。

そして、その彼の言葉には一切の誇張はなかった。

ミーアは、街に入ってから見たものを思い出して、いささか困惑していた。

——大歓迎すぎて恐ろしかったですわ……。

町の住民は建物から出てきて、ミーアを出迎えるために道を埋め尽くしていた。

そして、ミーアの乗った馬車が通る道に花をまいた。花で埋め尽くされた道を行くミーア一行に、

「帝国の叡智に栄光あれ！」と、住民たちの賛美が降り注ぐ。

誇張なしに、ミーアは非常に歓迎されていた！

そうなのだ……、冬の誕生祭以来、帝国内でのミーア人気は大いに高まっているのだ。

特に、このベルマン子爵領では「皇女の町」が領内にあることもあって、皇帝本人より、むしろミーアのほうが、人気が高いほどだった。

驚くミーアであったが、傍らにいたベルは、したり顔で言った。

「ベルマン子爵領の皆さんは親皇女派として、帝国内戦の時にもボクのことを助けてくださいましたから」

「親皇女派……ふーむ……そうなんですのね。なんか、ちょっぴり気味が悪いですけれど……」

前時間軸の際、飢饉にあえぐ地域で、罵詈雑言を浴びせられたミーアとしては、人々からの称賛を素直に受け止めきれない部分はあるのだが……。

「まぁ、この称賛の声を失わないようにしたいものですわね」

そうして、その日は盛大な晩餐会をもって、大いにもてなされたミーアである。

食べきれないほどテーブルの上に並べられた料理を前にミーアは、思わず頬をほころばせる。けれど、すぐに首を振り、

「ベルマン子爵、おもてなしに感謝いたしますわ。ありがたくいただかせていただきますわね……」

「もったいなきお言葉にございます」

上機嫌に笑みを浮かべるベルマン。そこに冷や水を浴びせるようなことは、あまりしないほうがいいかもしれないなぁ、などと思うミーアであったが……、それでも言っておいたようがよいと判断。意を決して口を開く。

「けれど、これからは、あまり食糧を無駄遣いしないでいただきたいですわ」

「は……？」

ぽっかーん、と口を開けるベルマンに、ミーアはできる限り冷静に聞こえるような口調で続ける。

「これは、ここだけの話として聞いていただきたいのですけれど、恐らく今年の夏頃から食糧の不足が各地で起こりますわ。その時に備えて節約に努めていただきたいんですの」

ミーアは正直なところ、ベルマンが素直に聞くとは思っていなかった。彼の性格を考えると、むしろ反発されそうでさえあるが……。

――それでも、言っておかないのは気分が悪いですし。あ、でも……。

唖然とした顔をするベルマンにミーアは一つ付け加えておく。

「一応、このことを知っているのは一部の人間だけだから、あまり吹聴しないようにお願いいたしますわね」

念のために言っておかないと、どこでなにを言われるかわかったものではない。なにしろ、かつて土地の広さを求めて、ルドルフォン辺土伯に喧嘩を売った男である。

今回の情報も、もしかすると、なにかの自慢に使われてしまうかもしれない。それは、あまり好ましくはない。

「一部の人間のみ……一部の……」

「ええ、わたくしが選んだ人間だけが知っていることですわ。なにしろ、普通は先に起きることは誰にもわからないものですし。下手な人に話すと、変な目で見られるでしょう？」

ミーアはきっちりと釘を刺しておく。「下手にいろいろ言って回ったりすると、お前も変な目で見られるぞ！」「自分の胸にしまって、ただ節約に努めればいいんだぞ！」と。

――とりあえず、こう言っておけば、自慢の種に使われることはなさそうですわね。まぁ、信じて節約に努めるかどうかは、微妙ですけれど……。

などと、考え事をしていたものだから、ミーアはベルマンのつぶやきを聞き逃した。

「それは……、つまり私を信頼して話してくださったと……」

どこか震えるような声でつぶやかれた、その声を……。

「あ、それと、皇女の町のことをお願いいたしますわね。子どもたちを飢えさせてはいけませんわよ」

そう言うと、なぜだろう、ベルマンは神妙な面持ちで頷いた。

「ああ……、それは無論でございます。ミーア姫殿下の町を危機に晒（さら）すようなことは、我が身に代えましても……」

そう豪語するベルマンにミーアは首を振った。

「そういうのはいりませんわ。もしもなにかございましたら、無理せずに、すぐにわたくしに教えるように。ルードヴィッヒはいつでも帝都におりますから、気にせずすぐに連絡するといいですわ」

意気込みはありがたいのだが、早め早めに連絡をもらいたいミーアである。そのほうが対処が楽なことが世の中には多くあるのだ。無理をされて取り返しがつかないことになる、というのは絶対に避けたいミーアである。

そう、話がわかっていないのに、わかったふりをしてはいけない。早め早めにわからないと伝えておくことが必要なのだ！

——しかし、ここも帝都より、ルドルフォン辺土伯のところに助けを求めたほうが手っ取り早そうですわね。でも、さすがに過去のしがらみからできないでしょうし……。難しいものですわ。

「あの……？」

「ああ、なんでもありませんわ。それでは、お食事をいただきますわね」

不必要に贅沢をされては困るが、それはそれ。目の前にご馳走を出されて、それを食べないほど、ミーアは〝無欲の姫〟ではいられない。

ミーアは〝食欲の姫（フニョプリ）〟なのである。

「それで、明日なのですが、予定通りに学園を視察しに行きますわ。学園長のガルヴさん、それに、講師のアーシャ姫にもお会いしたいですし……」

「心得ております。馬車と護衛の手配はできておりますので、今夜は当家でおくつろぎください」

それから、深々とベルマンは頭を下げた。

「私のことを信頼していただき、そのような秘密を教えてくださったこと、感謝いたします。ミーア姫殿下のお心に適うことができますよう、努力いたします」

「ええ、期待しておりますわ」

などと軽ーく答えつつ、すでにミーアは聞いていない。

目の前の、たっぷりキノコが入ったシチューがとても美味しかったから！

――ふむ、シチューにキノコを入れるとは、なかなか見どころがありますわ！　やりますわね、ベルマン子爵！

ミーアのベルマンへの信頼度が１００上がった！

ミーアは〝茸欲の姫（キノプリ）〟なのであった。

翌日、朝早くにミーアはベルマン子爵邸を後にした。

ちなみに、夜は早めに寝てしまうミーアの寝起きは悪くない。サボると決め込んで二度寝、三度寝を始めない限りにおいては、だが。

馬車に乗り込み、護衛を引き連れ目指すは静海の森、その目前に建った皇女の町（プリンセスタウン）である。

馬車に揺られることしばし。やがて、ミーアの目の前に広大な森が姿を現した。

「ああ、ここに来るのもずいぶんと久しぶりな気がしますわね。すっかり景色が変わってしまって気付きませんでしたけれど……」

ミーアは若干の驚きが混じった声で、そうつぶやいた。

森の手前には、少し大きめの建物が建っていた。

大きめとは言っても、無論、セントノエルや白月宮殿には及ばない。それでも、一般的な貴族の屋敷程度の大きさはありそうだった。

そして、その周りには、広大な畑が広がっていた。まるで、畑の中を通って学園に向かっていくかのように、馬車道の両側に広々と畑が広がっていたのだ。

「以前来た時には、ありませんでしたわね。あれは、もしかして、実験用の畑かしら？」

未だ寒さが残るこの時期にもかかわらず、畑には、一面に力強い緑が繁茂していた。

「雑草ではありませんわね。きちんと規則正しく列になって手入れされている。あの傍らの小屋は観察をするためのものかしら……。ああ、実に素晴らしいですわ」

なにしろ、この学園の最大の目的は寒さに強い小麦を生み出すことにあるのだ。

そのために、しっかりと状況が整ってきていることをふつふつと感じて、ミーアは大いに満足した。

と、その時だった。

「あれが、聖ミーア学園なのですね、ミーアお姉さま」

ふわぁっと、ミーアの傍らで歓声を上げるベル。その声で、ミーアは我に返る。

「聖ミーア学園……そんな名前でしたわね」

未だに学園の名前に納得がいかないミーアであるが、すでに動き出してしまったものは仕方がない。

——まぁ、名前ぐらいは甘受いたしますわ。

そうして、すっぱり諦めた……はずだったのだが……！

校舎に近づくと、そのそばに、いくつかの家が建ち並んでいるのが見えた。校舎を取り囲むようにして建てられたそちらは、まだまだ数も少なく、とても町と呼べるものではなかったが、特に問題はなかった。

最優先すべきは、小麦の研究なのだから。

やがて、学園の校舎の正面で馬車はとまった。

馬車を降りたミーアは、改めて校舎を見ようとして……、ふと違和感を覚えた。

校舎の手前に、おかしな小屋が建っていた。

それは奇妙な建物だった。屋根があり、三方向を壁で囲んであるものの、一つの壁面は完全に開いており、人が住むには適さないような建物。まるで、雨風から中のナニカを守るために建てられた、ある種の祠(ほこら)のようなものに見えた。

そして、その祠に安置されているもの……、視界の外れに一瞬だけ映った、白っぽい像のようなナニカに……、ミーアは嫌ぁな予感を覚えた。そこから感じられる禍々(まがまが)しい気配に、背筋に冷たい感触が走った。

嫌だなぁ、見たくないなぁ……、と思いつつ、ミーアは恐々、そちらに目を向けて……。

「なっ！」

思わず絶句する。

そこに立っていたもの、それは、虹色に輝く像だった。

大きさは、ミーアの背丈のおよそ二倍。見上げるほどに大きい！　それは、頭から角を生やした馬と、その首を撫でて朗らかに笑う少女の像。その少女の顔は、どことなくミーアに似ていて……。

——いえ、現実逃避はなにも生み出しませんわ！　あれは……間違いなく、わたくしの像ですわ！

誕生祭の時に、父から聞かされたことを、ミーアは思い出した。

——ベルマン子爵が像を建てようとしてるとか、言ってましたわね。つまり、これがそうなんですわね。

誕生祭の時の雪像は、暖かくなれば溶けてなくなってしまうものだが、これは違う。木の像が何年その形を保っているものかは知らないが、きっと長く長く残り続けるものだろう。

――ベルマン子爵はなにも言っておりませんでしたけれど……、もしかして、サプライズのつもりなのかしら？　こっ、こんなサプライズいりませんでしたのに！

ミーアの像は、森の妖精が着るような上下一体型の服を着ていた。なんだったら、背中から羽根まで生えていた。妖精のような……、というか、妖精そのものの姿だった！

――こっ、これは、さすがに幻想的に過ぎて恥ずかしくはないかしら？

歴史上、自身を神と同一視する権力者というのは割と多い。絶対的力を誇る神のような姿に、自身を描かせるというのは、傲慢（ごうまん）ではあっても、理解できなくはない思考である。

……けれど、自身を可愛らしい妖精と同一視する権力者は、あまりいないのではないだろうか？

なにせ、これは恥ずかしい……というかイタイ。屈託なく、純粋無垢な笑みを浮かべる像が、その笑顔が実に可愛らしいものだったから、恥ずかしさも一入（ひとしお）である。

これは恥ずかしい！

これではまるで、ミーアが、美しい妖精の姿をした自分の像を作るように、と命じたようではないか！

「いかがでしょう、ミーア姫殿下。この像は、お気に召されましたかな？」

わなわなと震えるミーアの後ろから、穏やかな声がかけられた。

振り向くと、そこには、この聖ミーア学園の長、ガルヴが立っていた。

「ああ、賢者さま、ご機嫌よう」

ミーアはスカートの裾をちょこん、と持ち上げて、

「この学園へのご尽力に感謝を……」

深々と礼をする。

「とんでもございません。このような老骨に、やりがいのある勤めを与えていただけたこと、感謝に堪えません」

それから、ミーアは、横にいるベルを紹介して、再び、像を見上げた。

「しかし、この像は……」

「ええ、ルールー族の者たちが造ったものです。ミーア姫殿下への忠誠を表すために……」

なるほど、確かに、その像は力作だった。作った者の熱意が、こう、見ているだけでもひしひしと伝わってくるほどだった！

「最初は、これの三倍の大きさで作ろうとしていたのです。けれど、止めました。ミーアさまは、自らを誇示するのがあまり好きではないから、巨大な像など好まない、と」

――ああ、良い助言ですわ！　実に適切な助言ですわ。さすがは賢者ガルヴ。

「だから、身の丈の二倍ぐらいまでにせよ、と……」

――ああ！　惜しい！　あと一歩ですのに！　なぜ、像を建てること自体に反対してくださらなかったんですの？

ミーアは心の中で悲鳴を上げる。

「また、ご本人の姿をそのまま像にするという意見もあったのですが、それよりは、ご本人かどうかわからない程度に脚色を入れて、ついでに、ミーアさまがお好きだという幻想物語の要素を追加したらよいのではないか、と……」

——くぅ、この程度の脚色では、わたくしだって簡単にわかってしまいますわ。だって、この学園の名前、聖ミーア学園ですし……。っていうか、よく見たら、像の足元に「聖女ミーアと一角馬の戯れ」とか書いてありますわ！

せっかく、誰かわからないように脚色を入れたはずなのに、台無しである。

——これ、なんとか撤去していただけないかしら？

虹色にキラッキラ輝きを放つ像、それは、まず間違いなく、一角馬の角のかんざしと同じで、この森の木を削って作ったものだろう。実に、なんとも素朴な美しさがあった。

ミーアの視線に気付いたのか、ガルヴが説明を加える。

「森の奥に生えているという、樹齢数百年の巨木を切り出してまいりました。ルールー族にとっては神に与えられし最高の木材らしいのですが、ミーアさまの像を建てるのならば喜んで供出したいと言ってくれたものです」

——ぐっ……、た、確かに、ルールー族は森の木を大切にしてましたわ。蹴りを入れただけで、射殺されそうになりましたっけ。ただの木であれなのですから、樹齢数百年の巨木となれば、こっ、好意が重いですわ。

「ルールー族が削ったものを、表面は帝国の最新技術で加工してございます。こちらはベルマン子爵の手配でして……。以前のわだかまりを乗り越え、ミーアさまへの忠誠で結び合わされた両者の、象徴のような像でございます」

――良い話ですわ！　もっ、ものすごく良い話ですわ！　心が温まってくる素晴らしいお話で、とても撤去してとか言えませんわ！

いち早くそのことを察したミーアは……、瞳を閉じて、ふぅっとため息を吐いて……。

「へー、そうなんですのね」

感情を失った声で言った。

「それは、素晴らしいことですわ。わ、わたくしも、このような像のモデルにしていただいて、かっ、感動のあまり泣きそうですわ」

……こみあげてくる、なんらかの感情を抑えることができず、ミーアは震える声で言った。

さて、自身の木の彫刻にすっかり消耗したミーアであったが、すぐに気を取り直して、校舎に足を踏み入れた。

校舎に入ってすぐのところ、ミーアを出迎えるかのように、子どもたちが並んでいた。

そして、最前列にはミーアの顔見知りの子どもたちが控えていた。

「あら、あなたたちは……」

「ひめでんか、おひさしぶりです！」

「まぁ、もしかしてワグルですの？　久しぶりですわね」

一番に声を上げたのは、ルールー族の族長の孫、ワグルだった。

綺麗に髪を切り揃え、学園の制服に身を包んでいるため、一瞬わからなかったミーアである。

「元気にしておりましたの?」

「はい、げんきです。おべんきょうは、ちょっとたいへんですけど……」

——ああ、そうですわよね、やっぱり。

ミーアは深く同情する。勉強なんて、やらなくて済むならやらずに済ませたいものである。

と、そんなことを考えていたから、その横にいる少女を見て、思わずミーアは頬を引きつらせそうになる。

「ミーアさま、約束していただいた通りに、勉強することができています。ありがとうございます」

かしこまった口調で言って頭を下げたのは、孤児院の秀才少女、セリアだった。

「あ、ああ……、ええ、頑張っているようでなによりですわ、セリア」

ミーアは、その顔を見て若干、冷や汗を流す。

「お前も道連れだこの野郎！」の精神でセリアを学園に入れ、なおかつ、ガルヴの厳しい指導を受ける特別クラスに入れるように手配したことを、すっかり忘れていたのだ。

今のは、もしかして皮肉かしら？　などと首を傾げつつ、ミーアは誤魔化すように笑みを浮かべる。

「あの、大丈夫かしら？　つらいこととか、ありませんの？」

などと言いつつ、あのルードヴィッヒの師匠から死ぬほど勉強を教え込まれるなんて、つらくないはずありませんわよね……、申し訳ないことをしてしまいましたわ、と反省しきりのミーアである。

「もし、つらいことがありましたら、遠慮なくわたくしに言ってくださいませね。なんとかいたしますわ」

とりあえず、フォローを入れておく。

なにせ、他人にした嫌がらせの種を刈り取るのは自分自身である。あとで復讐されないように、というか、復讐とかしづらいように！　精一杯、優しいところを見せておくミーアである。小心者の策謀家、ミーアの手腕が冴え渡る！

その言葉に、セリアの瞳に、うっすらと涙が浮かぶ。

——ひぃっ！　なっ、泣くほどにつらいんですの？　それとも、涙ぐんでしまうほどにわたくしのことを恨んでいるとか⁉

などと、慌てかけるミーアであったが……、

「ありがとうございます、ミーアさま。大丈夫です、先生にもとてもよくしていただけて、こんな風に勉強ができるなんて、夢みたいです」

目尻に浮かんだ涙を指で拭ってから、セリアは笑みを浮かべた。

「そ、そう……なんですの？　まぁ、無理しないで言ってくださいませね」

それから、ミーアは、もう一人の少年に目を向けた。

「ご機嫌よう、久しぶりですわね、セロくん」

重要なキーマンに、ミーアは精一杯の媚びた笑みを浮かべる。

なにせ、彼のやる気次第で、新しい小麦が生まれるか否かが決まるのだ。せいぜい、ご機嫌をとっておかなければならない。

「ご機嫌麗しゅう、ミーア姫殿下」

頭を下げるセロ。であったが、その顔には、わずかばかりに、いじけたような表情が浮かんでいた。

「あら？　どうかなさりましたの？」

「……いえ、なんでもありません」

そうは言うが、なんだか声が不機嫌そうだった。っとその時だった。不意にセリアが近づいてきて……、

「あの、ミーアさま。セロさまは、私とワグルくんが、ミーアさまに呼び捨てにされてるのがうらやましいみたいで……」

「せっ、セリアさん。余計なこと言わないで！」

セロは大慌てで、セリアを止める。その頬はほのかに赤くなっていた！

――まぁ！　なんて可愛らしいんですのっ!?

それを見て、思わず少年にキュンとしてしまう、ミーア（22）である！　ダメな大人のお姉さんである!!

――なんか、アベルも昔、そんなこと言ってましたけど、男の子ってこういうものなんですのね！

ついつい微笑ましい気持ちになって、口から笑みがこぼれてしまう。

「うふふ、元気そうでなによりですわ、セロ」

それから、自然に呼び捨てにしてやる。と、セロは、一瞬ぽかーんとした顔をしてから、

「は、はい。ありがとうございます、ミーアさま！」

頬を真っ赤にして、言った。

可愛らしい反応に、ミーアはすっかり気を良くしてしまった。

――ふふふ、このぐらいでやる気を出してくれるなら安いものですわ。この子がしっかりしてくれないと、小麦ができあがりませんし、頑張っていただきたいですわ。

などと、心の中で非常に即物的なことを考えつつ、ミーアはその後ろの子どもたちに目を向けた。

「はて、その後ろの子どもたちは？」

そこにいたのは、十名ほどの子どもたちだった。

皆、ミーアに目を向けられると、緊張に顔をこわばらせていた。

「ほとんどが新月地区の神父殿からの紹介です。あとは、ルドルフォン辺土伯の紹介で、近隣の辺土貴族の子どもも数人ですが……。まだ、施設が整っていないのと、例の反農思想のせいで、中央貴族の子弟は未だ一人もおりません」

そう説明してくれるガルヴに、ミーアはあっさり言った。

「ああ、無理に呼ぶ必要もございませんわね」

なにしろ、この学園の一番の目的は、セロ・ルドルフォンに寒さに強い小麦を作らせることにある。その邪魔をしそうな貴族の子弟など、無用の長物。とは思ったものの、ミーアはそこに付け足した。

「学園の名が高まれば、おのずと人は集まってくるものですわ」

それは、ガルヴに対するヨイショが半分、もう半分は……、学園に人が集まらないのは自分のせいじゃありませんよ！　という責任回避が目的だった！

学園が功績を上げれば人が集まる＝人が集まらないのは学園が功績を上げていないせい＝わたく

しのせいじゃありませんわ！　である。

完璧な自己防衛のロジックにミーアが満足していると、そこに一人の女性が歩み寄ってきた。

「ミーアさま、遠いところをようこそおいでくださいました」

「ああ、アーシャ姫、ご機嫌よう」

視線を向けたミーアは、アーシャの服を見て、少しばかり驚いた顔をする。

「こんな格好で申し訳ありません、ミーアさま」

アーシャは苦笑しつつ、自らの服をつまんだ。

彼女が着ていたのは、分厚くて安い布地の、まるで平民が着るような服だった。

「ペルージャンの農民が使っている作業服です。畑に行くのに、ドレスというわけにはいかないので……」

「まぁ、そうなんですのね。ふむ、少し触ってもよろしいかしら？　なるほど、見た目はともかく良い布ですわね。丈夫そうですし、今度、キノコ狩りに行く時には、これで……」

……研究に余念のないミーアであった。

第五話　小心者の物量作戦

「しかし、短い期間で見事ですわね」

アーシャとセロを従えて、ミーアは学園の周囲に整えられた畑に出ていた。

ちゃっかり、用意してもらった作業服に着替えて、である。

——ふむ、少し、ゴワゴワしてるのが気にはなりますけれど、まぁ、こんなものかしら……。丈夫そうですし、このぐらいのほうが森に入るのにはいいかしら……。

着心地を確かめつつも、ミーアは畑に目をやる。

「もともと、ティアムーンの領土は農耕に適した土地でしたから、少し耕してあげたら、すぐに使えるようになりました。学園長ガルヴさまのお声がけで、ルールー族の方たちにもお手伝いいただけまして……」

「ああ、それはありがたいお話ですわね。ふむ、なにかお礼を差し上げなければいけないかしら……」

首を傾げるミーアに、セロが微笑みつつ言った。

「大丈夫だと思います。ルールー族は、森の中での狩猟によって生計を立てていますが、最近では、ルドルフォン家の協力で、畑も利用しています。農耕にも興味があるようで、ワグルには期待を寄せているみたいなんです」

「なるほど、まぁ、そういうことでしたら……」

聖ミーア学園は、地理的にルールー族の村に近い。彼らが協力的でいてくれることは、学園にとって重要な要素と言えるだろう。

一通り畑について説明を受けたミーアは、大いに満足した。

美しく整備された畑は広く、しっかりと手入れがされている。

「これだけあれば絶対大丈夫ですわ！　なんの問題もございませんわ！」と、固い確信を抱きつつ、ミーアはアーシャのほうに顔を向けた。

「それで、どうなのかしら？　寒さに強い小麦は……、なにか糸口が見つけられそうですの？」

その問いかけに、アーシャは、わずかばかり緊張した顔をする。

「まだなんとも言えません。昨年秋にいろいろと検討しつつ蒔いてみましたが、結果がわかるのはもう少し先の収穫を待たなければ……。さまざまな文献を調べたりはしているのですが……」

「なるほど、まぁ、そうですわよね」

小麦の場合、種植えから結果が出るまで時間がかかるのである。それは、ミーアもよくわかっていた。はずだったのだが、改めて指摘されて……。

――これ、一回失敗すると、ものすごく大変ですわ！

ミーアは、遅まきながらそのことに気付いた。

即座に、小心者の心が騒ぎ始める。先ほどまで万全だと思えていた畑が、微妙に狭いように見えてきた！

――一年に一度しか実験できないのであれば、もっと広い畑で、いろいろ試す必要がございますわ。

この時、ミーアは、事態を正確に捉えていた！

一発勝負でやり直しが利かないということ、それは言うなれば、セントノエルのテストと似ている。

――であれば、対処法も変わらないはずですわ。

大国ティアムーン帝国の姫たるミーアは、テストの際、範囲の丸暗記をもって対処する。

すなわち、物量作戦である。範囲をすべて覚えておけば、どこをテストに出されても答えられるという、完璧無比な戦略である！

——それは、小麦の開発についても、きっと同じことですわ。

ほぼ一発勝負のような状態ならば、その一発で、広範囲のことを実験しなければならない。百のケーキの中から一の美味しいケーキを引くために、全部食べてしまえばいい！　それがミーアの物量作戦なのだ。

——しかし、そのためには、もっと広い土地が必要。これではとても足りませんわ。どこか協力を求められそうな場所を探さなければ……。ルドルフォン辺土伯にも協力をお願いして。うーむ、中央貴族の連中は嫌がるでしょうし、他に協力してくれそうな方は……あっ！

不意に、ミーアの脳裏に夏休みの出来事が思い浮かぶ。

夏休み、ガヌドス港湾国からの帰り道に、立ち寄った場所のこと……。

「そうですわ。あの方、ギルデン辺土伯にも協力を求めるのはいかがかしら？」

ルドルフォン辺土伯領とは真逆の場所、帝国北部辺土にあるギルデン辺土伯領。中央貴族とは違い、彼ならば快く畑を貸してくれるのではないだろうか。

「ミーアさま……？　どうかされましたか？」

ぶつぶつひとり言をつぶやくミーアに、アーシャが不審げな目を向けてくる。

「ああ、いえ、小麦のことで協力していただけそうな方を知っていたので。帝国北方に、ギルデン辺土伯という方がいらっしゃるのですけど……」

もちろん、この学園の畑で数年間かけて実験すれば、作ることはできるかもしれないが、一刻も早く、ミーアは、寒さに強い小麦が欲しかった。

なにしろ、そうしないと備蓄は日減りしていく一方だろうから。

――ルードヴィッヒは、大丈夫みたいなことを言っておりましたけれど……。

基本的に、ルードヴィッヒの言うことは信じているミーアであるが、それでも、備蓄がジワジワ減っていくのは精神的にキツイものがある。なんというか、ギロチンの足音が徐々に近づいてくるようで……。

――絶対、お腹が痛くなる……自信をもって予言できますわ！

そんな自らの心の平穏のために、ミーアは寒さに強い小麦を求めていた。

だからこそ、いろいろと試せる広い畑が大事なのだ。

――といっても、実験というのは、なにをするものなのかわかりませんし、やはり直接、行っていただくのがいいですわね。

うんうん、と頷き、ミーアは言った。

「良い畑があるんですの。一度、直接行ってみていただきたいですわ」

かくて、アーシャ・タフリーフ・ペルージャンと、セロ・ルドルフォンは見ることになる。

温暖な南の地とは違う、決して農耕に適した土地ではない北部寒冷地の農業の様子を……。

番外編　あの花はどうして……？

セロ・ルドルフォンは、植物が好きな少年だった。

なぜ、この花は赤い色なのだろう？

どうして、種を蒔く時に綿毛のようになるのだろう？

この草はどうして、背が高くて、あの草はどうして背が低いのだろう？

周りにある草や、木や、花をぼんやりと眺めながら、物思いにふけるのが楽しくて仕方なかった。

本を読み、まだ見ぬ珍しい植物を知るのが楽しくて仕方なかった。

世界には、不思議な植物が溢れていた。

朝に咲く花、夕に咲く花、自ら虫を捕まえる草に、お城のように巨大な木。

遠き異国の地にあるという不可思議な草花に、彼の好奇心は大いに刺激された。

セロの興味はそのうちに、本の知識から、自らの手で草木を育てることへと向かう。

なんてことはない。身近な場所にだって不思議は溢れている。同じ種類の花でも、その一つ一つに個性があって、セロはそれを見つけるのが好きだった。

庭に自分の好きな花を植え育てることは、いつしか彼の大切な趣味になっていった。

貴族の男として、立派に振る舞わなければならない。剣の腕を磨き、馬に乗り、人々を率いていけるような男にならなければならない。そのプレッシャーはとても大きいものではあったけれど、幸いなことに園芸というのは、貴族の趣味としてそう珍しいものではない。

それに、ルドルフォンの家は、農業にも関係が深い家。

だから、趣味として続ける分には何の問題もないだろう、と……そう思っていた。

そんな彼に、劇的な変化をもたらす出会いがあった。

かの帝国の叡智、ミーア・ルーナ・ティアムーンとの出会いが……。

がたごと、がたごと、馬車が揺れる。

帝国の辺土と呼ばれる場所は、おおむねどこも同じ。道の整備もままならない田舎だ。

セロとアーシャとを乗せた馬車が向かっているのは、帝国北方に位置するギルデン辺土伯領だった。

季節は初夏、小麦の収穫期を迎えた帝国では、じわりじわりと深刻な問題が顕在化しつつあった。

それは……。

「セロくん、ルドルフォン辺土伯領の収穫はどうだった？」

アーシャの問いかけに、セロは厳しい顔をした。

「良くないって聞いています。昨年よりも、むしろ悪化していると」

「そう……。ペルージャンも同じよ」

アーシャは、空を見上げて瞳を細める。

「日の恵みが……、少なかったのが、たぶん原因でしょうね」

「日の……」

つられるようにセロもまた、空を見上げる。

空に輝く日の光はいつもと変わらず力強く、暖かく感じるのに……。

「寒さに強い麦」

日の恵みが少ないということ、それは言い換えるならば気温が低いということだ。今年もまた、去年と同じように寒い年になるのであれば、収穫高は落ち込むだろう。

「ミーアさまは、これを予測して私たちに言っていたのですね」

アーシャのつぶやきに、セロは小さく頷いてみせた。

聖ミーア学園では、さまざまな授業が行われている。セロは、特にアーシャに師事し、植物学を、そしてペルージャンの農業技術を学んでいた。

それは、帝国のものとは比べ物にならないほど進んだ、素晴らしいものだった。

長年の研鑽（けんさん）によって磨き抜かれた「品種改良」という技術、それにより生み出されたいくつかの種類の小麦。

さまざまな用途に合わせて改良された小麦に、セロは心底驚かされた。

でも……、

「どれも駄目だった。ペルージャンの小麦の中に、寒さに強いものはありませんでした」

アーシャは、学園の周囲に作った実験用の畑を使い、いくつかの種類の小麦を植えて実験した。

けれど、結果はどれもいまいちだった。

風に揺れる麦、その穂はほとんどがスカスカで、中身が空っぽだった。日の恵みが薄い年には、時折現れる症状だったが……、その数は昨年より増えているように感じられた。

遠目には、普段通りの畑の景色、けれど、そのほとんどが、いわば麦の死体のようなもの。麦の死体が立ち並んで揺れる畑の光景がなんとも不気味に感じられた。

「でもそれは……仕方ないと思います。だって、そんな小麦、聞いたことないですから……」

セロは、アーシャを励ますように言った。

最近の天候不順を鑑みるに、寒さに強い小麦をミーアが必要としているのはわかる。

けれど必要だからといって、すぐにそれが見つかるわけではない。

いや、そもそも、そんなものが本当にあるのかもわからない。

死なない生物がいないように、物を食べずに生きていられる人間がいないように、陸で生きられる魚がいないように……。

日の光の恵みが少なくても、問題なく実る小麦など……ないのかもしれないのだから。

それが、絶対的な世界の理(ことわり)であるかもしれないのだから。

まるで、暗闇の中を歩いているかのようだった。

導(しるべ)などなく、どこに向かえば良いのかもわからず、ただただ闇雲に迷い歩くのみ。それは、どれだけ不安なことか……。

「寒さに強い小麦なんて、本当にあるんでしょうか……？」

つい、弱々しくつぶやいてしまうセロ。けれど、アーシャは穏やかな笑みを浮かべて答えた。

「セロくん、覚えておいて。解決すべき課題が見えているということは大きな導です」

「え……？」

「解決すべき課題を見出だし、その課題に取り組む中で技術を磨き前進する。私たちペルージャンの民は、そうして、農業技術を高めてきました」

真面目な顔で、アーシャは続ける。

「私は……、諦めて歩みを止めてしまおうとしていた私は、ミーアさまによって、忘れていた夢を思い出した。世界中の誰もが飢えずに済むようにすること……その夢に向かっていくための一歩目として、ミーアさまは課題を与えてくださった。だから、これをクリアすることは、私の夢への第一歩。今度は、絶対に諦めません」

いつもは穏やかなアーシャの瞳に宿った強い光……、セロは思わず、見とれた。

それは道を探求する修道士のような不屈の光、あるいは、戦に赴く騎士のような覚悟の輝き。

「アーシャ先生……」

と、その時だった。道の両側に広大な畑が広がった。

「あれがギルデン辺土伯領……」

「ミーアさまのおっしゃられていた通り、広い畑がありますね。少し見ておきましょうか」

言うが早いか馬車を止めて、畑に向かうアーシャ。セロは慌てて、その後を追う。

「状況はこちらも同じようね。育ちが悪いのか、全体的に小さいみたい」

遠目に見て、アーシャはため息を吐いた。

「やっぱり、日の恵みが少ないから……」

つぶやきつつ、セロは、何気なく近くの小麦に触れ……小さく首を傾げた。

「あれ？　これ……きちんと穂が育ってる？　どうして……」

『この草は、どうして背が低いんだろう』

ふいに……、頭の中に声が響く。それは過去の自分が語りかけてくる声。

この小麦は、どうして背が低いんだろう？　どうして育ちが悪いはずなのに、普通に実っているのだろう？

「背が低いことに、寒さに強い秘密がある……？　いや、違う？」

なおもじっと小麦の観察を続けるセロに、アーシャが歩み寄ってきた。

「どうかしましたか？　セロくん、その小麦がなにか？」

「アーシャ先生、これ、帝国の小麦と……違う種類のような気がします」

「え……？」

それは、一見するとただの生育不良の小麦だった。見た目的には、一般的な小麦とほとんど変わらず、きっと他のものがまともに育っていたら、気にもせずに無視されるようなものだ。

けれど……、セロの目は、些細（ささい）な違いをしっかりと捉えていた。

これは、学園で植えたペルージャンの小麦とも、ルドルフォン辺土伯領のものとも違う。

確信があった。そして……、

「もしかして、ミーアさまは、この小麦を見つけようと、おっしゃられていたんじゃないでしょうか？　僕たちを、寒い場所に行かせることで」

寒さに強い小麦があるのは、寒い地域である……と。

花が赤いのは、その地で生きるのに赤いほうが有利だから。

背が高い木は、日の恵みをたくさん受けるため。

生物は、その環境で生きるために、体の性質を微妙に変えていく。であれば……。

「ああ、そうか。そんな簡単なこと……。寒さに強い小麦を見つけたいなら、寒い地域で実る小麦を調べなければならなかったんだ」

ペルージャンもルドルフォンも、どちらも農業に適した地。であればこそ、知らなかったのだ。寒さが厳しい土地に根付く種類の小麦を……。

そう推理して、セロは静かに震えた。

自分は……、ミーアの役に立てるかもしれない。

趣味でしかなかったもの、好奇心に任せて読みふけっていた本の知識……、姉以外のだれにも認めてもらえなかったものを用いて……。

「ああ、そうだ。あの方は……ミーアさまは、最初から僕のことを認めてくれていて……だから、それを生かす道を用意してくれたんだ」

思えばミーアは、セロの育てた花を見て褒めてくれた。セロの力を見て、それを生かす道を示してくれた。

闇の中、導はすでに示されて……目の前には進むべき道が確かにある。

ならば……、ならば、やるべきことは決まっている。

「アーシャ先生、この小麦をもらっていきましょう」

セロがそう言った時、その瞳には紛れもなく、アーシャ・タフリーフ・ペルージャンと同じ強い光が宿っていた。

第六話　ミーア姫、接待することを決意！

さて、時間は少し遡る。

聖ミーア学園を後にしたミーアたち一行は、セントノエル学園に到着した。

旅の疲れを癒やすべく、ミーアは勇んで大浴場へと向かった。ちなみに、アンヌは学園の者たちに帰還の挨拶をするということで、ここにはいない。

お風呂でのガールズトークが大好きなミーアとしては、ちょっぴり残念なことである。

「そう言えば、ベルはずいぶん、子どもたちと仲良くなったんですわね」

ミーアの問いかけに、後ろからついてきたベルは嬉しそうに頷いた。

「はい。子どもたち、とても可愛かったです。うふふ」

どうやら、お姉さん面できて、ちょっぴり嬉しかったらしい。

ニコニコ笑うベルに、ミーアは微笑ましい気持ちになる。

「それに、なんといってもあの伝説の！　聖ミーア学園に、行くことができたなんて、感動してしまいました」

「ああ……、まぁ、そう、ですわね。きちんと、やるべきことをやってくれていたのはよかったですわね……」

正直、豪奢な建物と木像だけ建っていたりしたら、平静を保っていられる自信はないミーアである。

「しかし、あの様子ではいつ目当ての小麦が手に入るか、わかりませんわね。アーシャさんもセロも、頑張ってはいると思いますけれど……」

うーむ、とミーアは考え込む。

「これは……、クロエのお父さまとペルージャン農業国、双方と仲良くしておかねばなりませんわね」

ガヌドス港湾国も、まぁ関係あるといえばあるのだが、あの国は、帝国がまともに機能している間には、きちんと動いてくれるだろう……たぶん。

「ふむ、クロエとラーニャさんによろしく言っておく必要がございますわね」

などと思いつつ、脱衣所に入る。

「あら！　タイミングがいいですわ」

そこにいた人物を見て、ミーアは、顔を明るくした。

「これは、ラーニャさん、お久しぶりですわね」

「あっ、ミーアさま」

脱衣所に立っていた少女、ラーニャ・タフリーフ・ペルージャンは、ミーアを見て、目を丸くしていた。

「ラーニャさんも、お風呂に入りに来たんですの？」

首を傾げるミーアに、ラーニャは笑みを浮かべた。

「それももちろんあるのですが、実は、我がペルージャンで勧めている入浴法を試していただこうと思いまして。共同浴場をお借りすることにしたんです」

「ほう！」

基本的に、風呂好きなミーアである。お風呂でのんびりすることが、食事と寝ることと同じぐらいに好きなミーアなのである。

そのミーアにとって入浴環境の向上は、これはもう、人生の三大楽しみの一つに関わることと言っても過言ではない。

「以前にクロエからいただいたものは、入れると煙が出るものでしたけれど、ペルージャンのものも同じ感じなのかしら？」

「煙……は、さすがに出ませんけれど、試してみてください」

ラーニャに促されて、ミーアはいそいそと服を脱ぎ、浴室へと進む。

そうして、入った瞬間、周囲に漂う湯気の中に、ミーアは敏感にその香りを嗅ぎ取った。それは……、

「あら……、これって果物の香り……？」

首を傾げた直後、湯気の向こうに隠された浴槽の姿が見えてくる。

「まぁ、これ……。お風呂にいっぱい果物が浮かべられておりますわ！」

ぷかぷかとお湯に浮かぶのは、黄色い楕円形の果物だった。森での生存術を極めたミーアだが、その果物は見たことがなかった。

……というか、そもそもミーアは森で果物が簡単に見つかる、などという淡い希望は持たないようにしていた。森で食べられる果物が見つかることなど、奇跡以外の何物でもない。

その希望は、前の時間軸に捨ててきたのだ。

ということで、山菜やキノコの類い、あとは魚などにミーアの雑学知識は寄っているのだ。もちろん、有名どころはきちんと押さえてはいる。一般的な貴族などよりはよほど詳しいといえるだろう。けれども、ほかのもののように、執拗に、網羅的に暗記はしていないのだ。

「あれは……」

「あれは、南星レモンと呼ばれる果物です。ペルージャンよりもさらに南の地域でとれる、とっても酸っぱい果物なんです」

ミーアの後について入ってきたラーニャは、ぷかぷかお湯に浮かぶ南星レモンを手に取ると、ミーアに差し出した。

「どうぞ、匂いを嗅いでみてください」

言われるがまま、ミーアはそれを鼻に近づける。と……、

「なるほど。鮮烈な香りですわ」

「この南星レモンは、お料理の風味付けにも使うことがありますが、こうしてお風呂のお湯に浮かべると、体の疲れが取れるといわれているんです」

「まぁ！　それは、さっそく試さなくてはなりませんわね！」

ミーアはそそくさと洗い場に向かい、ザッと髪を洗い、シュバババッと体を洗うと、さっさと浴槽へと向かう。

大国の姫とは思えないほどに、実に手慣れている。風呂のベテランの風格さえ漂わせているミーアである。

それから、ミーアはお湯に体を沈める。熱めのお湯に思わず、「おふぅ」と、ちょっぴりアレな息を吐く。

まるで、体の隅々までお湯が染みわたってくるかのように、硬くなった筋肉がほぐれていくのを感じる。

なにしろ外見は十代の少女であっても、ミーアの中身は二十歳を過ぎた大人の女性である。近頃ではすっかり肩も凝るようになっているし腰も……いや、二十歳過ぎでもそれはない。まだまだ若いはずである！

……単純に、ただの運動不足で体がなまっているだけであった。

ともあれ、体が解きほぐされていく感触を、ミーアは大いに気に入った。

「気持ちいいですね、ミーアお姉さま！」

ミーアの隣にやってきたベルがニコニコ顔で、そんなことを言った。

「そうですわね。このように果物を浮かべるやり方があるなんて知りませんでしたわ」

ミーアは、お湯に浮かぶ南星レモンを手に取って、微笑みを浮かべる。

「それにしても意外でしたわ。ラーニャさん。ペルージャンの王族もお風呂が好きなんですのね。こんな風に研究しているだなんて……」

そう問うと、ベルに次いでお湯に入ってきたラーニャは、静かに首を振った。

「いえ、ペルージャンでは王族も、そこまでお湯に浸かりはしません。水浴びが主でしょうか」

それから、ラーニャは小さく笑みを浮かべた。

「これは、他国に輸出するためのものです。国を豊かにするために常に新しい作物を研究し、売り込む。それがペルージャン農業国のやり方ですから」

その笑みは、なぜだろう……、ミーアには少しだけ寂しげに見えた。


「ふぃー」

と、深いため息を吐き、ミーアは体をぐぐぅっと伸ばした。

ポカポカ、温かくなってくる体、一度、水風呂で冷やしてから、再度、湯に浸かる！

一度、体を冷やし、リセットしてからの再度のテイスティングである。

ミーアはお風呂ソムリエなのである！

「これは……実に良いものですわ。良いものですわよ！　これ、きっと流行りますわ！」

お風呂ソムリエ、ミーアは、レモン風呂をそう評した。

「そうですね！　ミーアお姉さま、今度、リーナちゃんも一緒に誘いたいです」

ミーアの真似をしたベルが、水風呂から上がって、ミーアの隣に身を沈める。お湯をチャポチャポ揺らして、にっこにこと楽しそうな笑みを浮かべた。ミーアの風呂好きをすっかり受け継いでしまったベルである。

「別に構いませんけれど……でも、ベル……、ダメですわよ、あまりはしゃぎすぎたら。淑女として恥じらいをもって、お淑やかにしないといけませんわよ？」

偉そうに言うのは、つい先ほど、アレな声を出していた張本人、淑女の姫ミーア・ルーナ・ティアムーンである。

「はい。ボク、おば……お姉さまを見習って立派な淑女になれるように頑張ります！」

ツッコミを入れる者は、そこにはいなかった。実に平和である。

ともあれ、素直な孫娘を微笑ましく眺めていたミーアであったが……、

「…………あら？」

そこで、ふと違和感に気付く。

――なんだか、ラーニャさん、少し元気がないような……。

視線を転じると、浴槽のふちに座り、お湯に足だけ浸からせているラーニャの姿が見えた。微妙に顔をうつむかせて、ちゃぽちゃぽ、と細い脚でお湯を波立てている。

お湯の熱さにのぼせてしまったのかしら……？　などと、軽く流しそうになったミーアであるが、直後、その脳裏に警鐘が鳴り響いた。

――いえ、やっぱり、様子が少しおかしい気がしますわ。

それは些細な違和感……されど、相手は他ならぬ、飢饉を乗り越えるのに必要な人脈、ラーニャ・

タフリーフ・ペルージャンである。ここでの油断は命取り、小心者の敏感すぎる危険察知センサーに促されて、ミーアは口を開いた。

「あの、ラーニャさん？」

「え？　あ、気に入っていただけたなら、よかったです」

ラーニャは、なにかを誤魔化すように笑って言った。

「それに、お風呂だけじゃなく、新しいお菓子もきちんと用意してきましたから、またそのうちに味見をお願いいたします。きっとお楽しみいただけると思いますので」

「まぁ！　ペルージャンの新しいお菓子ですの？　それは楽しみですわ！」

ミーアの脳裏に、ペルージャンの新作ケーキが、見たこともないクッキーが、想像すらできない絶品お菓子の妄想が駆け巡る。じゅるり、と口元のよだれをぬぐうミーアである。

「はい。自信作ですよ」

そうして、ラーニャは笑みを浮かべてから……、

「ところで、ミーアさま。アーシャ姉さまは、元気にしていますか？」

おずおずと、そんなことを聞いてきた。

「え……？　あ、ええ、もちろんですわ。セントノエルに帰還する前にお会いしてきましたけれど、とても元気にされておりましたわ。畑の整備も終わって、小麦を植えての実験に入っておりましたわね。子どもたちからも、とても慕われている様子でしたわよ」

答えつつ、ミーアはピンと来た！

——ははぁん、これは……読めましたわ。ラーニャさん、さては、お姉さんがティアムーンに行ってしまって、寂しいんですわね！　だから、元気がなかったんですわ。

ミーアは優しい笑みを浮かべて、ラーニャに言った。

「ふふ、仲がよろしいんですのね。お姉さまと」

「い、いえ……、そんなことは」

ラーニャは照れ臭そうに微笑んでいた。

「自慢の姉ですから、心配はしていないんですけど。元気にしているか、気になってしまって……。帝国できちんと生活できているか、とか。あ、手紙はもらっているんですけれど……」

「ふむ、そうですわね。ラーニャさん、この後、少しお時間ありますかしら？」

ミーアは腕組みしつつ、ラーニャに尋ねる。

「え？　あ、はい。大丈夫ですが……」

「そう。なら、わたくしの部屋で、お茶にしましょう。積もる話もございますし」

正直なところ、ここでアーシャの様子を話したほうが簡単ではある。

されど、相手はラーニャである。最重要人物の一人なのである。ならば、より丁寧な対応をするに越したことはない。

そう、ミーアは、ラーニャを接待することを決意したのだ。

お茶とお菓子で接待しつつ、姉、アーシャの様子を丁寧にお話しすることで、ご機嫌を取る！　そうして、ラーニャの心証を良くしておけば、ペルージャンとの関係も、決して悪いようにはなるまい。

そんな、外交的な思惑がミーアの腹の中に……、

「久しぶりに、ペルージャンのお菓子も食べたいですわ！　ペルージャンの新しいお菓子、ぜひ味見してみたいものですわ！」

……半分ぐらいはあった。

残りの半分は、もちろん、ただ美味しいお菓子をおねだりしたいだけだったが……。

そんなミーアに、ラーニャは、きょとん、と瞳を瞬かせてから、

「わかりました。それでは、ペルージャンのとっておきのお菓子を持っていきます」

笑顔で応じるのだった。

お風呂から上がったラーニャは、急いでお菓子を準備して、ミーアの部屋に向かった。

持ってきたのは、ペルージャン産の果物を使った陽恵果実（ドライフルーツ）というお菓子だった。

国王である父から直々に「セントノエルで宣伝してくるように」と言われて、持たされたものだった。

「すべてはペルージャン農業国の繁栄のために」

父の言葉が脳裏を過（よぎ）る。

それは幼き日よりラーニャが教え込まれていたことだった。

自国の農産物を大国に売り込み、国を豊かにすること。そのために生をささげること。

それこそがペルージャンの姫の仕事。

そうしていつの日にか大国を見返してやるのだと……、そう教え込まれてきた。

けれど……。

――ミーアさまに、心を見透かされてしまったのかな？

先ほど、自身を見つめていたミーアの顔を思い出す。

心の中を見透かすような、ミーアの澄んだ瞳、優しく諭すような笑顔……。そして、その後に、ミーアはお茶会に誘ってきたのだ。

「やっぱり、ミーアさま、わかってたんだろうな。私が、落ち込んでること……」

小さくため息、その後、ラーニャはミーアの部屋に入った。

「お待ちしておりましたわ。ラーニャさん。ちょうどお茶の準備もできたところですし、早速、始めましょう」

ミーアは力の抜けた笑みを浮かべて、そんなことを言った。

まるで、ラーニャを元気づけるように、

「おお、これがペルージャンの新しいお菓子ですのね！」

底抜けに明るい声を上げる。ただ純粋にお菓子を楽しもう、と言うかのように。

「はい。果物を乾燥させて日持ちするようにしたものです。こうすると渋みも抜けて、とても美味しくなるんです」

「ほぅ、なるほど……」

ミーアはお皿の上に乗せられたものを見つめる。

「見た目は、なんだか、萎(しな)びた果物という感じですわね。正直、あまり美味しそうではありませんけれど……」

「どうぞ。お試しください」

ラーニャの言葉に従い、ミーアはナイフとフォークを手に取ると、それを丁寧に切り分け、口へと運ぶ。

口に入れた瞬間、ミーアはなんとも言えない、幸せそうな笑みを浮かべた。

「ああ……とても甘いですわ。ねっとりとして、濃密な甘みですわね」

「そのお菓子は甘みはもちろん、風味も大切にしています。香りもお楽しみいただけたと思いますが……」

「まさにそうですわ！　こんな風に乾燥させても風味が消えないんですわね！　なにか秘密がございますの？」

「そう、ですね。少なくともただ日に干しただけではありません。いろいろと複雑な作り方をしています」

「なるほど」

ミーアは、感心しきりで、陽恵果実（ドライフルーツ）を見まわしてから、クスクス笑った。

「でも、ラーニャさんの説明もお見事ですわね。なんだか、聞いてるだけで美味しく感じてきてしまいますわ」

「ふふ、お楽しみいただけてよかったです」

そう言われると、ついつい嬉しくなってしまって、ラーニャは笑った。

ミーアは、二回もお代わりし、ひとしきりお菓子を楽しんだ後、紅茶を一口。

それから、おもむろに言った。

「さて、それじゃあ、アーシャさんのお話をしましょうか……。実は、アーシャさんには講師だけでなく、重要なお仕事を任せておりますの」

「重要なお仕事……ですか？」

実のところ、アーシャからは詳しい仕事の内容を聞かされていなかった。

自分は、ミーアの命で仕事に関わっている。とても充実した毎日を送っているけれど、仕事の内容はたとえ家族であっても教えることはできない、と。

そう、書いて送ってきたのだ。

けれど、その命令を出したミーア当人から聞く分には問題あるまい。

ラーニャは興味津々にミーアを見つめる。と、

「アーシャさんには冷害に強い……寒さに強い小麦の開発に従事していただいているんですの」

「寒さに強い小麦？」

思わず、といった様子で、ラーニャはつぶやいた。

「確かに、今年の天候も心配だって、父が言っていましたけど。でも、そんなもの、あるんですか？」

ペルージャンの姫として育ったラーニャは、誰よりも知っている。

日の恵みの少ない年の小麦の収穫は悲惨だ。穂がすかすかで実りがほとんどない。そういう年は諦めるしかないというのがペルージャン農業国の常識だった。

品種を改良する技術は持っている。より味の良いものを、より実りの多いものを……。そうした改良は常に行われてきた。

けれど、時折襲われる冷害に対して耐性を持つものというのは、今までに研究されたことはなかった。想像すらしたことがなかった。

そんなラーニャに対して、ミーアは力強く断言して見せる。

「ありますわ。それは、絶対に作り出すことができるものですわ」

まだ見ぬものを必ずあると言い切るミーア。その言葉を支えるのは、アーシャに対する絶対の信頼なのだろう。

——ミーアさまに、信用されているんだ。アーシャ姉さま、すごい。

ラーニャは思わず感心する。

それに、もしも、日の恵みが少なくとも実りをつける麦があったなら、民は飢えずに済むだろう。

それは、幼き日の姉が口癖のように語っていた夢にも通じることでもあった。

「……いいな」

思わず……口からこぼれ落ちる小さなつぶやき。

「ん？　どうかしましたの？」

瞳を瞬かせるミーアに、ラーニャは苦笑いを浮かべた。

「すみません。でも、アーシャ姉さまを見ていると、つい思ってしまうんです。私は……なにをしているんだろうって。自分がやっていることが、無意味に思えてきてしまって……」

「あら、別にサボっているわけでもありませんでしょう。ラーニャさんは、こうしてお国の美味しいお菓子を各国に売り込んでいますし。いつもラーニャさんに紹介されると、ついつい買いたくなってしまいますわ。これとて立派な仕事ではないかしら？」

「そう……なんですけど」

ミーアに褒められても、ラーニャの気持ちは明るくはならなかった。

ペルージャンの民を豊かにすることに意義を感じないわけではない。けれど、最近の父のやり方は、なんだか、ペルージャンだけが豊かになればいいと言っているように聞こえてしまって。

ただ、大国を見返したいだけなのではないかと、思えてしまって。

自分は、その手伝いをしているだけではないかと……そう思ってしまって。

民を、貧しい子どもたちを飢えさせないために行動している姉がしていることと比べて、それは、なんて……なんて……。

――小さく、意味のないことなんだろう。私は、こんなことのためにこれから先も生きていくんだろうか……？

それは、ラーニャのうちに初めて芽生えた、自らの生き方に対する疑問。

ミーアが大国の姫らしく、見返すのにちょうどよい嫌な人間だったらよかったのに、と、ラーニャは思うことがある。

姉が、父の言う通り、どこかの王族と結婚して、ペルージャンのためだけに人生をかけるような人間であればよかったのに……と、そんな嫌なことまで思ってしまう。

でも、実際にはそうではなくって……だからこそ、ラーニャは思ってしまう。

自分はミーアの属するティアムーン帝国を見返すために生を使うのだろうか？　と。

それは、姉の前で胸を張ることができる生き方なのだろうか？　と。

歯切れの悪いラーニャに、ミーアは、ふむ、とうなり声をあげる。

「それでは納得いかないのですわね。でしたら……あ、そうですわ！　ラーニャさんは、アーシャさんの開発した小麦をいろいろな国に広めていくというのはどうかしら？」

「え……？」

突然の提案に、ラーニャは瞳をパチクリ、瞬かせた。

「ラーニャさんは、アーシャさんのお仕事に価値を見出だしている。でしたら、ラーニャさんは、その〝周りの人たちに宣伝する力〟を用いて、アーシャさんをお手伝いすればよいのですわ」

ミーアは、さもいいことを思いついたといった感じで、手を叩いた。

「これは我ながらナイスアイデアですわ！」

「私が……アーシャ姉さまの、お手伝いを……」

呆然とつぶやいた直後、ラーニャは思った。

——やっぱりミーアさま、私の悩みを見抜いてて、それでこんな提案をしてくれたの……？

それゆえに、お茶会にペルージャンのお菓子を所望した。ラーニャに説明させて、その話術を誉め、そして、それを使えばアーシャの手伝いができると……、そう訴えるために。

——もしかしたら、全然勘違いかもしれないけど……でも……。

ラーニャは、確かに、進むべき道を見つけたような気がした。

自分にできること、したいこと……。胸を張って、姉の前に出ることができる仕事……。

彼女は初めて、真剣に考え始めた。


ちなみに、もちろんというか、当たり前の話だが、ミーアにそんなに深い考えはない。

――アーシャさんとセロくんが小麦の開発に成功したとして、問題はそれを植える土地ですわ。

ミーアは小麦の値段を下げたい。そのためには小麦の全体の流通量を増やす必要がある。

寒さに強い小麦が開発できたとして、ルドルフォンやギルデンの土地では恐らく足りない。聖ミーア学園の周りの土地でも、まだ足りないだろう。それこそ全土で種蒔きができるのが理想。

けれど、他の帝国貴族を説得するのは、正直、面倒くさいミーアである。

もちろん、帝国内での収穫量を増やすことは今後の課題ではあるが、それはそれ。急ぎであれば、すぐに植えてくれそうなペルージャンや周辺の国にお願いしてしまったほうがいいに決まっている。

「私が……、アーシャ姉さまの、お手伝いを……」

「ええ、とても意義深い仕事になると、そうは思いませんこと？」

満面の笑みで、ミーアは言った。

ミーアの狙いは、大陸全土に小麦を行き渡らせることである。

それさえできれば、必然的に帝国内に入ってくる小麦の価格も下がるわけで……、だからそれは言うなれば、自国内の小麦の価格を下げるため、他国の土地をお借りする行為なのである。

——ラーニャさんに協力していただければ、楽にできそうですわね！

美味しいお菓子も食べられて、なんともご満悦なミーアであった。

第七話　あら？　実はわたくし、あの時に……？

「はて？　新入生への挨拶……ですの？」

春間近のセントノエル学園。

月餅桜（スイートムーンチェリー）の花の蕾（つぼみ）もほころぶポカポカ陽気のある日。ミーアは生徒会の会合に参加していた。

生徒会室には、いつものメンバーが顔を揃え、さまざまな議題について話し合いを行っていた。

そして、ただ今の議題は、入学式の式典についてのものだった。

「ですけど、新入生への歓迎の言葉は、ラフィーナさまがされるのでは……」

「もちろん私もするけど、それとは別にミーアさんに生徒会長として、一言もらいたいなって思ってるのよ」

ラフィーナは優しげな笑みを浮かべて言った。

「生徒会長のお仕事ですのね。ふーむ、どうしたものかしら……」

「ふふふ、心配しないで。ミーアさんが思っていることを、素直に伝えればいいのよ」

などと優しげにラフィーナは言ってくれるのだが……んなわきゃあないのである。

――ああ、これは、額面通りに受け取ったらダメなやつですわね……。

ミーアは早々に察する。適当に思ったことを言うなどできるはずがない。なにしろ、これは、ラフィーナに譲られた生徒会長としての職務なのだから……。当然、お気に入りのケーキの話をするわけにはいかない。

「まだ時間はあるから、ゆっくり考えてみて。後で、昨年の私の原稿も届けさせるから」

「わかりましたわ」

ミーアは渋々ながらも頷いた。さすがにラフィーナ直々の〝お願い〟を断るわけにはいかない。

――まぁ、それでも、今までの危機に比べれば大したことありませんわ。命の危機があるわけでもありませんし……たぶん。

そう自分を慰めて、ミーアは頷いた。

「さて、それでは……楽しいお話はこのぐらいにして、少し真面目なお話をしましょうか」

ぱん、っと手を打ってから、ラフィーナは表情を引き締める。

「例の、蛇の手先、バルバラさんから聞き出した情報についてのことなのだけど……」

――ああ、そういえば、そんなこともありましたわね。バルバラさんをラフィーナさまのところに送ったんでしたわ。

完全に忘れていたミーアである。それに対して、

「ああ、実は気になっていたんです。それで、なにか、情報が得られたのですか？」

そう声を上げたアベル。シオンも興味津々といった様子で視線をラフィーナに向けた。

　さすがに、二人の王子は覚えていたらしい。ミーアとは大違いである。

　忘れていたことを誤魔化すように、ミーアはあの場にいなかった面々に事情を説明し始めた。自分も気にはなっていたんですよぅ？　ということを言葉の端々に匂わせつつの、実にあざとい説明であった。

「それで、捕らえたバルバラさんとその部下の男たちの身柄をラフィーナさまに送ったんですの。わたくしも気になっていたんですけれど……」

　締めくくりで再びの強調。それから、ミーアは紅茶を一口。上手く誤魔化しきったとため息を吐く。

　ミーアの後を継いで、ラフィーナが口を開いた。

「ミーアさんの誕生祭から帰って、すぐに彼女たちへの尋問を始めたわ。ああ、尋問といっても、別に手荒なことはしていないわ、もちろんね。少しミーアさんに無礼が過ぎるんじゃないかって思ったんだけど、乱暴なことをしたら、ミーアさんも嫌かなって思ったから……だから、あのジェムと同じことをさせてみたの」

　にっこり穏やかな笑みを浮かべるラフィーナが、ちょっぴり怖いミーアである。

「それで情報を引き出してみたのだけれど、あまり新しい情報は得られなかった。蛇の巫女姫と呼ばれる者が混沌の蛇を率いているとか、蛇の教えを広める蛇導士という者がいるとか。ああ、あとは例の狼使いのこととか」

「狼使い……」

「ええ、例の狼使いと呼ばれる暗殺者は、巫女姫直属の暗殺者にして、最強の戦士なのだとか」

「最強の戦士！　そっ、そんなのに、命を狙われたんですのね、わたくし……」

冬の荒野を思い出し、ミーアは、ゾッとした。首筋に感じた刃の風を思い出すたびに、背筋に冷たいものが走る。

――わたくし、よく首が繋がっておりましたわね……。あら？　首、繋がってますわよね？　実は気付かないうちに死んでるとか、そういうこと、ございませんわよね？　みなさん、きちんとわたくしに話しかけておりますよね!?

などと割とどうでもいいことを考えているうちにも、ラフィーナの話は進んでいく。

「ところで、ミーアさんからのお手紙に書いてあったことで、私なりに推理してみたことがあるのだけど……」

いったん言葉を切って、ラフィーナはミーアに目を向けた。

「申し訳ないのだけど、ミーアさん、混沌の蛇の分類について、少し話していただけないかしら」

「え？　あ、ああ、あのイエロームーン公爵が言ってたことですわね……えーと、確か混沌の蛇は四つの種類の人々に分類することができる、とか言ってましたかしら？」

などと答えつつ……話しかけられてよかったー、と思ってしまうミーアである。どうやら、実は死んでいたということはないらしい。一安心である。

「蛇に消極的に協力する者と、利用するために積極的に協力する者、蛇の教義に共感した信者と、信者を教え導く蛇導士……でしたっけ？」

机に置かれた四つのクッキーを思い出しながら、ミーアは言った。

言葉だけでなく、美味しそうなクッキーと関連付けて記憶する、ミーア式記憶法である。

「ミーアさんのお手紙にはそう書かれていたわね。そして恐らく、男たちは信者なのではないか、と私は考えてるの」

なるほど、と、ミーアはバルバラや男たちの様子を思い出す。

「確かに、あの男たちは邪教徒という感じがいたしましたわ。自分たちの命を顧みないような印象で……」

「それでね、恐らくだけど、神聖典に反応するのは信者と、蛇導士なんじゃないかしら」

「ああ、そういうことか」

ラフィーナの言葉に、いち早く理解を示したのはシオンだった。

「神聖典を読んでも、反応する者とそうでない者とがいる、と、そういう話だったが、違いはそこにあるのか……」

「ええ。蛇の教えを真実として受け入れているか否か。蛇を神としているか、利用すべき道具としているか。蛇を仰ぐべき存在とする者にとっては、敵の教えである神聖典は唾棄すべきもの、受け入れざるものだった……だから、拒否反応を示した……そう考えたのだけど……」

と、そこで、微妙に歯切れ悪く、ラフィーナは言葉を切った。

「あら、どうかなさいまして？」

きょとん、と首を傾げるミーアに、ラフィーナは続ける。

「あのバルバラさんだけは、少し様子が違った。どちらかというと、憎悪のほうを強く感じた。神だけでなく、私や、貴族全般への……」

「憎悪……？」

ミーアは、バルバラの顔を思い浮かべた。

「そういえば、あの方は、リーナさんにもつらく当たっていたと、ベルは言っておりましたわ。イエロームーン公爵に対しても、なんだか、ひどく憎んでいる様子でしたわ」

「蛇の教えに共感したから、貴族という権威、その権威が作る秩序を憎悪した、そのように考えることは、もちろんできるわ。でも……なんだか、違和感がある……」

ラフィーナの言葉に、一同に沈黙が広がる。

「しかし、わからないことだらけだな。やれやれ、いったい、蛇の巫女姫というのは、どんな人物なのだろうね」

アベルの、つぶやくような声が、妙に耳に残った。

――ふぅ、やれやれ……なかなか大変なことになりそうですわね……。

予想外の宿題を出されてしまったミーアは、生徒会室から出たところで、小さくため息を吐いた。

「ふふ、そんなに緊張しなくても大丈夫よ？」

成り行きで、一緒に女子寮まで向かうことになったラフィーナが、いつもどおりの涼やかな笑みを浮かべる。

「そうはいっても、なかなかに難題ですわ。こういうのは、あまり得意ではなくって……」

「大丈夫よ。ミーアさんなら。伝えたいことを素直に伝えれば、きっと大丈夫」

そう励ましてくれるラフィーナ。

でもなぁ……と思いかけたミーアだったが、ふいに笑ってしまう。

――この時期に、こんなことで悩めるなんて、こんなことで、ラフィーナさまから励ましてもらえるなんて、とっても幸せなことかもしれませんわね。

セントノエル学園に戻ってきて、しばらく経った頃から、徐々にミーアは状況を楽観視し始めていた。

――なんだかんだで、ルードヴィッヒが大丈夫って言ってますし。しっかり備蓄も増やしましたし……。いつまでも心配ばかりしてもいられませんわ。

唯一の不安要素といえば、セロが寒さに強い小麦を見つけることができるかどうかではあるが……。

――まぁ、それが上手くいかなかったとしても、なんとかなるんじゃないかしら？

そう。なんと言っても備蓄は十分にある。たっぷり貯め込んであるのだ。だから、きっと大丈夫！

と……。

かつての地獄が、ミーアを油断させたのだ。

ミーアは忘れていた。変化した状況には変化した状況の、落とし穴があるということを。

それは、唐突にミーアの前に訪れた。

「あら……？　あれは？」

ラフィーナと談笑しつつ廊下を歩いている時、ミーアはそれを見つけた。

廊下の一角にて、新入生と思しき少女が、複数人の上級生に囲まれていたのだ。

上級生の一人が、少女の肩を押した。少女は、そのままへたりこみ、うつむいてしまっていた。

そんな彼女に、口々に罵りの言葉を吐く周囲の者たち。

ミーアは……ササッといじめているほうの生徒を観察する。ラフィーナの前で無法を犯すとんでもない輩が、帝国の貴族ではないことを素早く確認して、ひとまず安堵。それから、意気揚々とその者たちのところへ歩み寄った。

「こらこら、いけませんわね。弱き者をいじめるようなことをしては……」

「なんだと？　余計な口を……あっ……」

攻撃的な言葉は、途中で止まった。

相手が、決して逆らってはいけない存在であると、すぐにわかったからだ。

「みっ、ミーア姫殿下、それに、ラフィーナさま！」

「いけませんわよ。新入生をいじめるだなんて、この学校の生徒に相応しくありませんわ」

「い、いえ、こいつは、我が国の平民で……、この高貴なるセントノエル学園に通えること自体が間違いといいますか……」

と、無駄な言い訳をする生徒に、静かにラフィーナが歩み寄った。その顔には、とても穏やかで優しい笑みが浮かんでいた。

「ミーア生徒会長は、そういうことはお嫌いよ？　もちろん私もだけど……。どこの国の者であれ、このように、大勢で弱い者いじめをすることを許さないわ。ね、ミーアさん？」

「え、ええ、そうですわ」

有無を言わさないラフィーナの迫力に、一瞬、ビビッたミーアであったが、すぐに気を取り直す。

腕組みなどして、堂々たる態度で頷いた。

「国の別など関係のないこと。そのような非道を見過ごすことなどできませんわね」

そうして、ミーアはジロリと睨んだ。

大して迫力のある顔でもなかったのだが……いじめっ子たちは、いっそ哀れなほど震え上がった。

なにしろ、今のミーアはセントノエルの権力の頂点にして、大国の姫君である。しかも、その後ろには聖女ラフィーナが控えている。

このセントノエル学園に通うのであれば、絶対に睨まれてはいけない人間の筆頭なのである。

「まぁ、幸いなことに、過ちは正せば良いだけですわ。あなたたち、二度と彼女に無礼を働いてはいけませんわ。貴族ならば貴族らしく、誇り高く生きるべきですわ。弱者を虐げるなどという見苦しいことはしてはいけませんわ。その力をもって、むしろ、弱き者を助けるべきですわ」

それから、ふむ……と頷いて、

「そうですわね。あなたたち、この子と同国人なのでしたら、この子を守りなさい」

「……へっ？」

「この子が、今後いじめられていることがわかったら、あなたたちに関係があろうとなかろうと許しませんわ。陰でやろうとしても無駄なこと、わたくしの情報網を甘く見ないことですわ」

ミーアは、ふと、悪戯心を起こして、ラフィーナの真似をしてにっこり微笑んで見せた。

すると、いじめっ子たちは、ひっと悲鳴を上げて、その場から逃げ出していってしまった。

——ふむ、なるほど。笑顔も時には脅しに使えるということですわね。

などと思いつつ、ミーアは尻餅をついている少女を助け起こした。

「あなた、大丈夫ですの？」

「あ、ああ、あの、ありがとうございます。わ、わわ、私なんかのことを、どうして……」

あたふたと慌てふためく少女に、ミーアは、くすり、と笑みを浮かべた。

「別に、わたくしは当たり前のことをしたまでのことですわ」

まぁ、ラフィーナの手前、助けないわけには絶対にいかなかったのだけど……、などと思った瞬間のことだった。

ふいに、ミーアの背筋に嫌な感覚が走った……。

それはある種の気付き。あるいは、ちょっとした思いつきだ。

ミーアは、ふと……思ってしまったのだ。

これから飢饉が来るけれど、その時に、今と同じように助けを求められたらどうしよう……と。

前の時間軸においては、そんなことを悩む必要はなかった。なぜなら、帝国は自国の民のことだけで精一杯だったからだ。

けれど、今は違う。

帝国には十分な備蓄がある。

それこそ、今年一年間をしのぐだけであれば、余るぐらいの食糧を、ミーアは貯め込んでいるのであって……。

それは、飢饉が今年一年では終わらない、大規模なものになることをミーアが知っているからなのだが……。

けれど、他の者たちは……知らないのだ。今年だけの問題と考えるかもしれなくって……。そんな彼らが、数年分の飢饉に耐えうる備蓄を貯め込んだ帝国をどのように見えるだろうか。

否、もっと言うならば、ラフィーナやシオンには、どのように見るか。

シオンには話してあるし、ラフィーナにも話しておこうとは思っている。けれど、現時点でのそれはあくまでも予想に過ぎないのだ。その予想のために……あるいは未来の不安のために、助けを求めてきた者の手をはねのけるような……そのようなことをやらかした時には……、どのようなことになるのか……。

そして、誤算はもう一つあった。

生徒会長をやることで、ミーアは知らず知らずのうちに、いろいろな国の人間とコネを作ってしまっていた。生徒会の仕事をするうちに、顔見知りが増えてしまっているし、その中には友人と呼べる者も少なからず存在している。

では……もし仮に、その顔見知りの誰かから助けを求められて……そして、助ける力を持っていたとしたら……？

——他の国が〝あの時の帝国〟のようになっていたとして、備蓄を取り崩さずにいられることが、わたくしにできるのかしら……？

ミーアの悩みは思いのほか深刻だった。

数年分の飢饉に対する備えをしたがゆえに現れた、新たなる危機……。それは、完全に油断しきっていたミーアにとって想定外の事態だった。

かくて、ミーアは再び動き出す。入学式の挨拶に向けて。

第八話　パン・ケーキ宣言

さて、入学式の日がやってきた。

セントノエル学園の入学式は他の行事と同じように、儀式的な側面を持つものとなっている。生徒でいっぱいになった大聖堂。ミーアは、その最前列に座り、そっと瞳を閉じる。

やがて、式が始まった。

神にささげる聖歌に続いて行われるのは「香の儀式」と呼ばれるものだった。

香の儀式は、新入生をこの学園の生徒として迎える際の重要な儀式だ。神にささげられし香油の、貴き香りを身にまとい、セントノエルの学生にふさわしく行動する、そのことを表すための儀式だと、ミーアは聞いている。

純白の衣装を身にまとったラフィーナが聖堂に入ってきた。上質な布で作られた衣装は艶やかな輝きを放ち、ラフィーナの透き通るような肌を彩っていた。その天使のような衣装に……、ミーアは、先日の聖ミーア学園で見た像を思い出して、ちょっぴり複雑な気分になった。

ラフィーナは司祭から灯を受け取ると、そのまま前方へと歩いていく。その向かう先には、儀式卓の上に置かれた巨大な銀の盃があった。杯の中には、最上級の香油が入っている。ラフィーナは、ゆっくりと炎を近づけた。

ぼっ、と弾けるような音を立て、炎が灯される。と同時に、辺りに甘い香油の香りが広がった。

――ふむ、どうでもいいですけれど、貴い香りというのは、甘い香りなんですのね。なるほど、納得ですわ。

半分、スイーツ教に足を踏み入れかけているミーアは、思わず納得してしまう。将来的に、ラフィーナに異端審問を受けてしまわないか、いささか心配である。

まぁ、それはどうでもいいことだが……。

やがて、一連の儀式が終わった後に、いよいよミーアの出番がやってきた。

「それでは、生徒会長のミーアさんに挨拶をしていただきます」

ラフィーナに呼ばれたミーアは、小さく息を吐いてから、顔を上げた。

聖堂の前方、静かに燃える香油を背負い、ミーアはみなに視線を向けた。聖堂に詰めかけた一同を見渡して、再び深呼吸。

甘い空気を存分に吸い込んでから、静かに口を開く。

「ご機嫌よう、みなさま。わたくしが、生徒会長を務める、ミーア・ルーナ・ティアムーンですわ」

心は、思いのほか落ち着いていた。

この日まで、考えて、考えて……ミーアは一つの結論に至っていた。

――帝国の備蓄を他国のために一切使わずにいるのは、恐らく不可能。

いろいろと言い訳を考えてはみたものの、すぐに諦めた。

仮に、備蓄の量を誤魔化したとして、上手くシオンやラフィーナを騙せたとしても、神出鬼没の蛇の目を欺くのはほぼ不可能。

それに……。

――後味、悪いですし……。

前の時間軸、幾度も口惜しい想いをしたミーアとしては、断られた相手の気持ちをついつい考えてしまうのだ。きっと、お断りした日には、夢見が悪いし、お腹が痛くなってしまうだろう。

――であるならば、むしろ、助けを出す前提で考えるのがよろしいですわ。

ということで……、ミーアは方針を変えた。すなわち、

「わたくしが、みなさんに言っておきたいこと。それは……助け合いの精神ですわ！」

積極的に、周囲を巻き込んでいく！

「困った時はお互いさま。我ら、民の上に立つ者は、民が困窮している時には、国の別にかかわらず助け合わねばなりませんわ」

物資を出さざるを得ないのであれば仕方ない。ならば、自国だけではすまさないぞ、と。どこかの国が助けを求めてきた時、お前らもきちんと出すもの出せよ！　と釘を刺しておく。

さらに、狙いはもう一つあった。それは、出し損にならないようにすること。

「助けて、助けられて……そうした国同士の連帯が重要ですわ！」

ミーアは力説する。翻訳するならば、それは、仮に帝国が飢饉のために、備蓄を供出したとして、今度は帝国が困ることがあった際にはきちんと助けるように、ということである。

困った時はお互いさま。すなわち、お前が困った時には助けてやるから、代わりに自分が困った時には必ず助けろよ！　ということなのである。

自分が出さざるを得ないと察したミーアは、他人からもきちんと取り立てることにしたのだ。余力のあるやつは、隠してないできちんと出せ、と……。

そして、それをラフィーナの目の前で、そして、各国の王侯貴族の子弟の前で堂々と宣言しておく。それが大事である。

かつてミーアは、知らずにいろいろとやらかしたことがあった。ゆえに、知らなかったとは言わせないために、きっちりはっきりと言っておく。

「みなさんには、ぜひ、そのようにあっていただきたいのですわ。そう……」

一度、言葉を切り、ミーアはみなの顔を見回して……。

「今日、食べるパンがなくて飢えた者がいるなら……、明日、あなたが楽しみに食べる予定だったケーキを出して一緒に食べなさい。ケーキを惜しんで、困窮した者を放っておいてはいけませんわ」

明日、食べる予定だったケーキを全部くれてやれ、とは言わないミーアである。

だって、ケーキ食べたいし……。

自分が食べるケーキを減らし、一緒に食べること。それがミーアのギリギリの妥協点。率先して自分が行える、ギリギリのラインであった。ちなみに、イチゴがのっていたら当然、自分のほうにのせるミーアである。そこは譲れない。

それから、ミーアは小さく息を吐いた。

「これから先、大陸にはいろいろなことが起こるでしょう。さまざまな国で苦難の時代というものも経験するかもしれませんわ。けれど、我らはセントノエルでともに学びし者。この気高き香りをまといし仲間。ともにこの大陸に生きる者同士。どうか、国に帰ったとしても、忘れないでいただきたいですわ」

そうして、ミーアは祈るかのように、瞳を閉じた。

否……、ミーアは実際に祈っていた。

――ああ、どうか……セロくんとアーシャさん……、寒さに強い小麦作りを成功させてくださいませね……。うう、そうしないときっと備蓄が足りなくなってしまいますわ……と。


この日語られたミーアの言葉は、「パン・ケーキ宣言」と呼ばれ、後世に記録される言葉となった。

それは、類い稀なる言葉だった。

語られた瞬間は、まぎれもなく凡庸な言葉だった。

陳腐で古臭い、埃をかぶった綺麗事だった。

困った時はお互いさま？　互いに助け合いましょう？　そのような使い古された綺麗事をいったい誰が真に受けるというのだろうか。

その場で聞いていた者たちは、誰もが笑った。陳腐な言葉だと嘲笑った。

けれど……、その言葉は時間を経るごとに、少しずつ輝きを放つようになった。

なぜならそれを語った者、ミーア・ルーナ・ティアムーンがその言葉を体現するように、率先して振る舞ったからだ。

ティアムーン帝国からの食糧援助によって、救われた者たちが、少なからずいたからだ。

ミーアは、確かに困った者の手を振り払うことはしなかった。誰一人として、見捨てることなく、困窮している国に物資を送った。そして……そんなミーアの後に続く者たちがあった。

はじめはミーアの友人たちが属する国から始まり、やがては、大陸全土を覆い尽くすほどに、その流れは大きなものとなった。

そして、それはある仕組みの礎となっていく。

ミーアの友人、クロエ・フォークロードが中心となって作り上げた、後の世に《ミーアネット》と呼ばれる仕組み――大陸から餓死を一掃したとまで言われる、国を超えた食糧の相互援助の、巨大な繋がり。

それを支える基本理念として、決して揺らぐことなき黄金律（おうごんりつ）として「パン・ケーキ宣言」は語り継がれていくことになるのだった。

……ちなみに、結局は入学式でも甘いものの話をしてしまったミーアなのだが、そのことにツッコミを入れる者は誰もいなかった。

めでたし、めでたし。

第九話　商人の理

ティアムーン帝国の南東、小国家群を抜けた先に巨大な港があった。

独立港湾都市「セントバレーヌ」は、神聖ヴェールガ公国が誇る平和の港だ。

かつて港の利権をめぐり、争いが絶えなかった近隣諸国に対して介入したヴェールガは、その土地を自国の領土として接収。その上で近隣国すべての商人に開放した。

さらには、複数の商会に声をかけ、商業組合を結成、その組合に港や町のインフラ整備などすべてを委託してしまう。ヴェールガが持つのは、「その土地を庇護する国が自国である」という名目のみ。実質的な利益に関しては、周辺国が共同で享受できる体制を敷いたのだ。

当初、周辺国からは不満が絶えなかった。どの国も利益の独占をもくろんでいたためだ。けれど、それらの国々も、港のもたらす恩恵を前に、やがては口をつぐむことになる。

商業が活発となることは、それだけで十分な祝福といえた。むしろ黄金を生み出す都市を抱え込めば、必ずや他国に狙われるだろうし、その防衛にも費用がかかる。

であれば、むしろ、共同で利用できる港としておいたほうが得であることは、明らかだった。

そうして生まれた平和の港は、今や大陸有数の商業の華やかなりし場所、商人の楽園として知られている。

その巨大港にて、マルコ・フォークロードは、自らの商会の持つ大型商船「金の福音号（オーロ・ヴェンジェーロ）」を見上げてため息を吐いた。

「まさか、このようなことになろうとはな……」

旅立つ船が向かう先は、遥か海の向こう側、豊かな小麦の収穫のある国である。

それは、ティアムーン帝国皇女との契約に基づいたものだった。

「恐ろしい方だ。姫殿下は、今日のような事態になることを、予期していたのだろうか……」

娘が友誼（ゆうぎ）を結んだ姫、ミーア・ルーナ・ティアムーンの顔を思い出し、思わず苦笑いを浮かべる。

「まったく、クロエ……お前はなんという方と友誼を結んだのだ……」

「おお、これはフォークロード商会のマルコ殿」

ふいに声をかけられて、マルコは顔を上げる。と、いつの間にやら、目の前には一人の男が立っていた。

鼻の下、くるんと巻いた口髭（くちひげ）と、でっぷりと丸く突き出した腹が特徴の男……、愛想の良い笑みを浮かべつつも、決して芯からは笑わないその男のことを、マルコはよく知っていた。

「これは、シャローク殿……。久しいな」

男の名はシャローク・コーンローグ。広く大陸の各国に商品を卸している大商人である。

取り扱う商品は多岐にわたる。食料をはじめ絹織物から武器に至るまで。儲けになりそうなものは、なんでも売る。

その徹底した姿勢が、マルコは得意ではなかった。

商人としてはその冷徹さが圧倒的に正しいことも、自身はその冷徹さを持ちえないことも……、彼にはよくわかっていたから……。

けれど、すでにそれも過去のこと。なぜなら、マルコは出会ったのだ。

商人としての正しさ以上に輝かしいものと……。

——不思議なものだな、彼と顔を合わせるたびに劣等感を刺激されたものだが……。

苦笑しつつ、マルコは首を振った。

「ふふふ、わかりますぞ。笑いが止まらんでしょうな。貴殿が海外より小麦の輸送を始めた時には、なんと愚かなことを、と思ったものだが。今や、その小麦、仕入れ値の三倍は固い。どうですかな？　馬鹿にした連中を見返す気分は……」

口髭を撫でながら笑うシャロークに、マルコは肩をすくめて見せた。

「そう言っていただけるのは、ありがたいが、先ごろ輸入した分に関してはすでに値段が決まっておりましてな」

「ほう？　それは、もしや、かの帝国の叡智との契約のことですかな？」

シャロークは訳知り顔で言った。

「どこで、それを……？」

「はは、なぁに。耳を澄ませていれば、どこからでも噂話というのは聞こえてくるものでしてな」

商人にとって、情報は重要な武器だ。ゆえにマルコは、ミーアと交わした契約を、必要最低限の人間にしか話していなかったのだが……。

しばし、思案に暮れてから、マルコは諦めてため息を吐いた。

「まぁ、あえて隠し立てする必要もありますまい。そのとおり、ミーア姫殿下との契約によるものです」

「律義にそれを守っていると？」

「無論。商人にとって契約は神聖不可侵なもの。まさか、破れとでも？」

「方法はいくらでもあるでしょうに。たとえば、帝国以外のもっと高く買ってくれる国で売りさばいて、帝国を後回しにするとか……」

マルコは、温厚な彼にしては珍しく、わずかばかりの怒りをもって問う。

「まさか、本気で言っていないでしょうね？」

「本気も本気。むしろそれこそが商人の業というものではないですかな？　より金が得られる方法があるのならば、あらゆる知恵を使い、契約の隙間をかいくぐる。契約を守れとは、そのほうが長く商売が続けられて、儲かるからということに過ぎない。昨年の不作によって生じた小麦の価格の高騰、それを生かさぬは商人の名折れ。大陸全土を焼き払う戦でさえ、商売の種とするのが、金に忠誠を誓いし我ら商人でしょうに」

得意げに言うシャローク。かつては彼に羨望(せんぼう)さえ抱いていたマルコは、過去の自分を恥じる。自分は、今までなにを見ていたのか……と。

「やれやれ……、どうもあなたとは考えが合わないようだ。シャローク殿。どうか、あなたの商売がうまくいくように祈っていますよ」

「まったく、そうありたいものですな」

踵を返すマルコに、シャロークは暗い笑みを浮かべるのだった。

第十話　ミーアお祖母ちゃんは、教育熱心

さて、入学式にて、ミーアが高らかにパンとケーキに関する自説を開陳してから十日ほどたった日のこと。

ミーアは、図書室に訪れていた。

本国で小麦の研究に勤しむセロたちに、なにか有用な情報がないかを探すため……ではない。

ベルに勉強を教えるためである。

「今年の夏ごろはあまり余裕もないかもしれませんし、テストに備えてきっちりと勉強しておかなければなりませんわよ」

すでに、ベルの学力がアレなことがわかっているミーアは、心を鬼にして腕組みする。

「う、うう、ミーアお姉さまが、鬼になってしまいました。うぐぅ、まだ、テストまでは時間があるのに……」

「リンシャさんから、しっかりと聞いておりますわよ。最近、また、サボっているようではありませんの?」

「でも、ミーアお姉さま、このお勉強って、なにかの役に立ちますか?」

上目遣いに見つめてくるベルに、

「無論ですわ!」

ミーアは胸を張って言い放った。

「きちんと勉強していれば、そのうち、偉そうにガミガミ言ってくるクソメガネ……ではなくって、熱意溢れる臣下に目にもの見せて……ではなく、いいところを見せて驚かせることができますわ。なかなか気持ちいいものですわよ?」

ちょいちょい本音が漏れてしまうミーアであったが、幸いにもベルは気付いていなかった。

「うう、本当に役に立つかなぁ……」

ぶつぶつ言いつつも、机に向かうベル。教本を開き、自習を始めたベルを横目に、ミーアは持ってきた本を開く。それは、世界中の珍しいキノコ料理を集めた「キノコ百珍」という本だった。

著者は、有名な冒険家で「死なない毒キノコならば食べられる!」をモットーにしている人である。ヤバい……。

そうしてミーアは、そのヤバい本を開きつつも、

——しかし、実際、どうしたものかしら……。

思わず考え込んでしまう。むろんキノコのことではない。ベルのことである。孫娘とキノコとでは、かろうじて孫娘に比重が傾く、常識人ミーアである。

——勉強嫌いなのもそうですし、ベルの浪費癖も結局のところ、この〝いついなくなってしまうかもしれない〟という投げやりな気持ちがあるのでしょうね。

それは、同情の余地のあるものではあった。ミーアとてその気持ちがわからないではないのだが……。

――けれど、このまま無駄遣いを許すわけにはいきませんわ。ギロチンの足は……思いのほか速いのですから！


金貨一枚無駄に使うごとに、百歩ずつぐらいの速度で迫ってくる印象である。特に帝国のギロチンの足が速いことをミーアは身をもって知っている。なんとかして、ベルを納得させておく必要があるのだ。

――それに、いずれにせよ、ベルがこの世界で生きていくためにも教育は必要でしょうし。頑張らせないといけませんわ……。もっとも、お父さまにお願いしたら、それなりの爵位と領地をいただけて、楽に生きていけるような気もいたしますけれど……。

もちろん、そんなことを口に出したりはしない。ますます、ベルが勉強をしなくなってしまう。

自分がグータラするのも、他人がグータラすることにも寛容なミーアであるが、相手が孫娘だと、なんとなく黙っていられない。

――ベルの母親……わたくしの娘に悪いですしね。

ミーアお祖母ちゃんは教育熱心なのだ。

「ミーアお姉さま、ここ、わかりません」

「あら、もう……、仕方ありませんわね。見せてごらんなさい」

ミーアは、ベルが差し出してきた本を受け取って、

「……ふむ」

小さくうなる。それから、こめかみを指でコツコツたたきながら、

「……ふぅむ」

懸命に、自らの脳みそを回転させる。

言うまでもないことながら、ミーアのテスト勉強は物量に頼ったものである。範囲内の情報をすべて頭に叩き込むスタイルである。

意外でもなんでもないことながら、そんなものいつまでも覚えてはいられないわけで……。テストが終わると、きれいさっぱり忘れることもしばしばである。

まして、今ベルがやっているのは「算術」という、ミーアが不得手なものである。

——アンヌ……、アンヌはどこにいるかしら？

無意識に、軍師アンヌの姿を捜そうとしたミーアは……ふいに気付く。

ベルが、キラッキラした瞳で自分を見つめていることを。それはもう、期待に溢れた瞳で、じぃいっと見つめてくる。

「尊敬する帝国の叡智はどんな風にこの問題を解くんだろう⁉」

などというメッセージを如実に伝えてくる視線を、ミーアに向けてきているのだ。

「…………ふむ」

ミーアは再びうなり、本に目を戻した。

さすがにこの状況でアンヌに解いてもらうことはできない。ミーアは気合を入れる。

——問題ありませんわ。わたくしの、この、記憶力があれば……。

そう……、ミーアは決して忘れない。テスト前に暗記した無味乾燥な知識は忘れたとしても、自分が生き残るために必要な知識と……そして、自らが受けた屈辱のことは！

——あの時、クソメガネに似たようなものを教わった気がいたしますわ！　算術は、取引に必要とかなんとか言われて……、それで、確かあの時は……。

そう、ルードヴィッヒを見返すために覚えたことは、執念深く日記帳に書き連ねていたのだ。ゆえに……。

「ベル、覚えておくとよいですわ。この手の問題は、たいてい、そのそばに例題というものがあるのですわ。そして、それを応用して……」

すべてルードヴィッヒから教わったパクリである。教え方のパクリである。ミーアの暗記力が冴え渡る。

答えを直接言うのではなく、あえて自分で考えさせるという……、答えはちゃんとわかってるけど、あなたに考えさせるために、こうやってますよー、という、ルードヴィッヒのやり方のみを完コピして！

「他人に教わったことを、そのまま覚えても意味がありませんわ。やはり、自分で考えなければいけませんわ」

他人に教わったことを、そのままやって見せてから、偉そうにそんなことを言った。

「さすがは、ミーアお祖母さま。わかりました。考えてみます！」

素直に頷いたベルが、再び本に目を落としたのを確認してから、ミーアは一つため息、それから顔を上げる。と、ちょうど本棚の前にうつむきがちに立っていたクロエの姿が見えた。

「あら、クロエ、戻っておりましたの？」

近くまでフォークロード商会の荷馬車がやってきているとのことで、父に会うために島を出ていたクロエ。数日ぶりに会う友人に、ミーアは愛想よく話しかける。

「フォークロード卿……、いえ、お父さまはお元気でしたの？」

そう声をかけるものの、聞こえなかったのか、クロエはうつむいたままだった。

「クロエ……？」

立ち上がり、歩み寄りつつ再度話しかけてみる。と、

「あっ……ミーアさま……」

ようやく気付いたのか、クロエが顔を上げる。その顔を見て、ミーアはわずかに眉をひそめた。

「クロエ……。どうかなさいましたの？」

ミーアは言った。友人の顔には、深い憂いの色が浮かんでいるように見えたから……。

「いえ、なんでも、ありません」

「なんでもないという顔ではありませんわ。なにを遠慮しておりますの？　あなたとわたくしとは、読み友ではございませんの。水臭いですわ」

ミーアはクロエの手を取ると、

「とりあえず、わたくしの部屋に行きましょう。なにか、お茶菓子はあったかしら……」

「あっ！　ミーアお姉さま、任せてください！　ボク、厨房まで行って準備をしてきます！」

弾むような声で言って、ベルが図書室を駆け出していった。

機を見るに敏、実にちゃっかり者のベルなのであった。

ミーアは部屋にクロエを招き入れた。

部屋では、アンヌが雑巾を片手に掃除の真っ最中だった。

「アンヌ、掃除の途中で申し訳ありませんけど、これから、クロエとお茶会をさせていただきますわね。あなたも一息入れるとよろしいですわ」

「あ、はい。かしこまりました。では、すぐにお茶の準備を……」

「無用ですわ。今、ベルが食堂のほうへ行っていて……」

と、タイミングよく、ベルが部屋に入ってきた。

「お待たせしました。ミーアお姉さま」

その手に持ったトレイには、あまぁい匂いのするホットココアが入ったカップが載っていた。その数は……五つ！

「もう、お茶って言いましたのに……。ところでベル、わたくしとクロエとあなた、それに、アンヌとリンシャさんの分まで持ってきたんですのね？」

部屋には、アンヌのみで、リンシャは来ていないのだけど、と首を傾げるミーア。そんなミーアに、ベルはにっこにこと笑みを浮かべて、

「もちろん、ボクのお替わりの分です」

堂々と胸を張って言った。

「…………ベル」

ミーアは、ベルがトレイをテーブルに置くのを待って、ベルの二の腕をつまんでみた。幼い二の腕は、ＦＮＹ（ふにょ）っとした感触を返して…………こなかった⁉

「なっ……⁉」

驚愕に呻（うめ）きつつ、ミーアは自らの二の腕をつまむ。ベルより、明らかにＦＮＹっとしている！

こんな理不尽があっていいのだろうか！

もう一度、つまんでみよう！　やっぱり、ＦＮＹっとしてない！

「あ、あの、ミーアお姉さま？　なにか……？」

「はぇ？　あ、ああ、ええ、なんでもありませんわ。ところで、ベル……あなたなにか、体を動かすこととかやってますの？　わたくしの知らないところで……」

「へ？　うーん、ミーアお姉さまに教わったダンストレーニングぐらいでしょうか」

「そう……。では、そうですわね、今度また一緒にやりましょうか。せっかくですし、あなたのトレーニング方法を見てみたいですわ」

「はい、わかりました」

などと、かしましいやり取りをした後、ミーアは改めてクロエを見た。

「さて、それでは改めて、クロエ、いったいなにがございましたの？」

クロエはまだ迷っているのか、ミーアの顔を見て、それから自分の手の中のカップに目を落とした。

「…………」

口を開こうとしないクロエにため息一つ。それから、ミーアは、自らの胸に手を当てて穏やかに微笑んだ。

「先ほども言ったけど、水臭いですわよ、クロエ。あなたは、わたくしの大切なお友だちですわ。あなたの元気がないと、わたくし、こんなに甘いココアだって美味しくいただけませんわ」

後半の主張の真偽に関しては、若干の疑義がないではなかったが……、それはさておき、ミーアは続ける。

「ですから、もしもあなたがわたくしのことを、お友だちだと思っているのなら、ぜひ話してくださらないかしら？　必ず力になりますわ」

「み、ミーアさま……うう」

ミーアを見つめていたクロエの顔が、次の瞬間、くしゃりと歪んだ。メガネの奥、可愛らしい瞳からは、ポロポロ、ポロポロポロと涙が零れ落ちた。

「ふむ……」

ミーアは、一つ頷くとハンカチを取り出して、クロエのところに歩み寄る。

「ほら、クロエ、落ち着いて。涙をお拭きなさい」

そうして、ハンカチを差し出し、クロエの背中をさすってあげる。

その姿は、どこに出しても恥ずかしくない、実に聖女じみた姿で……。でも……、

「すみ、ません、ミーア、さま……。実は、お父さんが、倒れて、しまってっ」

「………はぇ？」

しゃくりあげ、途切れ途切れのクロエの声を聞いた瞬間、ミーアの完璧な笑みが崩れた。

「なっ、おっ、はっ、くっ、クロエのお父さま……、フォークロード卿が、倒れた……？」

一瞬、ミーアはクラッとしかける。なにしろ、クロエの父、マルコ・フォークロードが率いるフォークロード商会は、今やティアムーン帝国の生命線と言ってもよいものである。備蓄が心許なくなってしまった現状、もし、それが切れてしまえば、連鎖的にガヌドス港湾国あたりもなにか仕掛けてくるに違いなくって……。

ひたり……ひたり……。ミーアの耳は、なにかが近づいてくる音を敏感に察知した。

思わず振り返ったミーアは……、谷底から這い上がってくるギロチンの姿を幻視してしまい、

――ひぃいいいっ！　やっやや、ヤバイ、ヤバいですわ！

背筋に冷たい汗をびっしりかいたミーアは、一度、ホットココアを飲んで、小さくため息。気持ちを落ち着けてから、クロエに凛とした視線を向ける。

「詳しい話を聞かせていただけないかしら？」

クロエは、そんなミーアを見つめてから、こくり、と小さく頷いた。

「実は、うちの商会に攻撃を仕掛けてきた商会があるんです」

そうして、クロエは話した。

フォークロード商会と取引のある商会のすべてに、ちょっかいをかけてきた者がいた。

シャロークというその大商人は、フォークロード商会に敵対し、その販路をことごとくつぶしていったのだという。

その結果、クロエの父、マルコは、状況打開のために働きすぎて、倒れてしまったのだ。

「ゆっ、許せませんわね。クロエのお父さまに喧嘩を売るなどと……」

ふるふると、怒りに打ち震えるミーア。

なにせ、クロエのところのフォークロード商会は飢饉の際の生命線の一本だ。

特に、入学式でいろいろとぶち上げてしまったミーアである。小麦の備蓄が心許ない現状、フォークロード商会につぶれられては、一大事である。

——下手をすると、ギロチンに繋がる状況ですのに、いったい、どこのどいつが、わたくしに喧嘩を売ってきましたの？

そう……、今や、フォークロード商会に喧嘩を売るということは、ミーア自身に喧嘩を売るに等しい行為なのだ。ミーアはクロエのほうを見て、力強く頷いた。

「よく相談してくれましたわ、クロエ。大丈夫、わたくしに任せるとよろしいですわ」

「ミーアさま……」

「とりあえず、ルードヴィッヒに相談してみるのがよろしいですわね。商人のことは、わたくしにはよくわかりませんけれど、確かルードヴィッヒは、商家の出身だったはず。きっと良いアイデアを出してくれますわ」

それから、ミーアは不気味な笑みを浮かべる。

「ふふふ、わたくしに喧嘩を売ったこと……後悔させてやりますわ！」

クロエから相談を受けた翌日、ミーアは、即座にルードヴィッヒに連絡を取った。

「いろいろと忙しいでしょうけれど……、ルードヴィッヒにも来ていただいたほうが良いでしょうね」

緊急性が高い事案と判断、最も頼りになる知恵袋を呼び出す。

「ふむ……そういえば、ルードヴィッヒはベルの先生役もやっていたんでしたわね。どうせなら、算術の教育も一緒にお願いしてしまうのが良いのではないかしら。なにか上手い手を考えてくれそうですわ」

などと、考えつつ「ベルに教えを施してほしい」旨も書き加えて、書状を送る。

ミーアお祖母ちゃんは、教育熱心なのだ。

さらに自らもセントノエル島を出て、クロエから聞いたフォークロード商会の商隊がとどまっている街へと向かう。幸いにもと言ってよいかは微妙ながら、クロエの父、マルコはそこでしばらくの間、療養するらしい。

会いに行くなら今である。

「あの、ミーアお姉さま、ボクも一緒に行ってもいいでしょうか？」

島を出る際、ベルがそんなことを言い出した。

「あら、特に楽しいこともないと思いますけど……」

「ミーアお姉さまの勇姿をぜひ、目に焼き付けておきたいんです」

「勇姿を見せるようなこともないとは思いますけど……でもそうですわね……ふむ」

ミーアは腕組みしつつ、考え込む。

——算術といえば商人。実際の商人を見たら、もしかしたら、勉強に身が入るかもしれませんわ！

ミーアお祖母ちゃんは、教育熱心なのだ。

「では、一緒に行きましょう」

そうして、一行は、フォークロード商会が駐留している街へと向かった。


「これは、ミーアさま……。わざわざいらしていただけるとは……」

突如、現れたミーアを見たクロエの父、マルコ・フォークロードは目を丸くして驚いた。

宿屋のベッドの上、慌てて起き上がろうとするマルコ。そんな彼を片手で制し、ミーアは優しげな笑みを浮かべた。

「ご無事なようでなによりですわ。お加減はいかがかしら？」

「娘から聞いたのですか？　申し訳ございません。大したことはないのです。ただ、疲れが出てしまっただけで。姫殿下に足をお運びいただくようなことでは……」

「気にする必要はまったくございませんわ、マルコ殿。あなたは、我が帝国にとって重要な方。文字通り生命線ですわ」

ミーアは、それから、悪戯っぽい笑みを浮かべて付け加える。

「それに、あなたは、わたくしの大切な読み友、クロエのお父さまですわ。あなたの元気がないと、クロエと読書談議もできなくって、楽しくないんですの」

「ミーア姫殿下……」

マルコは、深々と頭を下げた。

「ご厚意に感謝いたします」

「わたくしで力になれることがございましたら、遠慮なく言っていただきたいですわ」

「ああ……その……、本当に大したことではないのです。あくまでも商売上のことですので……」

「でも、妨害を受けたとお聞きしましたわ。もしや、なにか暴力的な攻撃を受けたりとか……、例えば、盗賊を雇って襲わせたり……」

「いえ、決してそのようなことはございません」

慌てた様子で首を振るマルコに、ミーアが首を傾げていると……。

「フォークロード卿、我が主、ミーア姫殿下は、聡明な方です。どうか、今、あなたの商会が置かれている状況をご説明ください」

部屋の入り口から聞こえた声。ミーアが目を向けると、そこには頼りになる忠臣の姿があった。

「ああ、ルードヴィッヒ、来てくれたんですのね」

心強い援軍の到来に、ミーアは声を弾ませた。自分一人では、マルコから話を聞くことはできなさそうだと感じていたからだ。

「遅くなりました。ミーアさま」

ルードヴィッヒは深々と頭を下げてから、改めてマルコのほうに目を向けた。

「さて……、商売上のことは言いづらいということであれば、私のほうで推論をお話しさせていただきますので、どうかそのままお聞きください」

それから、ルードヴィッヒは、眼鏡を指で押し上げる。

「まず、ミーアさまの誤解を訂正させていただきたいのですが、商人同士の争いの場合、盗賊を雇うなどして、直接的に攻撃することも確かにあります。けれど、それはそこまでよくあることではありません。特に相手が大きな商会の場合、ほとんどそんなことはしません」

「まぁ、そうなんですの？」

「はい。明確な悪事には、当然、制裁があるからです。法を犯せば国の介入を求めることができます。それに、規模の大きな商会であれば、自衛の手段を整えることもできましょう。それはリスクが高く、防ぐ手段もわかりやすい下策です」

「なるほど。そういうものですの」

「商人には商人の攻撃の仕方があるのです。例えば、そうですね……わかりやすいのは、過度な値下げで、競争を仕掛けてきた、とか……」

ルードヴィッヒはメガネを押し上げながら言った。それを見たマルコは、苦々しげに顔をしかめた。

「へ……値下げ……？」

きょとん、と首を傾げたのはベルだった。それを見たルードヴィッヒは、おかしそうに笑って、

「そうか。ベルさまには、少し難しいかもしれませんね。うーん……」

少し考えてから、ルードヴィッヒは言った。

「そうですね。例えばベルさま、同じ味、同じ大きさの焼き菓子が片方は銅貨一枚、片方は銅貨二枚で売っていたとしたら、どちらを買いますか？」

「え？　えっと、銅貨一枚のほう、でしょうか？」

「そうですね。客としては当然の心理です。値段が安いほうから買うというのは。だから、敵対する商人より安い値をつけて、自分のところの商品を売りつけることは、相手の商人の商売を邪魔する上での基本的なやり方です」

　ルードヴィッヒの言うことは、ごくごく当たり前のことだった。そのぐらいはミーアにでもわかることである。

「そして、悪質な場合には、利益を度外視した安売りを仕掛けてくることがあります。極端なことを言えば、銀貨一枚で仕入れたものを銅貨一枚で売ったりとか」

「へ？　そんなことをして、なんの意味があるんですか？　損になってしまいますけれど……」

　その答えに、ルードヴィッヒは厳しい顔で頷いた。

「意味は大いにございます。大商人が資金力にものを言わせて、ライバルとなる商人をすべてつぶしてしまえば……市場を独占することができますから」

　そのやり取りを横目に、ミーアはマルコが用意してくれたお茶菓子を食べていた。

　――ふむ……、見たことがないお菓子ですけれど……、これはもしや、海の向こうのお菓子ではないかしら。この黒いペーストは、豆でできているんですのね。なんともすっきりした甘さ……。これは、クリームと混ぜると美味しくなりそうな予感がいたしますわね。

　スイーツ鑑定士ミーアの審味眼（しんみがん）が冴え渡る。

「そして、市場を独占……すなわち、自分たちのところのみが販売をすることになれば、その値付けは思いのままになります。そこ以外では買えないのですから、いくらでも高い値段をつけることができるのです」

「なるほど！」

ベルがポンッと手を打った。できるだけ丁寧に説明しつつも、ルードヴィッヒはミーアの様子をうかがう。と、

「ふむ……」

ミーアは、お茶菓子を食べながら満足げに頷いていた。

どうやら、満足してもらえたらしい、とルードヴィッヒは息を吐く。

――この機会にベルさまへの教育をしようということか。

自分を呼び出した手紙には「ベルに教えを施してほしい」と書かれていた。実地で、ベルに商人との向き合い方を学ばせようと考えているのだろう、とルードヴィッヒは判断する。

「ただ、今回の場合は市場全体の独占ではなく、フォークロード商会に対する攻撃が目的なのでしょう。そして恐らく、フォークロード商会の持っている販路を譲り受ける、と……そういうことではありませんか？」

ルードヴィッヒの問いかけに、マルコは諦めたように首を振り、

「敵いませんね。本当に。そこまで、わかってしまうものですか？」

お手上げ、という様子で肩をすくめる。対して、ルードヴィッヒは悪戯っぽい笑みを浮かべて首を振った。

「申し訳ありません。実は、今回の推理には、少しばかりトリックがありまして……」

それから、彼はミーアのほうに顔を向けた。

「シャローク・コーンローグから、連絡がありました。フォークロード商会との契約を打ち切り、自分たちと契約をしないか……と」

ルードヴィッヒは懐から書状を取り出して、ミーアに差し出す。

「詳しくは書いてありますが……、フォークロード商会よりも安価に大量に小麦を輸送すると、そのように書かれております」

それはすなわち、シャロークは、フォークロード商会には敵対するが、帝国に敵対するのではない、という表明だ。加えて先方が提示してきた条件は、かなりの好条件だった。フォークロードとの契約を反故にするか、検討できるほどには……。

それだけに警戒が必要だった。

――甘い話には裏があるからな。それに、もともとはフォークロード商会との信頼関係を裏切れという申し出だ。恐らくミーアさまは退けられるだろう……。

その点でも、ルードヴィッヒは狡猾さを感じていた。

フォークロード商会のすべての商品に対して利益度外視の安売りを行い、商品が売れない状態を作り出す。そうすると、フォークロードとしては商売ができない状態に陥る。そんな彼らが、唯一、買い手がつきそうな「帝国に卸す予定の小麦」を売りに出すという誘惑に陥らないだろうか？

帝国との約束以上の値段で小麦を売り出せば、商会は助かるかもしれない。上手くごまかして売ることができるのではないか？

そんな誘惑にかられ、もしも、フォークロード商会が契約を違えたら……？

先に裏切ったのはフォークロード商会ということになり、それは帝国が契約を打ち切る口実となりうるのだ。

──幸いにも、マルコ殿は契約を守られた。だから、ミーアさまも、彼の信義に応えられるはずだ。

そう確信すればこそ、ルードヴィッヒはマルコの前で情報を明かしたのだ。

「ほう……ん？　コーンローグ？」

書類を手に取ったミーアは、小さく首を傾げる。

「……はて？　これは……」

何事か考え込む様子のミーアに、マルコが慌てた様子で立ち上がりかける。

「それは……姫殿下」

「ああ、大丈夫ですわ、フォークロード卿。わたくしは、お金のために、読み友を裏切ったりはいたしませんから。どうぞ、楽にしていてくださいまし」

ミーアは片手を上げ、静かな口調でそれを制する。

「それにしても……、そう、シャロークさんは、コーンローグという名前なんですのね……」

ミーアは、小さな声でつぶやく。

「お聞き覚えがありましたか？」

問いかけるルードヴィッヒに、ミーアは遠くを見つめながら言った。

「ええ、ええ……。よーく覚えておりますわよ。商人王コーンローグ……。あの方と会うのは、もう少し先のことかと思っておりましたけれど……。そう、あちらから来ましたのね……ふふふ」

そうして、悪戯を企む子どものようにミーアは笑うのだった。

「ああ、それはそうとルードヴィッヒ、もしもフォークロード商会が嫌がらせを受けているのであれば、わたくしたちのほうでも、なにか助けて差し上げられないかしら？　そうですわね、フォークロード商会が抱え込んでいる商品を、帝国で買い取って差し上げるとか……」

実際のところ、シャローク・コーンローグは、別に帝国に攻撃を仕掛けてきたわけではない。あくまでもフォークロード商会との値下げ競争を仕掛けてきただけである。

だから、帝国としてできることは、せいぜい、フォークロード商会が抱え込んだもろもろの在庫を買い取るぐらいしかできないわけで……。

「そう……ですね」

ルードヴィッヒは考える。買い取りの是非を……ではなくて、ミーアの質問の意図をである。

彼の思考を助けるように、ミーアは続ける。

「それとも、お友だちのお父さまの商会だからといって、売れ残った商品を買い取ったりしたら、無駄遣いになってしまうかしら？　それよりも安い商品があるのに、高い値で買い取ったりしたら、怒られてしまうかしら？」

そうして、上目遣いにチラッとルードヴィッヒのほうをうかがってくる。

その様子を見て、ルードヴィッヒは自身の推測が正しかったことを知る。

——ああ、やはり、そういうことか。ミーア姫殿下は、どうするのかはすでに決めている。その上で、ベルさまに教えるために、このような質問をされているのか。

ルードヴィッヒは心得たとばかりに頷いて、答える。

「問題ないでしょう。それよりも安い商品があったとしても、その値段が適正のものであれば、それを買うことは無駄ではないと考えます」

「それは、どういうことですか？　ルードヴィッヒ先生」

計算通り、ベルが食いついてくる。その反応に満足しつつ、ルードヴィッヒは言った。

「先生……などと呼んでいただかなくっても結構ですが……、そうですね……。なんでも安ければ良いというのは、誤りであると私は考えています。なぜならば、お金というのは、労働の対価……その労働の価値を測るものであると、思うからです」

「労働の、価値？」

ルードヴィッヒは深く頷いて続ける。

「商人が売る品物というのは、その裏に必ず作った人間がいる。農作物ならば農民が、工芸品ならば職人が、料理ならば料理人が、それぞれの労働によって生み出している。そして、商品に値付けをするという行為は、その労働に対して値付けをしているのと同じことになるのです」

少し難しい話になってきたからか、ベルは眉間(みけん)にしわを寄せていた。わからないながらも、懸命に考えようとしているベルに、ルードヴィッヒは優しい気持ちになる。

「商人は労働をする者たちに敬意をもって値付けをしなければならない。過度な安値で物を売ることは、労働の価値を貶（おとし）める、敬意を失したことであると私は考えています」

言いながら、ルードヴィッヒは思わず苦笑した。自らの父が、かつて偉そうに言っていたことを思い出してしまったからだ。

――商人の努力でできる以上の値下げをしてはならない。相手の商人に対抗するために、過度な値下げをすることは、それを作った者に対して不誠実にあたる、か。よく言ったものだな……。

自身の父の言葉が、真理の一面を突いていたことを、改めて認めるルードヴィッヒである。

それから、ルードヴィッヒは、難しい顔をするベルに言った。

「それに、心理的ではない実際的な負の側面もあります。例えば、銀貨二枚で作ったクッキーを銀貨一枚で売っている商人がいるとします。銀貨一枚分の赤字を出していますが、客を呼び寄せるための工夫として、そういうことをする場合があるのです。けれど、もし一人がそんなことをしたら、ほかの商人はどうするでしょう？　客を呼び戻すために、自分のところも銀貨一枚で売ろうとしないでしょうか？」

その問いかけにベルは首を傾げつつ、

「はい、そうすると思います」

素直に、そう言った。

「けれど、この最初に始めた商人以外の商人は、恐らく自分たちが損をするようなことはしないのです。ほかの商人がどのようにしてクッキーの値段を下げるかといえば、それを作った労働者に努力を求めるのです。すなわち、クッキーは銀貨二枚では売れない。もっと安くして銀貨一枚で売れるようにせよ、と……。彼らは最初の商人に対抗するために、職人の労働の価値を低く見積もろうとするのです」

「なるほど……。つまり、職人に無茶をいう商人が悪人、ということでしょうか？」

「もちろんそれもそうですが、安易に安いものを買ってしまう客にも原因があると思います。救いがたいことは、労働をする人間というのは、すなわち、安さを求める客でもあるのです。労働をして賃金を得た人間は、その金で物を買う客になります。彼らは、安価な商品を求めることで、自らの労働の価値を貶めているのです」

ルードヴィッヒは、そこで言葉を切った。

「ゆえに、私は思います、適正な値付けをする商人と過度な安価で物を売る商人とがいた場合、前者のほうが信頼できるし、安易に安いものを求めるべきではないのだ、と。客が安さに価値を見出だしているからこそ、商人も値下げをするのです。自分の労働は高く値付けし、他人の労働には安い値付けをする、そんな都合の良い話はないのだということを、買う側は認識しなければならないと、私は思います」

それから、ルードヴィッヒはミーアのほうを見た。

「だから、私としては、利用価値のない贅沢品や度を越して高値をつけているもの以外は買っても良いと考えます。お金の循環を歪めてしまわないためにも……」

ミーアは、ルードヴィッヒの言葉に満足したように頷き、マルコ・フォークロードに視線を移した。

「そういうわけですから、フォークロード卿、あなたの商会が抱え込んでいる在庫、適正価格で買い取らせていただきますわ。帝国だけで難しければ、そうですわね、わたくしの友人たちにも協力を求めましょうか。売れ残っているからといって過度な値下げは不要。互いに敬意を持った取引をお願いいたしますわね」

そう言ってミーアは、微笑みを浮かべるのだった。

第十一話　食べ過ぎたるは、なお……

商人王シャローク・コーンローグ。

大陸を襲った大飢饉、多くの民を苦しめた災害を逆に好機として、莫大なる富を築き、やがては「王」を名乗るようになった男……。

ミーアは、その男にかつて会ったことがあった。

それは、前の時間軸。帝国が飢饉によってあえぎ、死に瀕していた時のこと。

ルードヴィッヒとともに助けを求めに行った先の一つが、この男のもとだった。

資金難から、すっかりグレードの下がった馬車の中。ガタゴト揺れる車内にて、ミーアはお尻をさすりながら、不満を口にする。

「もう少しマシな馬車はないのかしら？　もっと、こう、乗り心地のよいものは……」

「そのようなものを維持する金がどこにありますか？」

極めて的確なツッコミに、ミーアは、ぐむ、っと黙り込む。

「別に私の前では不機嫌な顔をして構いませんが、取引相手の前では愛想良くお願いいたします」

「わかってますわ。商人王コーンローグだったかしら？　ずいぶんと大仰な二つ名ですわね……」

「ええ。正直、あまり頼りたい人間ではありませんが……。借りを作ってしまうと、後で高くつきそうなので」

「あら、クソメ……じゃない。あなたがそんなことを言うなんて、よっぽどですわね」

「やれやれ……一国の姫たる者が、クソなどと言うものではありませんよ」

肩をすくめつつ、ルードヴィッヒは首を振った。それから、生真面目な顔をして、

「しかし、冗談ではなくお気をつけください。一代で大国に匹敵するほどの財を成した人物です。相当、癖があるようですから」

「問題ありませんわ。なにしろ、わたくし、癖のある方とは付き合い慣れておりますから」

チラッとルードヴィッヒのほうを見て、ミーアは笑みを浮かべた。

けれど、残念なことに、この日の会談は無為なものとなった。

二人は……、相手にすらしてもらえなかったのだ。

辿り着いたのは、帝国の国境付近の村だった。

てっきり宿屋かどこかでの会合かと思いきや、指定されたのは、シャロークの保有する馬車の中だった。

その豪華さに、ミーアは思わず目をむいた。

それは、在りし日の白月宮殿のミーアの部屋と同じぐらいに、きらびやかで、豪華な馬車だったのだ。

「素晴らしい馬車ですわね、商人王、コーンローグ殿」

迎え入れられた車内にて、ミーアは馬車の持ち主たる男、シャローク・コーンローグに言った。

鼻の下にくるんと巻いた口髭、それを指で撫でつけながら、その男、シャロークは笑みを浮かべた。

「恐縮でございます。ミーア・ルーナ・ティアムーン殿下。帝国皇女たるあなたに認めていただけるとは、金をかけたかいがあったというもの」

「ええ、まさに、王が乗るに相応しい馬車であると思いますわ」

と、素直に口にしたミーアに、シャロークは皮肉げな笑みを浮かべた。

「姫殿下からすると、たかが商人風情が王を名乗るのは、いささか、不遜に感じますかな？　民も、軍も、国土も持たぬ私のような者が王を名乗るなど、おこがましいとお考えでしょうか？　商人王などと、大仰な名だと思いますかな？」

図星を突かれたミーアは一瞬言い淀む。それを見たシャロークは、くつくつと口の中で笑い声をあげた。

「みなそうでございますよ。されど、私は王だ。あなた方、王侯貴族に決して引けを取らぬ王にございます」

そう言うと、シャロークは立ち上がり、傍らに置いてあった袋の中から、なにかを取り出した。

「これこそが、我が軍、兵にして城、利を生み出す田畑にて家畜。そして、私が信仰する神」

そうして無造作に、ミーアの足元にそれをばらまく。ジャリッと硬質な金属音を鳴らすそれは、黄金の輝きを放つ……、

「あら……それは……金貨？」

「そう、金ですよ。これこそが我らが力ある神。世界を支配する力です。わかりやすいでしょう？」

「え……ええ、まぁ、そうですわね……」

芝居がかったシャロークの動作に、ミーアは引きつった笑みを浮かべた。

対するシャロークは、構うことなく椅子に……否、自らの玉座に座り、そうして笑みを浮かべた。

「さて、それでは聞きましょうか。ミーア皇女殿下、我が国になにをお求めかな？」

「ええ……、こちらが求めているものは……」

と、ミーアは傍らのルードヴィッヒに目配せする。それを受けて、ルードヴィッヒが口を開いた。

「我が国は食糧を必要としています。ぜひとも小麦を売っていただきたい」

「もちろん、お売りいたしますとも。お金さえいただければ……」

そうして、シャロークが差し出してきたのは一枚の羊皮紙だった。そこに書かれている小麦の値段を見たルードヴィッヒが、小さく呻き声をあげる。

横からそれを覗き込んだミーアは……、

「……なっ！」

思わず絶句する。

「ぐぬぬ……小麦がなぜ、こんなに高いんですの⁉　暴利ですわ！」

ミーアの抗議もどこ吹く風、シャロークは穏やかな笑みを浮かべて言った。

「恐れながら、欲しい者がいるならば、値段は上がるもの。それがこの世の理にございますゆえ」

「でも、これはあまりに高い。高すぎますわ。城を建てようというのではないのですのよ?」

「城より小麦が求められているというだけでございます。なにしろ、城は食べられませんからな！」

わははは、と笑うと、シャロークは傍らに置いてあったクッキーをバリバリと頬張る。ミーアの目が、一瞬、その美味しそうなクッキーに釘付けになる！

「ふふふ、お若い姫殿下にはわかりませぬかな。この世界は金が支配しているのです。金こそが力、金こそが神……。私は私の神に信仰をささげているのですよ。もっと我がもとに来たれ、と。だからほら、金さえいただければ、なんでもいたしますよ」

ぐぬっとうなり声をあげるミーアに代わり、ルードヴィッヒが口を開いた。

「必ず約束の金額をお支払いしよう。この苦境を乗り越えれば帝国は必ず立ち直る。だから、しばしお待ちいただければ……」

「空手形などいくらもらっても無益。復興の目途が立っているならばまだしも、帝国の財政が破綻(はたん)していることはすでに存じ上げておりますよ。今日、私がお会いしたのは、あなた方、帝国からまだ絞りとれるものがあるかどうか、ということだが……」

シャロークは、それから、ミーアのほうに目を向けて、小さく肩をすくめた。

「あの馬車や、姫殿下の安物のドレスを見るに……、もはや帝国は末期の様子ですな。ああ、しかし、その髪飾りは一品ですな」

ふむ、とシャロークは笑みを浮かべた。

「クッキーひと箱と交換でしたら、応じますが……」

「ふざけないでいただきたい」

ミーアの心がクッキーひと箱に揺れるのを待たず、ルードヴィッヒが言った。

「民が飢えて、死にかけているのだ。民は働き手、国を支える力、社会の基盤となるものだ。商人のあなたにとっても必要なものではないか？」

「ルードヴィッヒ殿と言ったか。ふふ、忠勤の士だな。そして善良だ。心底から、民を飢えから救おうとしている。恐らく貴殿は優秀でもあるのだろうが、商人としての資質はなさそうだな」

「どういう意味だ？」

「貴殿では聖人にはなれても、金持ちにはなれん、ということさ。他人の痛み苦しみも、その死すらも商機として見る視点、それこそが金の信徒には必要なのだ」

シャロークは、小さく肩をすくめた。

「帝国の民がいくら飢えようが知ったことではないのだよ、ルードヴィッヒ殿。貴殿も知っているだろう？　大陸の民すべてが餓死するわけではない。問題は、どうすれば一番、金が儲けられるのかということだ。民がいなくば商売は成り立たぬだろうから全滅などさせぬ。されど、儲けを度外視してすべての民を救うのは商売ではなく慈善だ」

「きっ、聞きましたわよ、今の発言！　ラフィーナさまが聞かれたら、さぞや不快に思われるでしょうね」

ミーアはここぞとばかりに声を上げる。が……。

「どうぞ、ご自由に。評判のよろしくない姫殿下と、後々の投資として慈善活動にきっちりと金を積んでいる篤志家のわたくしめの言葉、どちらが世に受け入れられるか、問うてみるも一興」

シャロークはミーアを馬鹿にしたように笑った。

「ぐっ、な、なんでもかんでもお金さえ払えば解決すると思っていたら、大間違いですわよ！」

「姫殿下、一応、ご忠告申し上げますが、その手の負け惜しみは、持たぬ者が言うと大変見苦しいものですよ」

いっそ優しげな、憐み(あわれ)のこもった瞳でミーアたちを見てから、シャロークは言った。

「さて、用件は以上でしょうか。でしたら、どうぞお引き取りを。こう見えても、忙しい身でしてな」

……まさに、門前払いだった。

——あの日の屈辱……忘れておりませんわよ。いや、まぁ、忘れてましたけど……。甘いものを食べたら、すっかり思い出しましたわ。どうでもいいけど、この甘い豆のペースト、とても美味ですわ！

腹にふつふつと湧いてくる怒りを抑えるように、ミーアはお茶菓子を口に入れる。

ほわぁ、っと広がる甘味……、それがミーアに冷静さをもたらした。

——さて、これからどうするかですわね。とりあえず、この甘い豆を売ってくれるようにフォークロード卿にお願いして……っと、そのためには、フォークロード商会を助けなければなりませんわね。そのためには、シャロークと戦う必要があるのかしら……？

ルードヴィッヒの話によれば、シャロークが敵視しているのは、あくまでもフォークロード商会である。帝国とはむしろ、取引を望んでいる様子である。となれば、こちらから攻撃するのは難しい。

——クロエが元気がないのも見ていられませんし……。それに、このまま黙っているのもシャクですわ。ならば……。

ミーアはルードヴィッヒのほうを見た。

「ルードヴィッヒ、もしもフォークロード商会が嫌がらせを受けているのであれば、わたくしたちのほうでも、なにか助けて差し上げられないかしら？　そうですわね、フォークロード商会が抱え込んでいる商品を帝国で買い取って差し上げるとか……」

敵は損をする覚悟で、フォークロード商会の商品が売れないようにしている。ならば、相手の目的である「フォークロードの商品が売れない」という状況を崩してやるのが良いだろう。

——ふふふ、これは、一石二鳥。フォークロード商会を助けると同時に、良い嫌がらせになりますわよ。あのヤロウ……、ではなくって……、あの方の悔しがる顔が目に浮かぶようですわ。うふふ。

けれど、問題は、それが無駄遣いと言われないかどうかだが……。

ミーアはルードヴィッヒの顔をうかがう。

「それとも、お友だちのお父さまの商会だからといって、売れ残った商品を買い取ったりしたら、無駄遣いになってしまうかしら？　それよりも安い商品があるのに、高い値で買い取ったりしたら、怒られてしまうかしら？」

ミーアは、不安にドキドキしながら、ルードヴィッヒの答えを待つ。

さぁ、答えは？　可か？　不可か⁉

緊張の一瞬、ミーアはごくり、と喉を鳴らして――それから口の中を甘味で潤そうと、新たなお茶菓子に手を伸ばした！

……食べすぎである。

「いえ、問題ないでしょう」

その返答に、ミーアは思わず安堵のあまり、お茶菓子に手を伸ばそうとして……、アンヌに止められた。

……食べすぎだったのである。

――ふむ、何事にも適度が大事ということですわね。ルードヴィッヒが今、話してることと同じですわ。適正価格が大事、お菓子も適量が大事……。そういうことですわね。

……いや、適量ではなく、食べすぎである。

気を取り直して、ミーアは言った。

「まぁ、そういうわけですから、フォークロード卿、あなたの商会が抱え込んでいる在庫、適正価格で買い取らせていただきますわ。帝国だけで難しければ、そうですわね、わたくしの友人たちにも協力を求めましょうか。売れ残っているからといって、過度な値下げは不要。互いに敬意を持った取引をお願いいたしますわね」

「いえ、ですが、ミーア姫殿下、そのようなことをしていただいては……」

「フォークロード卿、わたくしは、先ごろ、セントノエル学園の入学式で申しましたの。何事も助け合いが大事だと。あなたには、助けていただいておりますから、わたくしが動くのは当然のこと」

それから、ミーアは、少しだけ考えてから続ける。

「それにクロエのことも、ありますし……。だから、そうですわね……、もしもお礼だというならば、クロエをわたくしがお借りすることをお礼だと思っていただきたいですわ」

ミーアとしては、クロエは本当に大切な読み友なのだ。これからの学園生活でも良い関係を続けたいと思っているのである。

その期間、読み友としてクロエを借りたいと……ちょっぴりくさいセリフを吐いてしまうミーアなのであった。


さて……マルコは、後日、クロエから、入学式でのミーアの言葉を聞くことになった。

例の『パン・ケーキ宣言』である。

そうして、その後のミーアの行動を思い出し……、「クロエを借りたい」との言葉を、改めて考えて……マルコは理解する。してしまう。

ミーアの真意を！

入学式での宣言からうかがえる、大陸における食糧相互援助の構想。そのために力を貸せと……、クロエに協力してもらうと……。

ミーアはそう言っているのだ。

「これは、とんでもないことに巻き込まれたものだな……我が娘ながら」

思わず、つぶやいてしまうマルコであったが、同時に、帝国の叡智とともに羽ばたくことになるであろう娘を誇らしくも思うのであった。

「となれば、その構想のために、私もお手伝いしないわけにはいくまいな」

かくて、着々とミーアネットの布石は打たれていくのであった。

第十二話　ささやかなる復讐～下ごしらえ～

「ところで、ミーアさま、このシャロークからの申し出を断るのは良いのですが、どのように処理いたしますか？」

「ん？　どのように？　どういうことかしら？」

きょとん、と首を傾げるミーアに、ルードヴィッヒが続ける。

「使者を送りますか？　それとも、直接、お会いになりますか？」

「ああ、そうですわね」

ミーアは、しばし考えてから、

「うふふ、あちらからの申し出ですし、どうせなら呼びつけてやりましょう」

言ってやりたいこともありますし……と、ミーアはにんまりほくそ笑む。

前の時間軸、わざわざ会いに行った自分に言ったことを、そっくり返してやろう、と思い至ったのだ。

ささやかなる復讐である！

「私も、そのほうがよろしいと思います。例の蛇と関係しているかもしれませんし」

「蛇？　ああ……」

なるほど、言われてみればそうかもしれない、とミーアは小さく頷く。

確かに、これは蛇の攻撃と考えられないこともない。けれど……。

「そうですわね、そのあたりも少々探りを入れてみる必要がありそうですわ」

そうは言いつつも、実のところミーアは、あまりそのことを疑ってはいなかった。

理由ははっきりとはわからないが、なんとなくあの男は、秩序の破壊者というイメージには合わなかったからだ。

――あれは、どちらかというと金の亡者、いえ、信仰者という感じでしたわ。

ミーアの本能が告げていた。あれは、恐らく……蛇ではない、と。

「では、手配いたします。準備ができるまで、私もヴェールガに滞在することにしましょう」

「ええ、助かりますわ」

頷きつつ、ミーアは腕組みする。

「ふむ……、あの男の背後関係も一応はチェックしておく必要がありますわね……」

こうして、ミーアは動き出した。

シャロークは、ヴェールガの飛び地である港湾都市「セントバレーヌ」を拠点にしている商人ではあるが、ヴェールガの出身というわけではない。

セントバレーヌの西方にあるミラナダ王国という国が、彼の出身国だった。ミラナダは、ティアムーンはおろか、レムノ王国にすら及ばない小国であるが、国土に比して、非常に豊かな国だった。

その豊かさを支えるものこそ、セントバレーヌによってもたらされた、活発な商人の活動である。

それゆえ、ミラナダ王国において、商人の地位は比較的高い。

「嫌味の一つも言ってやるつもりですけれど、一応のコネを調べておく必要がありますわね」

もしも、シャロークがミラナダやその他、どこかの有力貴族とコネを持っているならば、後で厄介なことになるかもしれない。

幸いにもミラナダ出身の者はセントノエルにもいるはずだから、一応は聞いておこうか、というミーアである。

「ふむ……、しかしミラナダ王国出身の者ならば、確か以前にルードヴィッヒに聞いていたような……」

セントノエル学園に来る前、ミーアは築くべき人脈の下調べをしたことがあった。

その際、逃亡先として、いくつかの国をピックアップしたのだが、その中に、ミラナダ王国も入っていた。

なんといっても港があるのは魅力。そこから海外に逃げてしまえば、帝国の革命の火も及ばないだろうと考えてのことだった。

ちなみに、ミラナダの関係者を調べろと言われたルードヴィッヒは「姫殿下は港を欲しておられるのか……」などと忖度していたのだが、それはまた別の話だ。

「わたくしの記憶が確かならば、貴族の子弟が数人通っていたはずですわ、たぶん……」

などと考え事をしつつも辿り着いたのは上級生の教室。そこで、ミラナダ出身の者の所在を聞いてみたミーアは……、

「その三人でしたら、下級生の教室に行ったみたいですけど……」

などという情報を頼りに、今度は下級生の教室へ。そこで……、

「あら？　あなたたちは……」

ミーアは見覚えのある者たちを見つけた。

「ひぃっ！」

ミーアの顔を見て、ギョッと飛び上がる三人の男子生徒。そして、その三人に囲まれるようにして、居心地悪そうにしている少女が一人。

微妙に見覚えがある面々、その中でもミーアは少女に視線を向ける。

深く沈んだ灰色の髪、おどおどと辺りを惑う瞳の色は、濃い緑色をしていた。なんというか、こう……ついつい頭を撫でたくなるような、小動物めいた可愛さのある少女だった。

それから、ミーアはその周りの男子たちを見る。びくびく、おどおどとする少年たち、彼らは……。

「あなたたち、まさか、またいじめていた、わけではありませんよね？」

「いいえ！　滅相もございませんっ！」

そう、彼らは先日廊下で、ミーアから叱責を受けた少年たちと、いじめられていた少女だったのだ。

「ふむ、ではは、なにをしておりましたの？」

「みっ、ミーア生徒会長のご命令通り、彼女を守っておりました！」

言われて、ようやく思い出す。そういえば、そんなこと言ったんでしたっけ……などと。

それから、ミーアは少女のほうに目を向けた。

「あなた、本当にいじめられておりませんの？　えーっと……」

「タチアナです。ミーア生徒会長……、先日はありがとうございました。おかげさまで、あれ以来、こうして守っていただいております」

「それならば良かったですわ」

そう頷きつつも、こんな風に上級生の男子に囲まれてるのって、うっとうしそうですわね……などと思ってしまうミーアである。

「と、ところで、ミーア生徒会長、今日はどのようなご用件で……？」

男子生徒の一人に話しかけられて、ミーアはポンッと手を打った。

「ああ、そうでした。忘れるところでしたわ。今日はお聞きしたいことがあってきましたの。あなた方、ミラナダ出身ですわよね？　あなた方のお国の商人で、シャローク・コーンローグという男のこと、ご存知かしら？」

「シャローク・コーンローグ？　ああ、金の亡者シャロークですか……」

一人の男子が、嫌そうな顔をした。

おやおや、ずいぶんな言われようですわね……、などと思いつつも、ミーアは言った。

「だいぶ、いろいろとやって儲けているみたいですけれど、貴族にも相当なコネをお持ちなんでしょう?」

そうして、聞き取りをしたところ、どうやらシャロークは、それなりにコネを持ってはいるものの、ミーアが気にする必要がありそうな者はいないようだった。

良くも悪くも金の付き合いの者が多いらしく、帝国との仲を悪化させてでもシャロークの味方をしようという者は、あまりいないように感じた。

――サンクランドやヴェールガのお偉いさんと繋がりが深いようだったら問題でしたけど、そういうこともなさそうですわね。これならば、ガツンと嫌味を言ってやるぐらいは大丈夫じゃないかしら?

ぐふふ、っと笑みを浮かべるミーアは、気付かなかった。

「シャローク・コーンローグさま……」

タチアナが、小さくそうつぶやいたことに……。

さて、ミーアが情報収集(一時間ぐらい)したり、おやつを食べて、ベッドの上でゴロゴロしたり(七日ほど)いろいろやっているうちに、ルードヴィッヒからの連絡が入った。

呼び出しに応えてシャロークがやってきたとのことで、ミーアは急遽、ルードヴィッヒが滞在している町に赴いた。

準備を事前に整えるため、一日前に辿り着くようにして……。

そうして、待機していたルードヴィッヒとともに、ミーアは迎撃の準備を整える。

あの日の「復讐」をすべく、彼を迎え入れるための宿の一室を手配。そこで一日滞在することとする。

小さな町には高級宿などあろうはずもなく「姫殿下をお迎えするなんて、とても……」などと恐縮しきりの店主を説き伏せる。

「清潔で、普通の商いをしているのであれば、それで十分ですわ」

なにより、ミーアが重視したのは、その宿に風呂がついているか否かである。幸いにも、その宿には風呂があったため、ミーアはゆっくりと体を休めることができた。

そうして、しっかりと準備が整ったところで、シャロークはやってきた。

宿の一室、さして広くもない部屋に、ミーアはシャロークを招き入れた。

ミーアの傍らにはルードヴィッヒ、反対側にはアンヌが、さらに、ミーアの勇姿を見ておきたいというベルも、部屋の片隅にたたずんでいる。

「これは、わざわざ遠いところをいらしていただいて感謝いたしますわ」

余裕の笑みを浮かべつつ、ミーアは言った。

それから優雅な動作で立ち上がり、スカートの裾をちょこん、と持ち上げ、

「はじめまして。帝国皇女、ミーア・ルーナ・ティアムーンですわ」

文句のつけようのない、堂々たる自己紹介を決める。

以前、シャロークのもとを訪れた時、彼は自分から立ち上がろうとしなかった。傲然と自らの玉座から動こうとはしなかったのだが……、ミーアは違う。

真の覇者とは、偉そうに見せる必要など、そもそもない。虚勢を張る必要などないのだ。むしろ、

完全なる礼節の中にこそ、その香りは匂い立つのだと、言外に言わんばかりの、堂々たる落ち着き払った態度だった。

——ふふん、ああ、楽しみですわ。すっごーく、楽しみですわ！

否、落ち着いてなどいなかった。ミーアの心は、今、大変に昂っていたのだ。待ちきれないから、ついつい先走って自己紹介をやっちゃったのである！

それもこれも、すべては、シャロークに言ってやりたいことがあったためだ。

「これは、ご丁寧な挨拶痛み入ります。シャローク・コーンローグにございます。お目にかかれて光栄にございます。ミーア姫殿下」

膝をつくシャロークに向かい、ミーアは小さく頷いて、

「さ、どうぞ、そちらにお座りになって。とりあえず、お茶を楽しみましょう」

そうして、ミーアはお茶菓子を出すように指示。それは、ラーニャに用意してもらった、ペルージャンの最高級のクッキーだった。

前の時間軸、シャロークは一切、ミーアにお茶菓子を勧めたりはしなかったが、ミーアは違う。太っ腹なところを見せて、格の違いをアピールしておくのだ。決して、自分だけが食べていると、食べすぎだとアンヌに怒られるから……ではない。

「それにしましても、驚きましたな。まさか、帝国の皇女殿下がこのような……」

と、シャロークは部屋の中を見回して、それからミーアの髪に目をやった。

「それに……失礼ながら、そのかんざしは……」

「ああ、これですの？」

ミーアはにこやかな笑みを浮かべて、そのかんざしをとった。

「一角馬の角のかんざしですわ。帝国のとある森でとれる、美しい木のかんざしですの」

「ほう、木でございますか……」

わずかに、白けたような顔を見せるシャロークに、ミーアは嫣然と微笑んだ。

「ふふふ、おかしいかしら？　大帝国の姫であるこのわたくしが、木のかんざしを身に着けていることが……。それに、先ほど、なにか言いかけておりましたわね？　もしかすると、わたくしが、この宿に泊まっていることが、おかしいと……、そう言いたかったのではないかしら？」

シャロークは、わずかに目を見開いて言った。

「まことにその通りでございます。御身は、高貴なる姫にございますれば、このような小さな宿にお泊まりでは名を落とすことになるかと……。これならば、馬車のほうがマシではありませんか？失礼ながら、表にあった姫殿下の馬車は非常に豪奢で素晴らしい細工がしてありましたが……」

ミーアは、それを聞き、会心の笑みを浮かべる。

「だって、馬車にはお風呂がございませんので……」

「は……？」

首を傾げるシャロークにミーアは言った。

「この宿には最高のお風呂がありますのよ。そのお湯でたっぷり温まった後、湧き水でのどを潤すのは最高の贅沢ですわ」

ヴェールガ公国は豊富な水源を誇る水の国だ。その水は、飲むだけで美しくなれるなどという逸話があるほどに、清らかで、澄み渡っている。

「そも、その土地の最高のものを求めるのであれば、その土地に住む者に聞き、その土地に居をなす宿に泊まるのは、当たり前のことですわ」

そう、ミーアは知っている。

ティアムーンにはティアムーンの、ヴェールガにはヴェールガの、レムノにはレムノの……キノコが生えるのだということを。

どこに行っても、自分の知る、自国のキノコのみを最高の贅沢と思い込むのは、愚かなこと。その土地にはその土地の最高のキノコがある。

ゆえに、その地でとれる最高のキノコを求めることこそ、最高の贅沢なのだ。

すべては同じこと。その土地の宿を軽んじ、自身の豪奢な馬車に閉じこもるなど、狭量極まること。あらゆる価値を、自身の常識の物差しである「金」で測ることもまた、愚かなことだ、と言外に訴える。

「それに、このかんざしですけれど……、これは、わたくしのために、ある子どもが作ってくれたものですの。思いがこもった、わたくしのお気に入りですわ」

ミーアはすぅっと瞳を閉じて、

「ただ高いだけの髪飾りなど、わたくしには不要ですわ。わたくしは、物の価値を自分で決めることができる、そのような立場にいる者ですのよ？」

傲然と言い放った。

「そう……ですか」

シャロークは少々気圧された様子で、

「さ、さすがは姫殿下。素晴らしきお考えにございます。それはそうと、例の、わたくしめの申し出、受けていただけるのでしょうか？」

「申し出……、ああ、あれですわね」

「はい。私としては最大限、良い条件を、と……」

「ええ、そうでしたわね。フォークロードの三分の一程度のお値段とか……」

「フォークロード商会のマルコの娘と、姫殿下はご友人とお聞きしておりますゆえ、その友情のお値段と考えていただければ……」

「ほう……」

スゥッと瞳を細めるミーアに、シャロークは媚びるような笑みを浮かべる。

「取引のために、繋がりをふいにさせるのですから、このぐらいの値段をつけなければ、ご満足はいただけないでしょう？」

そんなシャロークに、ミーアもまた笑みを返す。

「なるほど、納得いたしましたわ。とても良い条件の契約ですわね。シャローク・コーンローグ殿。けれど……」

ミーアは、そこで言葉を切って、シャロークを睨む。

「今こそ、あの日、言ってやりたかった言葉を、あなたに言いますわ」

「は？　なんのことでしょうか？」

ぽかんと口を開けるシャロークに、ミーアは、

「なんでもお金で解決できると思っていたら、大間違いですわよ？」

にやり、と会心の笑みを浮かべる。

「先ほども言いましたわ。お金など、わたくしにとっては重要ではないのですわ。わたくしにとっては、お金よりも友情が大切。信頼が大切。忠義が、感謝が大切ですわ。それをお金で売り払うなんて、愚か者のすることですわ」

「なっ……」

その言葉に、わなわなと肩を震わせるシャローク。構わず、ミーアは続ける。

「世の中、なんでもお金で解決できるだなんて思っているのだとしたら、勘違いもいいところ。そんなことだから、物事の真の価値を見失うのですわ」

前の時間軸、言ってやりたかったことを言ってやって、ミーアはちょっぴりスッキリする。だから、

「愚かな……。しょせん、帝国の叡智とは、この程度か……」

シャロークの負け惜しみの言葉さえ、なんとも清々しい。

「僭越ながら、姫殿下、友情だの、信頼だの、そのような感傷にとらわれて損得を見誤るのは弱さに他なりませぬぞ？　金の合理を、感情で否定するなど……」

「無礼な。姫殿下に向かって……」

ルードヴィッヒが鋭い叱責を加えるが、ミーアはそれを片手で制する。

それから、

「シャローク殿、なんと言われてもわたくしの判断は変わりませんわ。わたくしはわたくしの力が及ぶ限り、フォークロード商会のことを助けますわ。マルコ殿は、わたくしを信頼し、契約を守ってくださいましたから、わたくしもまた、その信頼に応えなくてはなりませんわ。彼に敵対することは、わたくしに敵対することと、心得ておいていただきたいですわね」

ミーアは、すっきりした笑みを浮かべて言うのだった。

第十三話　商人王シャローク・コーンローグの華麗なる人生

商人王、シャローク・コーンローグ。

大陸を襲いし大飢饉、それを商機として、一挙に食糧の流通網を掌握。複数の商会を吸収統合し、数多(あまた)の独立商人たちをも手中に収めた彼は、やがて「商人王」を名乗るようになる。

その後の彼の人生もまた、富と栄華に溢れたものだった。

確かに、彼には優れた商才があった。そして、金を司る強欲な神にも愛されていた。

富はさらに膨れ上がり、彼は未だかつて誰も到達したことのない場所にまで、上り詰めた。

これは混乱期の英傑、シャローク・コーンローグの華々しき人生の、終幕の物語。

シャローク・コーンローグは、とある取引に向かう途中に倒れた。長年の過食と運動不足とが原因だった。

命は長らえたが、体を動かすことも口を利くこともできなくなり、ただベッドの上で、流れゆく状況を見守ることしかできなくなった。

妻も子も、兄弟もなかった彼の財産は法に従い、すべて彼の使用人頭（しようにんがしら）が代理として治めるようになった。

彼の「神」は彼を助けてはくれなかった。それどころか、彼の使用人頭の手によって、じわじわと目減りしていった。

シャロークの商才は、彼の部下には引き継がれることはなかったのだ。

「愚か者がっ！」

幾度、叫びたいと願ったことだろう。

シャロークの目から見れば、明らかに誤った契約を迷うことなく締結する使用人頭。その愚劣さに、幾度、口出ししたいと思ったことだろう。

けれど、そんな状態もほどなく終わる。

命の日数が尽きようとしていた。

贅沢な調度品に溢れた王の部屋、民衆の一生分の稼ぎをもってしても手に入れることができない豪奢なベッドの上で。

この地上で最も富んだ王は、死んだ。

誰からも見送られることなく……否、誰から見送られることも拒否して。

ただ独りで、空しく、その生涯を終えた。


……そんな夢を見た。


「……ふん、くだらない夢を見たものだ」

揺れる馬車の中、シャロークは独り言ちる。

それは、商人として、望みうる最高の場所に立った自分の、最晩年の姿だった。

金を神とした男の末路の夢だ。

奇妙にリアリティのある夢は、苦い後悔で彩られていて……。

「あの小娘に会ったせいか。くだらんな……」

シャロークは、鼻で笑い飛ばす。

帝国皇女、ミーア・ルーナ・ティアムーン。かの帝国の叡智の言葉が頭の中に残っていた。

「金より大切なものか……」

友情、忠義、信頼、感謝……。皇女ミーアが言った金より価値を持つものたち。

「くだらぬ戯言、綺麗事にすぎん」

それらは、シャロークが切り捨ててきたもの。否、二束三文で売り払ってきたものだ。

友情など、金貨一枚で売れれば上等。

感謝など、されたところで一文の得にもならない。

金がすべてではない。金より大切なものがある……、それは、彼にとっては負け犬の常套句に過ぎなかった。のだが……。

「あの小娘め……」

ギリッと、奥歯を噛み締めて、シャロークはつぶやく。

かの帝国の叡智、紛れもなく富む者で、莫大な力を持つ権力者が、それを言ったのだ。

「金などよりよほど大切なものがある」と。

シャロークのこれまでの生き方を、すべて否定して見せたのだ。

その衝撃は、思いのほか大きかった。

「くだらないことを聞いてしまったから、つまらない夢を見てしまった。なにが帝国の叡智だ。まさか、あの程度の損得勘定ができぬとは思わなかった。あんなものを叡智などと祭り上げていては、帝国は長くはないな」

吐き捨てるように言って、彼は嘲りの笑みを浮かべようとして……失敗する。

彼の中の、なにかが告げていた。

あの夢は真実である、と。

遠い未来、あれとそう大差ない、温かみのない最期を自分は迎えるであろうと……。

けれど……、

「だからと言って、今さら生き方を変えられようはずもない」

人生の半ばも過ぎた頃に、己がこれまでの生き方を否定することなど、できるはずがない。

金儲けのために多くのものを切り捨ててきたシャロークであったが、自身の「これまでの生き方」を損切りすることだけはできなかったのだ。

だからこそ……、

「金の価値を認めぬ、そのような生き方が許せるはずがない」

己の、価値観を揺るがす者、同じ商人でありながら、儲けを二の次にした商売をするフォークロードが許せなかった。そして、それ以上に、

「金は力、金は神。それよりも大切なものがあると抜かす、あの小娘も……」

ミーア・ルーナ・ティアムーン。

シャロークの生き方を真っ向から否定して見せた、かの帝国の叡智を、認めることなどできなくって。

「……許せるはずがない」

天より与えられしシャロークの商才が告げていた。

この飢饉は、すぐに収まるようなものでは決してないということを。

それゆえ、フォークロードの持つ、海外からの小麦の輸送路は価千金の価値を持つし、もしも、流通する小麦の量を調整することができるならば、大きな儲けを生むことも不可能ではない。

少しぐらい飢えさせてやるぐらいが良い。なんだったら、餓死者が出たほうが、危機意識に火がつくかもしれない。

死への恐怖は人々の判断を惑わせ、小麦一袋にとんでもない値が付くようになるだろう。彼にと

って、大陸を小麦で満たし、値段の上昇を適正価格内で抑える、などという政策は、決して相いれないものであった。

食糧が増えた分、輸送費は高くなり、代わりに価格は落ち込むのだ。

そんな不合理なことを行おうとしているフォークロード商会も、皇女ミーアも、シャロークにとって嘲笑（ちょうしょう）の対象でしかなかった。

……否定せずにはいられなかったのだ。

「ティアムーンの食糧自給率は低い。ペルージャン農業国への依存度が高かったはず。あそこの国王は、確か……」

ミーアの知らぬ間に、次なる陰謀は動き出していた。

第十四話　忠臣アンヌ、心を鬼（青）にする

ポカポカとした日差しが気持ちの良い一日。夏前の、小麦の収穫期を間近に控えた、春と夏との境目の時期。

ベッドでゴロゴロしているミーアを見たアンヌは、ある不安を抱いていた。

それは昨年の夏、エメラルダと舟遊びに行く直前のことだった。

ちょっぴり、太ってしまったミーアは、とても苦労することになったのだ。

――また、エメラルダさまにお誘いを受けるかもしれないし、今から少しずつ、運動をしておいたほうがいいかもしれないわ。

アンヌに言わせれば、別に、ミーアは太ってない。十分に美しいし、むしろ、少しぐらいふっくらしていたほうが、可愛らしいとすら思ってしまう。

……極めて危険な思考の持ち主といえるだろう。

しかしながら、個人の趣向はさておいて、ミーアが最近、運動不足なのは確かである。

――料理長さんも、体に悪いって言ってたし……、やっぱり、ここは……。

意を決して、アンヌは話しかけた。

「ミーアさま、あの……」

「ん？　どうかしたんですの？　アンヌ」

ベッドの上をごろりんごろりん、と転がりながら、ミーアはアンヌのほうを見上げた。

人魚……に間違われることがある海の生き物のような動きだった。

……だらけ切っている！

普段から大きな取引とか、生徒会の仕事とか、秘密結社との闘いとか……、大変な重荷を背負っているミーアだから、部屋にいる時はダラダラさせてあげたいと思うアンヌであるが……、ここは心を鬼にする。

まぁ、友だちのために悪役を引き受ける鬼ぐらいの鬼具合ではあるが……。

「ミーアさま、最近、ダンスのレッスンをされてないようですけれど……、アベル王子やシオン王子をお誘いして、ダンスのレッスンをするのはどうですか？」

基本的に、ミーアは運動が嫌いではない。嫌いではないのだが……、放っておくとすぐにゴロゴロを始め、ナニカをため込むモードに移行してしまうのだ。

それを改善するべく腹心として、できる限りミーアが気にしないような方向で忠言をしたのだけれど……、

「ダンス……ふーむ、そうですわね。久しぶりに、アベルを誘ってダンスというのもいいかもしれませんわね。そうですわ、どうせでしたら、生徒会を動員して立食ダンス＆ケーキパーティーを催すというのは……」

ミーアがよからぬことを言い出したので、慌てて止める。ダンスをしたとしても、それ以上に甘いものを食べたら大変だ。

アンヌはきちんと心得ている。ミーアは、健啖家（けんたんか）で誰よりも食を愛する人なのである。

「そ、それは、少し準備に時間がかかりそうですので……。あ、だったら、遠乗りはいかがでしょうか？」

とっさの機転で切り替えるアンヌ。その剛腕を振るう。

「ふむ、確かに言われてみれば、最近、馬術部のほうに顔を出しておりませんでしたわね。荒嵐（こうらん）たちは元気かしら……。ひさしぶりに遠乗りというのは、確かに悪くないですわね」

幸い誘導は上手くいって、ミーアも乗り気になっていた。流されやすいのがミーアの良いところなのである。

「あ、ミーアお姉さま、ボクも行っていいですか？」

話を聞いていたのか、ベルが手を挙げた。

「あの時の仔馬が元気か、会いに行きたいです」

「ああ、そういえば、ベルもあの時、あそこにいたんでしたわね……。ふむ、行きたいというのであれば構いませんけれど……」

と、そこで、ミーアは何事かを思いついたように、パチン、と手を叩いた。

「そうですわ！　どうせなら、リーナさんもお誘いしましょう」

「リーナちゃんも？」

「ええ、仲間はずれにしたら可哀想ですし……」

それから、ミーアは悪戯っぽい笑みを浮かべた。

「それで、ベル、あなたと一緒に馬術部に入るというのはどうかしら？」

「え？　ボクが、馬術部に？」

「そうですわ。ほら、前にあの荒野で乗った時に結構上手でしたし、練習すればすぐに乗れるようになるのではないかしら……」

どうやら、ミーアがベルに馬術を習わせようとしているらしい、と察したアンヌは助け舟を出すことにする。

「ベルさま、私でも練習すれば乗れるようになりましたから、ベルさまならすぐに乗れるようになると思います」

ちなみに、もともと不器用だったアンヌの場合、乗れるようになるまでは、結構な努力を求められたのだが……、もちろん、そんなことは口にしない。

ミーアの健康のためには、仕方のない犠牲だと割り切る。

「やはり、姫であれば馬の一頭でも乗りこなしてこそ、ですわ。ベルもわたくしのように、格好いい姫殿下になりたいでしょう？」

……ツッコミを入れる者はいない。

「でも、ボクは……」

どこか浮かない顔をするベルに、ミーアは、ふむ、と頷いて……。それからアンヌのほうをチラッと横目で見てから、そっとベルに耳打ちする。

「いつ元の場所に帰ってもおかしくはないし、それならば全部無駄と、あなたがそう考えていることも理解していますわ。でもね、ベル、もしも、元の場所に帰ったとしても、馬に乗る練習は、しておくに越したことはありませんわ。逃げるのに便利ですし……」

と、そこで、ミーアは悪戯っぽい笑みを浮かべてウィンクする。

「それに、馬、可愛いですわよ？　リーナさんと一緒に乗るのも楽しいでしょうし、きっと良い時間になりますわ」

――うふふ、さすがはアンヌ。良い着眼点を与えてくださいましたわね。

シュトリナを誘い、厩舎（うまや）に向かう途中で、ミーアは満足げに微笑んだ。

——なにか趣味を持たせれば、ベルだって、いついなくなってもいいなんて思わなくなるはずですわ……。楽しいことがあれば、死んでたまるかと思ってくれるはず……。これがなにかのきっかけになればよろしいんですけど……。

ベルの無駄遣いがどこに起因しているのか、だいたい察しているミーアとしては、この問題が簡単に解決しないことはわかっているが……、それでもなにもしないわけにもいかない。

そんなミーアにとって「ベルになにか趣味を持たせる」というのは良い着眼点のように思われた。

——ゆくゆくは、キノコ狩りのような雅(みやび)な趣味も身につけさせたいですけれど、そちらは、わたくしも勉強中ですし。とりあえずは乗馬ですわね。馬も可愛いし、きっとベルも気に入ってくれますわ。

などと思いつつ、ミーアは、視線を転じる。

「ところで、リーナさんは馬に乗れるんですの？」

ベルの隣で、にこにこと可憐な笑みを浮かべていたシュトリナは、ミーアの問いかけに、きょとりん、と首を傾げた。

お人形さんのように愛らしい顔を見ていると、ついつい忘れがちになってしまいそうだが、シュトリナは、元混沌の蛇の関係者だ。陰謀に与(くみ)するには、馬に乗れたほうが色々と都合がいいはず、もしかしたら乗れるのでは……？　と思ったミーアなのだが。

「いえ、リーナもはじめてです。だから楽しみで……。ふふふ、ベルちゃんと一緒に乗馬、とっても楽しみです」

「ふむ……」

ミーアは、腕組みしつつ考えこむ。

――二人が素人となると、わたくし一人で教えるのは難しいかしら？　いくら、わたくしが馬術の名人とはいえ……。

背浮き乗馬の開祖たるミーアは、きちんと分をわきまえているのだ。

そうこうしているうちに厩舎へとたどり着く。と、そこで、ミーアは懐かしい顔を見つけた。

「あら、あなたは……」

「よぉ、ひさしぶりだな。嬢ちゃん」

厩舎の中、馬の手入れをしていたのは豪快な笑みを浮かべた林馬龍（リンマーロン）だった。

「久しぶりですわね、馬龍先輩。確か、セントノエルは今年の春でご卒業されたのではなかったかしら？」

それ以降は騎馬王国に帰国したものとばかり思っていたのだが……。

「さては、馬たちが恋しくて戻ってきましたの？」

軽口を叩くミーアに、馬龍はニカッと笑みを返す。

「馬のほうは心配してないんだが、嬢ちゃんとアベルが上手くいってるか様子を見に来たのさ」

「あら？　お気遣いに感謝いたしますわ。おかげさまで、アベルとは仲良くさせていただいておりますわよ？」

「ははは、それはなによりだ。まぁ、冗談はさておき、実はラフィーナの嬢ちゃんに頼まれてな。馬たちの様子を見に時々来ることにしてるんだ。馬術部のことも気になってたしな」

「まぁ、そういうことですのね。ふふ、それにしても相変わらずですわね。お元気そうでなによりですわ」

ひとしきり馬龍と会話してから、ミーアは厩舎の中を見た。

「花陽も、元気にしてましたかしら？　なかなか来られなくって申し訳なかったですわね」

冬に世話になって以来、ゆっくり乗馬に勤しむことができていなかったミーアである。一瞬、忘れられてしまったかな？　などと思いはしたが、花陽はミーアを見つめると、挨拶するようにぶーふっと鼻を鳴らした。

「うふふ、ええ、ずいぶんと久しぶりになってしまいましたわね。それに、あなたのほうも、久しぶりですわね！　えーっと……」

ミーアは、花陽の隣にいる仔馬に声をかけた。ミーアの声に、耳をひくひく動かす仔馬。優しくも気品のある顔には、花陽の面影があった。

「ああ、そいつのは名前は銀月だ」

馬龍が後ろから教えてくれる。

「ほう、銀月……銀月……、シルバームーン！　おお、とても良い名前ですわね！」

なんだか、生涯に一頭の愛馬を見つけてしまったような気持ちになるミーアである。もう少し大きくなったら絶対に乗ってやろう！　と心に決める。

「うわぁ、すごい。もう、こんなにおっきくなったんですね」

「ほんと。あの時はすごくちっちゃかったのに……」

ベルとシュトリナが仔馬、銀月を見て歓声を上げる。銀月は二人のことを覚えていたのか、のっそり近づいてきて、鼻をひくひくさせている。

馬とじゃれる孫娘とその友だちの姿を微笑ましく眺めていたミーアであったが……、はて……？ と首を傾げた。

「それはそうと、荒嵐はいないんですのね？ もしかして、どなたかが遠乗りに行っておりますの？」

いつもミーアに不遜な視線を向けてくる、あの荒馬の姿がどこにもなかった。

もともと荒嵐のことが苦手だったミーアではあるのだが、あの夜、共に死線を潜り抜けたことで、親しみを覚えていた。

あのふてぶてしいまでに不遜な態度が、今ではどこか心強い。戦友といってもよいほどには、信頼を寄せているのだ。

「ああ、今はアベルが乗ってってな。っと、ちょうど帰ってきたみたいだぜ」

その言葉に、ミーアは後ろを振り返る。と……、

「やあ、ミーア。乗馬に来たのかい？」

爽やかな笑みを浮かべたアベルが、荒嵐の手綱を引いて近づいてくるところだった。

「ええ、そうなんですの。気持ち良く晴れた午後でしたので……って、それにしましても……」

ミーアは、アベルの姿を見て、小さく首を傾げた。

「ずいぶんと、泥んこですわね……」

よく見ると、アベルの頬には泥がついていた。凛々しい乗馬服にもところどころに泥はねが見て

取れた。

　ミーアの視線を受けて、アベルは、困ったような顔で笑みを浮かべた。

「暴れ馬の洗礼を受けてしまったよ」

「まぁ、そうなんですのね。でも、別に遠乗りをするのであれば、荒嵐でなくてもよいのではなくって……？」

　荒嵐は乗るのが難しい気性の荒い馬だ。わざわざ乗りづらい馬を選ばずとも、花陽やほかの乗りやすい馬に乗ればよいのではないか……、と思ったミーアである。

「荒嵐は乗りこなすのが難しい馬ですし、上手く乗れなくっても気落ちする必要はありませんわ」

「でも、君があんなに乗りこなせていたのに、ボクが乗れないのは格好悪いじゃないか……」

　アベルは、ちょっとだけムキになった顔で言った。

「ボクだって乗りこなしてみせるよ。今はまだ難しいけれど、これから訓練して、必ず、こいつを乗りこなしてみせる」

　そんなアベルを見たミーアは、思わず、

　――まぁ！　男の子の意地ってやつですわね。うふふ、可愛いですわ。

　ニヤつきそうになる口元を押さえる。

　最近では、すっかりたくましく、凛々しくなってきたアベル、そんな彼が見せた、「年下の男子の、ちょっぴり背伸びした感」に、ミーアは思わずクラッとする。

　――こういう負けん気の強いところもいいんですのよね、アベルは……ん？

と、ミーアはそこで、ふと気付く。微妙な違和感。

――はて？　わたくし、なにか、忘れているような……。

なにか、忘れてはいけない、なにかがあったような……、なんだか、何かが足りないような、そんな感覚。

その瞬間だった！　ふしゅーっと首筋に、なにやら風を感じて……。

「あ……あら？　これは……、なにやら、懐かしい感触ですわね……。なんだったかし……ら？」

振り返ったミーアは、そこで見つけた！　鼻をむぐむぐさせている、荒嵐の姿をっ！

「あ、ああ、これ、荒嵐、あなたとも、ずいぶんと、ひさしぶ……うひゃあああっ！」

ミーアの、ちょっぴり間の抜けた悲鳴をかき消すように、ぶぇぇえくしょんっ！　という荒嵐の盛大なくしゃみの音が響いた。

久しぶりだったからかだろうか……、それは、いつもより大きいくしゃみだった……。


ミーアは汚れを落とすために、いったん寮へと戻ることにする。

「では、また後で……」

などと、アベルと約束をし、厩舎を出た瞬間……、ミーアは走り出す。

はじめは小走りに、百歩ほど行ったところで全力疾走に切り替える。

びゅんっと風のように駆け抜けて、向かう先は共同浴場だ。

アンヌが替えの服を持ってきている間に、素早く、服を脱ぎ捨て、浴場へ。

備え付けられている石鹸をワッシャワシャと泡立てていると、遅れてアンヌが合流。携えてきたミーア愛用の馬シャンを使い、スピーディーかつ丁寧にミーアの髪を洗い始める。

そうしてテキパキと身支度を整えて、ミーアは馬場に向かった。

疾風のごとく駆け抜けたミーアは、目的地の手前で急ブレーキ。それから、呼吸を整えるようにゆーっくりと歩いていき、

「ご機嫌よう、アベル」

「やあ、ミーア。早かったね」

馬場の柵に腰かけていたアベルは、ミーアのことを見つけると、さっと道に降りた。

シュッと引き締まった体を覆うのは、真新しいシャツと黒いズボンという……、ちょっぴりラフな格好だった。

――ふむ……王子さまっぽくない格好もなかなか……。良いですわね！

このギャップがいいのである！

髪を洗ったのだろうか、サラサラの黒髪が風にそよいでいた。ふわり、と鼻をくすぐる清潔な石鹸の香りに、ミーアはほわぁっと息を吐いた。

――やっぱり、アベル、格好いいですわ……。

「ん？　ミーア、どうかしたのかい？」

ミーアの視線に気付いたのか、アベルがきょとんとした顔をする。

「あ、いえ、別に何でもありませんわ。それより、ほら、馬場のほうに行きましょう」

馬場では、すでにベルとシュトリナが馬龍に教えを受けていた。

「ふわぁ、馬って背が高いんですね。落ち着いて乗るとよくわかります」

「ははは、そうだぞ。この高さで草原を走ると気持ちいいんだ。もし騎馬王国に来ることがあったら、一緒に遠乗りに行くか？」

「はい、ボク行ってみたいです！」

などと、ベルが楽しそうにしているのが見えた。

「今日はあの二人も一緒なのだね」

「ええ。実は、わたくし自身が乗馬を楽しみたかったというのももちろんあるのですけど、それ以上にベルに乗馬を教えてあげようと思って……」

「そうか。ベルくんに、馬術を……」

腕組みするアベル。その視線の先では、馬龍に引かれて馬が歩き出していた。よろよろと、微妙に危ないバランスながらも、懸命に馬にしがみつくベル。そんな姿が、なんだかかつての自分を見るようで、ミーアはちょっぴり微笑ましく感じてしまう。

「なかなか、筋が良さそうだね」

「ええ、そうなんですの。先日の聖夜祭の時には、騎乗姿もなかなか様になっておりましたし、案外、簡単に乗りこなしてしまうのではないかと思いまして」

ベルに温かな目を向けるアベル。その隣で、見守るミーアの視線も、どこか優しかった。

「馬に乗れれば、いろいろとできて便利ですし……。ああ、もちろん、あのようなことに、もう二度と巻き込むつもりはございませんけれど……」

それでも……、気をつけていても危機に巻き込んでしまうことは、この先もきっとあるだろうと思う。そんな時には、きっと乗馬の技術が役に立つはず……、などと、柄にもなく真面目なことを考えていたミーアであったが、ふと、自らの状況を見て思う。

あっ、こういうのちょっといいかも、と。

好きな人と並んで、自分の孫娘が馬に乗る姿を見る。落ちそうになるのをハラハラしながら見守りつつ、応援する。それは些細で、とてもありふれた……、でも、幸せな風景。

こんな風に幸せな未来を想像したことは、なかったかもしれない。

——思えば……、今まで悲惨な未来から逃れ続けることだけに必死になっておりましたけれど……。もしも、アベルと結婚したら、わたくしは……。

どうなるのだろうか？　ふと思う。

この、隣に立っている柔らかな、温かな雰囲気を持つ少年と……、もしも、結婚したら、どうなるのか……。

ほわほわほわわん、と無限に妄想が広がっていく。

こんな風に穏やかな天気の日に、子どもを連れて遠乗りに行き、そこで、馬形のキノコサンドイッチをみんなで食べて、それで……。

「ん？　どうかしたのかい？」

不思議そうに首を傾げるアベル。優しげな笑みを浮かべるアベルに、ミーアは、ほわぁ、っと息を漏らす。

「あ、え、えーと、なんでもありませんわ。うふふ、そ、それより、わたくしたちも馬に……」

と、馬場のほうに目を向けたミーア。すると、ちょうどタイミングよくベルが馬から降りたところだった。よほど楽しかったのか、ぶんぶん手を振りながら、こちらに走ってくる。

――うふふ、はしゃいでおりますわね、ベル。楽しんでいるようで良かったですわ……。

などと、和やかな気持ちで眺めていたのだが……、その目の前で、バランスを崩したベルが思いっきり転んだ。

「ベルっ！　ああ、もう、調子に乗るから」

慌てて、ミーアは駆け出した。

走り寄ると、ちょうど、シュトリナに助け起こされたベルが立ち上がるところだった。

「ちょっと、ベル？　大丈夫ですの？」

「はい、大丈夫です。えへへ、失敗しちゃいました」

ベルは困ったような顔で笑う。

「ふむ、まぁ、笑えるぐらいだったら大丈夫ですわね」

そう言いながら、視線を下げたミーアは……見てしまう。

ベルの幼い膝小僧、そこが、真っ赤な血に染まっていることを！

「べ、ベル……それ……」

その言葉が終わるのを待たず、小さな体がフラーっと倒れていく……。小さな……、ミーアの体が……。

「う、うーん……」

「ミーアっ！」

慌てたようなアベルの声を聞きながら、ミーアは意識を失った。

……血を見たショックで気絶してしまうミーアなのであった。

ミーアは痛いのも、痛そうなのも嫌いなのだ。

第十五話　ミーア姫、自らのＦＮＹを悟る……

「う、うーん……」

目を覚ました時、ミーアは、清潔なベッドの上に寝かされていた。

「こ、ここは……、ああ、治療室ですわね……」

近隣諸国の貴族の子弟が集う場所、セントノエル学園には、優れた医療体制が整っている。そもそも、大陸の各国に、治療院という形で医療を広げたのが、ほかならぬ中央正教会である。その本拠地である聖ヴェールガ公国には、古くから医学の知識が集積されているのだ。

そんな最先端の医療を受けたおかげか、ミーアはすっきり気分よく起き上がる。

「ふむ……、さすがはセントノエル学園ですわ。素晴らしい治療ですわね」

……まぁ、そもそもミーアは血を見たショックで気を失っただけで、倒れかけた時にしっかりとアベルが受け止めてくれたこともあって、ケガ一つなく……。なので、特に治療を受けたりはしていないのだが……。

「あ、気がつかれましたか、ミーア生徒会長」

と、ミーアの様子に気付いたのか、一人の少女が歩み寄ってきた。その顔を見て、ミーアは少しばかり驚いた声を上げる。

「ん？　あら、あなたは……えっと、タチアナさん？　なぜ、このような場所に？」

首を傾げるミーアに、タチアナはちょっぴり困ったような笑みを浮かべて、

「えと、治療院を見学させていただいています。実は、私の父親が医者をしていたので、設備に興味があって……」

「まぁ、お父さまはお医者さまだったんですのね。なるほど……、あ、と、そうですわ！　それより、ベルは……」

慌てて辺りをキョロキョロ見回せば、

「あっ、ミーアおば……お姉さま、お目覚めですか？」

ベルが歩いてくるのが見えた。どうやら、隣の部屋にはアンヌやシュトリナもいたらしく、ベルの後からついてくる。

「えへへ、ミーアお姉さま、ボクもタチアナちゃんに、包帯を巻いてもらいました。とっても上手

かったんですよ」

そう言って、ベルは自慢げに自らの膝を指さした。その幼い膝小僧には、丁寧に包帯が巻いてあった。

「それ、大丈夫なんですの？」

「あはは、ちょっと擦りむいただけですよ。もう、ミーアお姉さま、心配性ですね」

などと笑っているベルであるが……そんな風に包帯を使うんだったら、それは結構なケガなのではないかと思ってしまうミーアであった。

「血が出ていましたが、骨にも異常はありませんでしたし、傷もそこまで深くはありませんでした」

補足するように、タチアナが説明してくれる。その口調には、いつものおどおどした様子はなく……、むしろ堂々とした、自信に溢れたものだった。

「ふむ、さすがはお医者さまの子どもですわね。それは、すべて、お父さまに教わりましたの？」

首を傾げるミーアに、タチアナは一瞬黙ってから……、

「父は、私が五つの頃に亡くなりました。だから、教えてもらったことはほとんどありません。この知識は、私が自分で学んで身につけたものです」

「まぁ、そうでしたの……それは、頑張りましたのね……」

頷くミーアに、タチアナは、意を決した様子で言った。

「ミーア生徒会長、お聞きいただきたいことがあります」

そうして、彼女は語りだした。

自分と、シャローク・コーンローグとの関係を……。

「私は、父のように医の道に携わりたくて、セントノエルに来ました。でも、私の家は、貧しくて……、本当はそれは叶わぬ夢のはずでした」

タチアナは胸に手を当てて、続ける。

「でも、シャロークさまの作った奨学金の制度のおかげで、勉強することができて……。セントノエルへの推薦もいただくことができたんです」

「まぁ、そうなんですのね！」

ミーアは、ちょっぴり驚いた。

——意外ですわね。あの金の亡者のような方が、そんな思いやりを示すなんて……。ああ、でも、自分の評判を維持するために慈善活動をするとか……、そんなこと言ってましたっけ。そういうことはよくあることではありますし……。

と思い直すも、まるで、心を読んだかのように、タチアナは首を振った。

「シャロークさまは、嫌われています。だから、みなさんは、シャロークさまのことを、悪く言います。どうせ、自分の評判を高めるためにやったことなんだって」

ズバリ、考えていたことを言い当てられて、ミーアは、ふむ、と鼻を鳴らす。

「でも、奨学金を作ったのは、あの方がもっと若くて、まだまだ商人として駆け出しの時だったんです」

「あら、それでは、相当無理をしてお金を出したんですのね」

「はい。いい商売をさせてもらっているから、自分が稼いだお金で恩返しししたいって。そうおっしやられて……。そして、私のように救われた者も大勢おります。卒業した者の中には、シャロークさまのことを尊敬して、商人を目指している者もいるぐらいです」

――なるほど、これは……、いいことを聞きましたわ。うふふ……。

タチアナの話を聞き、ミーアは、心の中でニンマリとほくそ笑んだ。

今聞いたのは……、シャロークからすると恥ずかしい過去だ。

たとえるならばそれは、強面の海賊が愛猫に赤ちゃん言葉で話しかけているのを見られるようなものである。

これは恥ずかしい！

きっと現在のシャロークの価値観からすれば、若気の至り。思い出したくもない過去なのだろう。自分とは何の関係もない貧しい家の子どもたちのために、奨学金制度を設けるなんて、しかも、身銭を切り、自分自身も決して裕福とは言えないにもかかわらず、それをするなんて……。

これを思いやりと、優しさと……、感傷と言わずして、何と言おうか！

――あの男、わたくしに感傷だの弱さだの、いろいろ言っておりましたけど、ご自分だって、若かりし日に、ちゃあんとやらかしているのではありませんの！

生まれた時から金のために生きて、金のために死ぬ、みたいな冷徹超人めいた態度をとっていたシャロークであるが、ちゃんと甘さも感情もある、普通の男なのだ。

ミーアは、その弱みを握れたことに、満足げに頷いた。

――あの男、諦めが悪そうでしたし、きっとまた来るに決まってますわ。そうしたら、その時はこの弱みをつっついてやりますわ……うふふ……。いい人なんですのね、って。うふふふふ。

悪女ミーアは、胸の内で高笑いを上げる。

と、そんなミーアに、タチアナは言った。

「ミーアさま、お願いします。どうか、シャロークさまに、あまり酷いことをしないでください」

彼女の真摯なお願いに、ミーアの嗅覚が鋭く反応する。

——奨学金による恩……というのは、少し危険かもしれませんわ。

言ってしまえば、シャロークは、貧しいけれど能力のある者たちに、私財を投じて知恵を得させているのだ。

そして、知識とは武器である。鋭い武器を携えた者たちが、シャロークに恩を感じている状況、その状況で、彼を悪し様に言うことは、危険な敵を作りかねない行為であると……、ミーアは遅まきながらに察した。

特に目の前のタチアナという少女は医の道を志しているという。けれど、シュトリナの例を見てもわかる通り、薬とは使い方によっては毒にもなるもの。そのような者を敵に回してしまった場合……。

ミーアの脳裏に、自身が毒殺されるとの記述が甦る。

——てっきりリーナさんの仕業かと思っておりましたけれど、ほかの者のしでかすことということも、十分に考えられますわ。

ここにきてミーアは、ようやく悟る。自らの慢心を……。

——完全に油断しておりましたわ。わたくしは、いついかなる時でも気を引き締めていなければいけませんのに。

昨年の夏前のことを、思い出すミーアである。

運動をサボっていたばかりに、ちょっぴりだけなまっていた体。ＦＮＹっとして、水着が着づらいということがあった。

……これは、あの時と同じだ。

――わたくしは、ＦＮＹっておりますわ……心が。慢心で、すっかりなまっておりましたわ……心が！

ということで、ミーアはしばしの熟考の後……、軌道修正に入る。

「ふーむ、それについては、シャロークさん次第ですわね……」

まず……、あくまでも責任は相手にあるのだとアピールする。

それは、嘘ではなかった。そもそもミーアとしては、シャロークと事を構えることは望まない。

まぁ、今回つかんだネタでネチネチやったら面白いかもしれない、とちょっぴり悪戯心は芽生えたりするが、ミーアはそれに固執しない。

今は、大飢饉の前の大切な時期なのだ。大人しくしていてくれるならば、構っている余裕はないのだ。

けれど、同時に、あの男がそう簡単には引かないだろうな、とも思っていた。

シャロークがフォークロード商会に、今後も介入を続けるのであれば、フォークロードを支援するという形で、抗争は続くだろう。

――ダラダラ続けるのはあまり得策ではない気もしますわね。あるいは、どうにかしてサクッと心を折ってしまえれば、解決するかもしれませんけれど……、あ、そうですわ！

と、そこでミーア、タチアナの顔を見て閃く。

「ふむ、そうですわね。あるいは、あなたが協力してくれれば、無用な争いは避けられるかもしれませんわ」

「え……？　私が、ですか？」

「ええ、そうですわ」

頷きつつ、ミーアは自らの思い付きに悪い笑みを浮かべる。

――今回のネタで叩くとして、もしもとぼけられた時に、この方を連れていけば、効果的に、えぐれますわ！　現にこうして、あなたの奨学金に救われた方が、わたくしのお友だちにおりますわよ？　優しい優しいコーンローグさん、などと……、うふふ、笑い飛ばして精神的に追い詰めてやればいいんですわ。

シャロークが感傷という弱さで作り出した奨学金制度、その制度を使ってセントノエルに通う実例が今目の前にいるのだ。これを使わない手はない。

さらに、それはタチアナに責任の分散を図る妙手でもあった。

もしも、シャロークとの抗争が激しさを増した場合、ミーアが恨まれないように、と。あなたの責任でもあるんですよー、と。そう言えるための策略である。

――ふふふ、これだけ状況を整えてしまえば、シャロークさんにしても、これ以上の辱めを受けるより早めに矛を収めたほうが、最終的な傷は浅くて済むと気付くはずですわ。

戦において被害が広がるのは、戦力差が拮抗している場合だ。

初めから、圧倒的な差があれば、交渉次第では一度も剣を交えずに軍を撤退させることも可能。

大帝国の姫らしく、開戦初期の大兵力の投入という戦術体制を整える。

名将ミーアの戦術眼が冴え渡る。

——ただでさえ飢饉で忙しくなるわけですし、長引かせず、一気に叩き潰すのが得策！　まぁ、もうちょっかい出してこないかもしれませんけれど、備えておくに越したことはありませんわ。

そうして、準備しておいたミーアの切り札……、タチアナに協力してもらう機会は、思いのほか早く訪れた。

数日後にペルージャンの王女、ラーニャから急報が入ったのだ。


「ミーアさま、ペルージャン農業国のラーニャさまから、お手紙です」

「あら？　ラーニャさんから？」

アンヌの言葉に、ミーアは小さく首を傾げた。

ラーニャ・タフリーフ・ペルージャンは、現在、母国であるペルージャン農業国に帰っている。

ペルージャンの姫君は、毎年この時期には、収穫の陣頭指揮と、収穫感謝祭での巫女としての役割を果たすために、学園を離れなければならないのだ。

「ふむ……、演舞を見に行く件かしら……」

そして、ミーアは今年、その感謝祭で神にささげられる、ラーニャの演舞を見に行くことになっているのだ。

ちなみに、ミーアがこの感謝祭に招かれるのは初めてのことだった。

ラーニャとの友誼に加え、聖ミーア学園に、第二王女アーシャ姫を招いたこともあって、ミーアとペルージャンとの関係は深まっていた。

これから数年にわたる飢饉において、ペルージャンとの関係は極めて重要なものとなってくる。できれば国王にも謁見し、個人的な面識をもっておきたいところであった。

……………とまぁ、それは表向きのこと。ミーアの目的の表層一割未満にも満たぬことである。では、残りの九割はなにかといえば……。

——うふふ、ペルージャンの料理、楽しみですわ！

これである。まぁ、お祭しのこととは思うのだが……。

——食の聖地ペルージャン、しかも、収穫に感謝するお祭りですから、きっとものすごいご馳走が出ますわ。言葉にできないぐらい、美味しいはずですわ！

めくるめく美食を想像するだけで、ミーアは、ゴクリと喉を鳴らしてしまう。

ということで、いそいそと手紙を開いたミーアは、そこに書かれていた内容に仰天した。

曰く、シャローク・コーンローグという商人が取引に来ており、なにやらよからぬことを企んでいる、とのことだったのだ。

「あ、あの方、また性懲りもなく！」

ギリギリと歯ぎしりしつつも、ミーアは素早く検討する。

この危機の大きさの程度を……。

一見して、危険度は、そこまで大きくはないような気がする……。

前時間軸とは違い、ペルージャン農業国とは、それなりの繋がりを作っている。

ラーニャ姫とは、こうして手紙を送ってきてもらえるほどの友情を築いているし、アーシャ姫を講師に迎えることで、そのコネはより一層強くなっていると言える。

けれど……、

「ペルージャンへ行かねばなりませんわ。すぐに……」

先日、ミーアは改めて実感したのだ。

自分が……慢心によってＦＮＹっていると……。もちろん、心が、である。

築いてきた人脈を過信して行動せずにいたら、きっと後悔することになる。

ミーアのシェイプアップした心が告げているのだ。

これを放置するのは極めて危険である、と……。

杞憂（きゆう）であるならば、それでも良い。けれど、もしも危惧が実現した場合、それはすなわち帝国の危機になる。

「まぁ、物は考えようですわね。早く行けば、その分、ペルージャン料理をたくさん食べられますし……、ふむ、かえって都合が良いかもしれませんわ！」

心と体のシェイプアップは、時に反比例するものである。

「ミーアお姉さま、ボクも一緒に行ってもいいでしょうか？」

っと、いつの間にか、話を聞きつけたベルが、すぐそばに来ていた。キリッとした顔で、ミーアを見つめてくる。

「あら？　なぜですの？　ベル」

「あの、シャロークという商人の考え方に、少しだけ興味があります」

「ほう……。なるほど」

ミーアは、ふぅむ、と考え込む。

——正直なところ、あまりお近づきになるべき人ではないと思いますけれど……、でも、ベルが興味を持つとは珍しいですわ。それに、性格はさておき、あの方が商人として一流なのも事実……。であれば、ああいうやり手の商人とどのように渡り合っていくのか、わたくし直々にお手本を見せてあげることも意味があるかもしれませんわね。

と、そこまで考えてから、ミーアはじっとベルの顔を見つめた。その真剣そのものの顔を見て、深々と頷き、

「てっきり、夏前のテストから逃げるために言っているのかと思いましたけど、どうやら、なにか真剣な理由があるみたいですわね？」

「え、あ、お、も、もももちろんですよ、ミーアお祖母さま、あはは、いやだな、ボクがテストから逃げようとしてるだなんて、そりゃあ今年の夏はリーナちゃんと遊ぶために追試を受けないようにしたいなぁ、なんて、思わないわけでもありませんけど？　そのために、目前の問題から逃げるなど、帝国の叡智の血を引く姫の名折れですし、もちろん、ミーアお祖母さまからお勉強を教わっている身としては、その発露の機会としてテストのことは大切に考えており……」

……めちゃくちゃ早口になるベルである。

その、どうにもならなかったら逃げちゃえばいいじゃない？　という姿勢に、ミーアは一瞬、自分自身の姿を見てしまい、ちょっぴり複雑な気分になってしまう。

「まぁ、いいですわ。でも、テストからは逃げられないということだけは言っておきますわね」

とりあえず釘を刺しつつも、

「あ、それと、タチアナさん……。彼女にも付き合っていただかなければなりませんわ！」

切り札の用意にも余念がない。

タチアナの勉強時間を奪って同行をお願いすることに、若干気が引けるミーアであったが、今回ばかりはそうもいっていられない。

「相手は、タチアナさんの大切な人みたいですし、その人物との戦いを最小限にとどめるためにお呼びするわけですから問題ありませんわよね……」

こうして、ミーアはベルとタチアナを伴い、セントノエルを出発した。

途中、ルードヴィッヒとも合流して、一行は一路、ペルージャン農業国へ。

第十六話　タケノコの友

ペルージャン農業国――「我が国に農地以外の領土なし」と豪語するこの国には、まともな軍隊と呼べるものは存在していない。

王家を守る近衛兵は一応は存在しているものの、その規模は帝国軍はおろか、帝国の一貴族の私兵団にも劣るほど。しかもその構成員は、半農半兵どころか、八農二兵といった有様であり、ひとたび戦争が起これば、蹂躙されるほかない、軍事的な弱小国であった。

そんな国が滅ぼされることなく、侵略されることもなく、国としての体裁を保っていられるのは、この地に広く認識される中央正教会の影響力と、ティアムーン帝国への徹底した恭順のゆえだった。

中央正教会の広めた各国共通の道徳基盤は、安易な侵略戦争を許さず、後ろ盾となる帝国の武力は、実際的な軍事的抑止力として働いた。

かような地政学的な背景を持つペルージャン農業国ではあったが、そのことで彼らが肩を落とすことはなかった。

「我らは食によって、大陸に覇を唱えるのだ」

そんな大号令のもと、歴代の王族は、国を挙げて農業技術の向上に邁進した。軍事力を強化せずとも良い状況を逆手に取ったのだ。

品質の高い農作物をもって、様々な種類の農作物をもって、国を豊かにしようと民を鼓舞した。

属国扱いなどできぬよう各国を見返してやろうと……そう努力して、努力して……。

されど……、その努力が報われることはなかった。

なぜなら、彼らの隣国は、後ろ盾は、農業を蔑視するティアムーン帝国であったからだ。

帝国の属国であればこそペルージャンは守られるのに、その帝国は、ペルージャンの一番の強みである農業を評価しない。

まるで汚れ仕事でもあるかのように、見下しているのだ。

ペルージャン農業国とティアムーン帝国の間には、容易には越えることのできない溝が、たしかに存在していた。

「お初にお目にかかります。陛下。拝謁（はいえつ）が叶いましたこと、光栄至極にございます」

自らの前に膝をつく男、シャローク・コーンローグを前にして、ペルージャン国王は、苦笑いを浮かべた。

「国とは名ばかりの属国の王に、過分な礼は不要。名だたる大商人たるコーンローグ殿が、我が国に何用あっていらしたのかな？」

王は知っている。王侯貴族にとって、誇り、礼儀は命を懸ける価値を持つ。されど、商人にとってのそれは、商談を有利に進めるための手段でしかない。

「なるほど、さすがは聡明をもって知られる国王陛下。世辞では、お心を開くことはできませぬか」

「聡明とは異なことを。私など、田舎の小国の愚鈍者に過ぎぬ」

そう言いつつも、王は片手でシャロークに座るように指示を出す。

「そうですかな？　私の眼には、あなたさまが、大陸の覇者を殺しかねぬ武器を整え、研ぎ澄ませているように見えますが」

「ほう……武器とは？　ろくな軍隊も持たぬ我が国にどのような武器があると、そなたは申すのか？　まさか、我が国がひそかに軍備を増強しているとでも……？」

「お戯れを。軍事力など……、愚鈍なる帝国に任せればいい。平和の維持が必要ならば、ヴェールガにすがればよい。そのようなものよりももっと根源的に、人間を殺すものをあなた方はお持ちでしょう」

シャロークは口元に笑みを湛えて言った。

「そう、食……、にございますよ」

その言葉に、王はわずかばかり、警戒心を刺激される。

「なるほど……確かに、我が国は農業に力を入れているが、それを武器とは穏やかではないな」

笑い飛ばそうとするペルージャン国王を、けれど、シャロークは逃がさない。

「農業に力を入れる貴国であれば感じているでしょう。不作の兆候、飢饉の足音を。飢饉の時、最も価値を持つのは黄金、宝石ではない。食糧にございます」

そうして、シャロークは、国王の目をじっと見つめる。

「歯がゆくはございませんか？　国王陛下、帝国の属国などと呼ばれることが。貴国は優れた農業技術を持っている。されど、帝国がある限り、いつまでたっても帝国のおまけのような扱いは変わりますまい」

その言葉は、確かに王の心をえぐった。

それは長年、ペルージャンを縛り付けてきた呪いの鎖だったからだ。

「……それも為政者が変われば変わる。帝国のミーア姫殿下は、食に造詣が深い方と聞く。我がペルージャンにも、きっと良き影響を……」

「幼き皇女の慈悲にすがる、と？　それはまた、ずいぶんと消極的ではありませんか？」

シャロークの言葉に、ぴくり、と王の肩が揺れる。

王は知っている。

ペルージャン農業国が積み上げてきた研鑽（けんさん）は本物だ。どれほどの民が、技術者が汗と涙を流してきたことか……。にもかかわらず、その努力の報われ方が……、一人の姫の慈悲にすがるものであるなどと……、そのように言われてしまうことが、口惜しくないはずがない。

それが彼一人の思いであれば、あるいは呑み込めたかもしれない。娘たちに聞く限り、皇女ミーアは善性の人だ。

今、帝国の中で権力を握りつつある彼女がもたらすものは、ペルージャンにとって、きっと良いものに違いないのだ。

……けれど、国王の目には、畑で汗する民の姿があった。それは今現在の民の姿ばかりではない。すでにこの世にはない、この農業国を支えてきた人々の姿だ。

彼らの積み上げてきたものが、このような形に結実して良いものか……。

誘惑者は耳元で甘く囁く。今や、農作物は武器になると。

帝国を殺しうる、強力な武器になりえるのだ、と。

ペルージャンの先人たちが積み上げてきたものが、自分たちを低く見た者たちを見返すための武器になりえるのだと……、その事実が、国王の心を揺さぶった。

「……具体的にはどうするつもりだ？　作物を売ることを渋りでもすれば、帝国側が黙ってはいまいが……」

「簡単なこと、値を吊り上げれば良いのです。それも不当ではなく、正当な範囲内、あるいは、正当を、ほんの一歩踏み出したぐらいに。兵を動かして圧力を加えようと、帝国が思わない程度、わずかばかり値を上げていってやればいいのです。それに慣れた頃にまた、値を上げる。ところで、陛下は八本の足を持つ悪魔の魚を生きたままゆでるコツをご存知ですか？」

不意な問いかけに、国王は首を傾げる。

「簡単なこと。突然、熱い湯につけては逃げられますゆえ、徐々に火勢を強くしてゆけばよいのです。さすれば、気付いた時には、手遅れ。ゆでられております」

シャロークは、にやり、と笑みを浮かべる。

「そうして、その匙加減は、商人の得意とするところ。どうぞ、帝国との取引を私にお任せいただけないでしょうか？」

「……なるほど、よくわかった。が、即答はしかねるな……。感謝祭には出ていかれるのであろう？　シャローク殿」

「はい。しっかりと稼がせていただきますとも」

「では、この返事はまた、祭りが終わった時にでも……」

そうして、二人の会談は終わりを告げた。

こっそりと……、その話に耳を傾けている、お姫さまの存在には気付くことなく……。

さながら、地下茎のごとく……お姫さまがミーアと繋がっていることなど、知る由もなく。

——どうしよう……。大変なことに……。

謁見の間の隣の部屋に身を潜めた、ラーニャは息を殺して成り行きを見守っていた。

そこは、幼き日より、姉たちと遊ぶのに使っていた部屋だった。

壁のわずかな隙間に耳をつければ、謁見の間の会話がよく聞こえるため、よくイタズラに使っていたのだ。小国ペルージャンならではのことである。

——お父さまが、あんな話を受けるとは思えないけど……。

そう思いつつも、ラーニャの心には一抹の不安が残った。

もしもかつての自分が、ミーアと出会う前の自分が……あんな申し出を受けたら、聞かないだろうか……？

思うのはそんなことだ。

——もしも、お父さまが話に乗ってしまったら……、大変なことになる。でも、こんなことをミーアさまに言っても大丈夫かな……？

父がするかもしれないことは、帝国に対する明確な裏切りだ。下手をすると、ミーアの怒りを買って、大変なことになるかもしれない。

一瞬の迷いの後、ラーニャはすぐに行動を起こす。一刻も早く、ミーアに知らせを出すために。

——ミーアさまなら、きっとなんとかしてくれるに決まってる！

ミーアへの信頼は、揺らぐことはなかった。

第十七話　ミーア姫、果物狩りをエンジョイする

ティアムーン帝国の国境を越えて一日の場所にある、小さな村。

ミーア一行は、ラーニャと合流すべく、その村で待ち合わせを行った。

そして、そこは広く果物の栽培を行う村であった。

というか、広い果物畑の中に、ちょこちょこっと家が建っているような有様だった。畑の中に村がある感じである。収穫期を迎え、たわわに実った果実が、そよそよと風に揺れていた。

……ということでミーアは……、

「あら、これなんか食べごろではないかしら？」

果物狩りを楽しんでいた！

頭には、大きなつばの麦わら帽子を被り、農村で借りた収穫用の長袖長ズボンの服を着用して、実に本格的なスタイルである。

「ああ、美味しそうですわね。まさに、食べる宝石……。香りがたまりませんわ」

スイーツソムリエ、ミーアは、もぎ取った果物に鼻を近づけて、そのかぐわしい香りを胸いっぱいに吸い込む。それから、その色合いをしげしげと見つめて、

「うん、太陽の恵みをよく受けていますわね。熟れていて……、少し熟れすぎという感じもします

けれど、そちらのほうが、えてして甘味というものは出てくるもの。これなどは、きっと、食べたらたまりませんわ」

ミーアたちの目の前にたわわに実っているのは、ルビワと呼ばれる果物だった。

赤い楕円形の、大きな種の周りに薄い果肉がついた果物である。皮をむいて、前歯でこそぎ落とすようにして食べるもので、甘味と酸味のバランスがとても良いフルーツである。

「あっ、タチアナちゃん、こっち！　こっちにもたくさんありますよ！」

少し離れたところで、ベルがタチアナを呼んでいた。ニッコニコと笑顔を弾けさせつつ、年下のタチアナを手招きする。

「ちょっ、ちょっと待ってください。ベル先輩。そんなに急ぐとまた転んでしまいますよ」

慌てて、タチアナがその後を追う。馬車の中で、すっかり打ち解けたベルとタチアナを見て、ミーアはにっこり笑みを浮かべた。

――ベルにシュトリナさん以外のお友だちができるというのは良いことですわ。

孫に新しいお友だちができたのが嬉しいミーアお祖母ちゃんである。

「さぁ、二人とも、一つも取り逃したらいけませんわよ！　食べごろのものを採れなかったらもったいないですわよ」

なにはともあれ、心からエンジョイしているミーアであった。

「ああ、贅沢ですわ。採れたての果物をその場で食すなど、贅沢の極みですわ！」

後で、休憩時間の時に食べさせてもらえるよう、すでにルードヴィッヒに話をつけてもらっている。ミーアに隙はない。

「楽しみですわ。実に楽しみですわ！」

休憩時間を心待ちにするミーアであった。

そもそも、果物狩りは、アンヌの発案によるものだった。

ペルージャンに少し早めに行かなければならなくなったミーア。難しい取引に臨むミーアが、重圧のあまり、甘いものを食べすぎてしまうことを危惧したアンヌは、少しでも運動してもらいたいと、この果物狩りを提案したのである。

もっとも、ミーアは採れたて果物をお腹いっぱい食べる気になっているので、忠臣の心ミーア知らずといった感じだろうか……。


さて、この果物狩りだが、実は意外な効果をもたらしていた。

それは、村の農民たちの、ミーアに対する感情である。ミーアたちを見つめるその目は、どこか親しみのこもったものになっていた。

理由はもちろん、収穫を手伝ってもらっているからだ。

ミーアはお姫さまである。ぶっちゃけた話、作業効率的には、あまりよろしくない。というか、むしろ邪魔をしている疑いすらある。労働力としての評価は低い。

されど、その行為……、農民たちとともに働くという行為は極めて象徴的なものだった。

彼らにとって自分たちの姫とは、自分たちとともに額に汗して収穫する存在であり、自分たちの先頭に立って行動してくれる者だった。

そして、ミーアは、それと同じことをした。

大帝国の姫が、自分たちの、農業国の姫と同じことをし、そして……。

「そろそろ休憩にしましょう。ミーア姫殿下、あの、本当にお召し上がりになりますか？」

恐る恐るといった様子で、村長が言った。

これには事情があった。

ルビワは、美味しいけれど、少しばかり食べづらい果物なのだ。

その皮は薄く、ナイフでむくのには適さない。必然、食べる当人が手でむかざるを得ないのだが、果汁が豊かなので、どうしても手がベタベタになってしまう。

しかも、その果肉は、大きな種の表面を薄く覆うのみ。そぎ落として皿の上に出すわけにもいかず、前歯でこそぎ落とすようにして食べなければならない。

正直、少し、行儀の悪い食べ方になってしまうのだ。

それを知らない帝国貴族からは、しばしば、食べづらい下品な果物、などと揶揄（やゆ）されることもあった。

だからこそ、ミーアがそれを食べてくれるか、心配していたのだが……。

それは杞憂だった。

「まぁ！　いよいよですわね！　楽しみにしておりましたわ」

などと満面の笑みを浮かべ、ミーアはルビワを手に取った。そうして、いそいそと皮をむき、躊躇（ためら）うことなく、ルビワに噛みついた。前歯で果肉をこそげるようにして、しゃぶしゃぶ食べる。

その子どもっぽい仕草に、周囲には和やかなムードが広がる。

「あら？　みなさん、どうかなさいましたの？　食べ方が、どこか違っておりましたかしら？」

きょとん、と首を傾げるミーアに、村長は、思わず優しい笑みを浮かべる。

「いやいや、合ってますよ。それが一番、ルビワを美味しく食べる食べ方です。ただ、帝国の貴族さまの中には、手が汚れるとか、食べ方が無様だとか言って食べてくださらない方もおられるので……」

「まぁ、もったいない。これは、こうして手を汚しながら食べるのが楽しいのでしょうに」

そう言いつつ、ミーアは手首についた果汁をペロリ、と舐めた。

奇しくもそれは、幼き日のラーニャ姫と同じ仕草で……。

「なんだ、そうか。帝国の姫さまも、うちらの姫さまと変わらないんだな」

そんな印象を強烈に刻み込んだ。

お高くとまった帝国の姫、という彼らの先入観は、完全に払拭され、後には親しみが残った。

帝国の姫君は、自分たちの姫さまの「大切なお友だち」になったのだ。

まぁ、ミーアは楽しくルビワ狩りをして、美味しくルビワを食べただけなのだが……。

ルードヴィッヒとアンヌは、その光景を少し離れた場所で見ていた。

「さすがはミーアさまだ。もう、村人たちの心をつかんでおられる。てっきり同行しているベルさまやタチアナ嬢のためを思って、この果物狩りの話を受けられたのだと思ったが、まさかこのような効果をも見越してのことだったとは……」

感心した様子のルードヴィッヒだったが、ふと心配そうな顔をする。

「しかし、彼らの心を開くためとはいえ、ミーアさまの健康が気がかりだ。無理をされて食べすぎなければ良いのだが……」

そんなルードヴィッヒを安心させるように、アンヌが小さく首を振った。

「大丈夫です。たぶんあのルビワという果物は……、そこまでたくさんは食べられませんから」

まるで予言のようなアンヌの言葉……、ルードヴィッヒは半信半疑でミーアのほうを見る……と、

「あれは……」

確かに三つ目の皮むきにかかっているミーアだが、若干、その勢いは鈍っているように見えた。あの調子では、四つ目は食べられないのではないだろうか……。

「私の弟妹もそうなのですが、食べるのに手間がかかる食べ物は、食べるための作業だけでお腹がいっぱいになってしまうものなんです」

村人から、皮がむきづらく、果肉の薄いルビワの話を聞いていたからこそ、アンヌは果物狩りを提案したのだ。

帝国の叡智の右腕が、帝国の叡智の胃袋に勝った瞬間であった。

「なるほどな、さすがはアンヌ嬢だ」

感心した様子のルードヴィッヒに、アンヌはちょっとだけ得意げな顔をしてから、ミーアのもとに歩み寄る。

「ミーアさま、お口をお拭きいたします」

「あら、ありがとう。あなたも座ってお食べになればいいのに、美味しいですわよ？」

そうして、楽しいひと時を過ごしていると……。

「ミーアさま……、いったいなにを……」

「あら、ラーニャさん、来ましたのね」

ペルージャン農業国の王女、ラーニャ・タフリーフ・ペルージャンが姿を現した。


「そうですか……、村民たちとともに果物狩りを……」

「ええ、楽しませていただきましたわ」

満足げに笑みを浮かべるミーアであったが、

「みなさまのお邪魔になってしまわなかったかが、心配でしたけど……」

如才（じょさい）なく付け足しておく。今のミーアに隙はない。

そうして、ラーニャと合流したミーアたちは、村長の家で、休憩がてら昼食をとることにした。

「おお、これがペルージャン名物の、ターコースですわね」

待つことしばし、目の前に出てきたのは、やや黄色みがかった薄い生地で肉と野菜を包んだ、ペルージャンの伝統料理、ターコースだった。

「ふむ……、これは、薄いパンのような……クレープのような……？　この少しパサパサした感じは種を入れない儀式用のパンのようでもありますわね」

分析しつつ、ミーアは生地の端っこを口に入れる。

ピリピリと香辛料の刺激、その辛味にあぶり出されるようにして、生地本来の甘みが舌の上に溶け出してくる。

「なるほど。独特の甘みと風味がありますわね。さて、お味のほうは……」

中の具材がこぼれないように注意しつつ、しゃくり……、とかじる。瞬間、口に広がるのは、黄月トマトの酸味と、ぴりり、と舌を刺激する辛味だった。

レッドマスタードの舌を突くような辛みと、香辛料の鮮烈な香り。そこに、香ばしく焼いた肉の肉汁がジュワッと加わる。

さらに、シャキシャキとした葉物野菜がその辛みにわずかな苦みを加え、なんとも複雑玄妙な味を演出している。

「おお、これは……なかなか新鮮な体験ですわ。うふふ、なるほど。ラーニャさんから聞いて以来、ずっと食べたいと思っておりましたけれど、確かに美味しいですわね」

……ちなみに、いささか意外なことながら、ミーアは辛いものも食すことができる。食べられるだけでなく、しっかりと楽しむことができるのだ。

それは、ひとえに、料理長の功績といえた。

若い時には、いろいろな味を体験するべきだという考えのもと、料理長はいろいろな味のするものを、ミーアに食べさせていた。

苦いもの、酸っぱいものはもちろん、辛いものに関しても。

最初のうち、苦手な食べ物があったミーアであるが、今では苦みの強いものの味も楽しめるようになってきたし、煮物の素朴な味もいけるようになった。

………味覚がお祖母ちゃんっぽくなってきた、などと言ってはいけない。

そんなわけで、ミーアはすでに、辛いものだって楽しめるお口になっているのである。

甘くても辛くても塩辛くても苦くても酸っぱくても……、どんなものでも美味しく食べられてしまうわけで……、それはある点から考えると、非常に危険なことでもあるのだが……主に二の腕とか脇腹とかが……。

　ともあれ、それは、相手の食文化を許容する寛容な姿勢ともいえる。

　ミーアはとても器（胃の容量）が広いのだ。

「それにしても、この生地は変わっておりますわね。具材だけ見たらサンドイッチでも構わない感じがしますけれど、この生地のおかげで、まるっきり違う味に感じますわ」

「これは、玉月麦（フルムーンコーン）という小麦の親戚のような穀物の粉を使って作っているんです」

「あら、小麦粉じゃないんですのね。どうりで……」

　ミーアはそうつぶやきつつも、もう一度、生地を口に入れる。

「ふむ、やはり美味……。なるほど、小麦粉とは違う性質を持った粉だから、それに適した料理法がある。パンにするよりも、こちらのほうが素材を生かした食べ方だということかしら」

　土地には、その土地に適した楽しみ方がある。同じように、食材にはそれに適した食べ方がある。

　キノコはどんな食べ方をしても美味しくなると、そう思い込むのは工夫の足りぬ者がすること。

　各々のキノコの特徴を吟味し、それに適した料理法を考えるのが、料理の醍醐味というものだろう。

「これは、ペルージャンの豊かな農作物を真に知るためには、料理法まで勉強する必要がありそうですわ。そのためにはもっとたくさん食べなければ……」

不穏なことをつぶやくミーアであった。

一通りミーアが料理を堪能したところで、ラーニャがおもむろに頭を下げた。

「このたびは申し訳ありませんでした。ミーアさま、私の父のせいで、このような……」

「謝罪は不要ですわ。とりあえず、事情をお聞かせいただけないかしら？　ラーニャさん、いったいなにがございましたの？　手紙では、シャローク・コーンローグがちょっかいをかけてきたと書いてありましたけれど……」

そう言いつつ、ミーアはタチアナのほうをうかがう。タチアナは、苦しそうにうつむいていた。彼女の協力を取り付けるためには、できるだけ正確に事情がわかっていたほうがいいだろう。

ミーアはラーニャの説明を促す。

「実は、少し前、シャローク・コーンローグという商人が訪ねてきたんです。この時期は収穫感謝祭の時期ですから、商人の出入りは、普段よりも多くなります。新しい取引に発展するケースもあるので、お父さまも丁寧に接待しているのですが、シャロークも、その中の一人でした」

ラーニャが、その不穏な会話を聞いてしまったのは偶然のこと……では、実はなかった。

先日、ミーアに言われたこと……、姉の研究を広く大陸に告げ知らせるため、ラーニャもまた、人脈を求めていたのだ。

確かにセントノエルには、各国の王侯貴族が集まっている。そこで、姉の発見を伝え知らせることは、なるほど、有効ではあるだろう。

けれど、それでは十分でないことを、ラーニャは知っていた。

貴族の中には、自領の農業に興味がない者もいるし、王族が農業技術に疎いなどという話もざらである。それに上手くいったとしても情報の伝達範囲は、その王族の国に限られる。

ミーアの提案をなすためには……、大陸全土に、冷害に強い小麦の知識を広めるためには、まったく違った種類の者たちに情報を流さなければならなかった。

ラーニャが目を付けたのは、国をまたいで交易する商人たちである。

その中でも、儲けに目がくらみ、情報の独占をしたがるような者たちではだめだ。それを広めることの意義を理解し、協力してくれるような者でなければならない。

そんなわけで、この祭りの期間中に、ペルージャンを訪れる商人たちにラーニャは目を配っていたのだ。そして、こっそりと、父との会談を盗み聞きしていたりもしたのだ。

……ラーニャのちょっぴりいたずらっ子な一面が光る行動である。

結果、彼女はティアムーンに害をなそうとする企みを耳にすることになったのだ。

「申し訳ありませんでした。ミーアさま、私の父のせいで……」

またしても謝ろうとするラーニャに、ミーアは首を振って見せた。

「いいえ、むしろ、帝国のごたごたにペルージャンを巻き込んでしまいましたわね。申し訳ありませんでしたわ。それに、ペルージャン国王の複雑なお気持ちも理解できますわ。帝国貴族の態度はあまりよろしくはありませんから……」

まぁ、そもそもの話、その状況を作ったのはミーア自身のご先祖さまなわけで、さらりと自然に帝国貴族の態度に責任誘導をするあたり、ミーアも手慣れたものである。

ともあれ、ミーアは小さくため息を吐き、

「やはり、ペルージャン国王と直接お話しする必要がありますわね」

覚悟を決めて言うのであった。

第十八話　ケーキのお城⇔お城のケーキ

ラーニャと合流したミーアは、そのままペルージャンの王都に向かった。

途中、いくつかの村に立ち寄ったミーアは、そこでも収穫のお手伝い（果物狩り）を満喫した。ルビワの件で味を占めたミーアは、そのつど、採れたて農作物を食し、大変に充実していた。

ちなみに、そのつど、食べすぎにならないように、アンヌとルードヴィッヒが腐心していたのは、言うまでもない。

そうして、あと少しで王都というところで、ミーアは馬車の中から見える景色が変わってきたことに気が付いた。

豊かな緑色から、月影のごとき柔らかな黄金色へ。景色は色合いを変えていた。

「この辺りの小麦はまだまだ収穫が終わっておりませんのね」

　首を傾げるミーアに、ラーニャは微笑みを浮かべる。

「はい。城の近くの土地は、六日かけて刈り取ることになっています。国中の十歳を超えた長子が集まって一斉に刈り取り、その後に感謝祭を執り行うのです」

　ペルージャンの収穫感謝祭は、神に感謝をささげる祭りの側面と、人口調査の側面を持っている。毎年、各家庭の長子が都に集まり、出産状況などを報告するのだ。

　そして、その中の選ばれた幾人かの者たちはこれから二年間、王の近衛兵としての務めを果たし、その後、自分たちの村に帰っていく。

　そして村に帰った者たちは農業を営みつつ、自身の村の治安を守ることになるのだ。

「なるほど。国を挙げてのお祭りですわね」

「あっ！　ミーアお姉さま、見えてきました！」

　ベルの歓声につられて、ミーアは前方に目を移した。

「あれが……、ペルージャンの王都オーロアルデア。なるほど。黄金の天（オーロ・アルデア）の農村とは、よく言ったものですわ」

　かつて、この国を訪れた帝国貴族は「黄金の町など名前負けもいいところだ。ただの貧乏くさい属国の、取るに足りぬ町ではないか」などと吐き捨てたという。

　けれど、ミーアは思う。その貴族も、きっとこの収穫の時期にここを訪れていれば、意見を変えたに違いない、と。

なぜなら、そこは、確かに黄金に飾られた広い村だったからだ。

豊かに実った麦畑が、規則正しい段々畑になっている。それは、さながら黄金の階段のようだった。そして、その頂上には四角い建物が建っていた。

——ふむ、珍しい形ですわね……。あの形、どこかで……。

「お城が気になりますか？」

ミーアの視線に気付いたのか、ラーニャが言った。

「ええ、変わった形をしておりますわね。なんだか、お城っぽくないですわ」

「ふふ、そうですね。私たち、ペルージャンの城は、戦うためのお城ではありませんから。城壁もありませんし、見張りが立つ塔もありません。壁は薄くて、木で作られています。だからでしょうか、民からは親しまれていて……。うふふ、お城を模した伝統的なケーキもあるんですよ」

——ああ！　そうですわ！　ケーキ！　あの色合い、いい感じに焼いたケーキにそっくりなんですわ！

それで親しみを感じたのか、とミーアは一人で納得する。

——それにしても、あのお城を模したケーキ……、どんなものなのかしら？　まさか、大きさは、あのサイズだったりするのかしら？

「ご興味がおありですか？」

「ええ、とても！」

ミーアは、ふんふん、と大きく頷いた。

――ああ、そうか。やはり、ミーアさまは、そこが気になるのか……。あの城に住まう王族の考えが……。

ミーアの反応は、ルードヴィッヒにとって、ある程度、予想の範囲内のものだった。

ルードヴィッヒは、無論、ペルージャンの城のことは知っていた。

戦のことをまったく計算に入れていないその構造は、極めて特異なものだった。

帝都ルナティアの白月宮殿は、美しさを重視した設計になっているが、それだとて、まったく

城としての機能を持っていないわけではない。

城とは多かれ少なかれ、そういうものなのだ。

にもかかわらず、ペルージャンの城は、それをまるで度外視した造りになっている。それは、城というにはあまりにも無防備な建物だった。

威圧的な無骨さよりも、素朴さ……、あるいは、のんきささえ感じてしまうような城だった。その理由は……。

「おかしなお城でしょう？　きっと戦になれば、簡単に焼かれてしまうでしょう。でも、どちらにしろ戦になれば、田畑は焼かれてしまいますから。立派なお城だけ残っても何の意味もありません」

ラーニャはこともなげに言う。

そう、それこそが、国土の大部分を農地にするペルージャンの基本戦略だった。戦争における勝利条件自体が、他国とは異なっているのだ。

自国の領土が戦場になった時点で、ペルージャンの負けなのだ。ゆえに、彼らは通常の小国のよ

うに、後ろ盾となる国からの援軍が送られてくるのを待つような、遅滞戦闘でさえする気がない。

そもそも、戦争自体をするつもりがない。戦争自体を遠ざけるように立ち回ることこそが、彼らの戦略の基本線。そして、ひとたび戦が起きれば、仕方がないという割り切りが、そこにあった。

戦のための備えなどするだけ無駄。ならば、しなくてもよい。

無論、ティアムーン帝国の武力を背景にした威圧と、聖ヴェールガ公国の敷いた倫理観によって生まれる「戦争の起こしづらさ」は、戦略の根底に存在している。それを最大限に生かすように外交的に立ち回りもするだろう。

されど、そこに絶対の信頼を置くことなど、ルードヴィッヒには考えられなかった。

彼は、そこまで人間の理性を信じることができないのだ。

戦争が起きた時には諦める、というのは、大飢饉が起きた時には、いくら食糧を貯め込んでいても足りなくなるのだから諦める、と言っているのと同じように、ルードヴィッヒには思えてならなかった。

ゆえに、彼自身も気になっていた。

ラーニャ姫が、どのような考えを持っているのかと……。

「そのように、諦めきれるものですか？　ひとたび戦争が起きればすべてを失う。だから、起きてしまったら素直に諦めると……そのように、割り切れるものなのですか？」

姫同士の会話に口を挟むのは気が引けたが……それでも彼は聞いていた。

その問いかけに、ラーニャは一瞬考えこんでから……、

「そういう諦めは確かにあると思います。けれど、私は思うんです。あれを最初に建てた私のご先

祖さまは、きっとあれに理想を見ていたんじゃないかって……」

「理想……ですか？」

「いつか、戦うためのお城なんか必要なくなる時代が来る……。食べるものがみんなに行き渡れば、きっと平和になって、猛々しいお城なんかいらなくなるんだって……、その時に、世界中のお城は、ああいう平和な形になるんじゃないかって……」

そう言って、ラーニャは照れ笑いを浮かべた。

「なんて……ごめんなさい。変なことを言ってしまって……。おかしかったですよね？」

それは、確かに滑稽な話だ。

ルードヴィッヒから見れば幼い子どもの夢物語にしか見えないものだ。

けれど、彼は知っている。彼の主君であるミーアは決して、その夢を嗤うことはないと……。だから、ミーアの顔に浮かぶのは、

「おかしくなどありませんわ。とても素敵なことですわ」

穏やかな笑みだった。

――やはり、ミーアさまは、そうおっしゃるだろう……。

その夢が、その理想が、いかに現実離れしていたとしても、ミーアは決して、その努力を嗤うことはない。

そして、同時にルードヴィッヒは、こうも思うのだ。

もしかしたら、ミーアであれば……、そんな夢物語さえ、実現してしまうかもしれないと。

そんな畏怖すら覚えながら、ミーアのことを見ていたからだろうか……。

「うふふ、とっても素敵ですわ、お城のケーキ」

――お城のケーキではなく、ケーキの城だと思うが……。

ミーアのちょっとした言い間違いを微笑ましく感じてしまうルードヴィッヒであった。


………言い間違いだろうか？

第十九話　二人の姫は黄金の坂道を上る

「あら……？　あれは……」

王都へと続く道へと馬車は向かっていた。段々畑の合間を通る坂道、その近くまで来た時、ミーアはふと気付いた。

道の両側に人々が立ち並んでいる。それは、まぁ別にいい。帝国の皇女をおもてなししようというペルージャン側の表明なのだろう。

仮にも帝国皇女のミーアだから、国民を挙げての歓迎程度で驚きはしない。

その程度ならば慣れているのだ。

けれど問題は坂道のほう……、黄金色に飾られた道のほうだった。

「はて……、王都に向かう道が段々畑と同じ色に……」

「あれは、小麦を道に敷いているんです」

ミーアの疑問に、傍らのラーニャが答える。

「国賓が道を通る時には、都へと至る道を綺麗に掃除して、それから道を黄金に染めること、それこそが我がペルージャンのもてなしです」

「なっ！　それでは、あれは、すべて小麦なんですの？」

ミーアは慌てて、前方に目を移す。

「はい。最上の小麦こそが、我がペルージャンの宝。ゆえに、姫殿下をお迎えする道を、それで飾るのです」

——な、なんてもったいないことを！

ミーアは内心で悲鳴を上げる。けれど、同時にこうも思ってしまう。

ああ、実に、貴族が好みそうなもてなしだ、と……。

いかにもったいないことをするか、いかに無駄遣いをするか、そこにもてなしの心を求める者こそが貴族。自分のためにいかに無駄遣いをしたかで判断するのが、貴族というものなのだ。

だからこそミーアも、この歓迎を当然のこととして受け止めていたことだろう……前の時間軸の彼女であれば……。

されど、ミーアは、もう知ってしまったのだ。

食べ物がない時にする後悔の苦さ……。空腹の時に「あの時、無駄にした食べ物が今あればなあ」と思う、むなしい気持ち。

あの空虚な後悔は、一度でも体験すれば十分だった。だから……。

「馬車を止めなさい」

ミーアは御者に馬車を止めさせる。それは、黄金の道の少し手前のことだった。

「ミーアさま、なにを？」

きょとん、と首を傾げるラーニャに、ミーアは小さく笑みを浮かべて、

「少し、行ってきますわ」

それだけ言って、馬車を降りてしまった。

突如、降りてきたミーアに、路肩の民衆は呆気にとられた様子だった。

ミーアは、そんな彼らに、朗らかな笑みを浮かべて言った。

「みなさま、わたくしはティアムーン帝国皇女、ミーア・ルーナ・ティアムーンですわ」

スカートの裾をちょこんと持ち上げ、ミーアは言った。

「このたびは、このように素晴らしい歓迎を感謝いたします。みなさまの好意を、わたくしは嬉しく思いますわ。ありがたく受けさせていただきますわね」

それから、ミーアは静かに顔を上げ、王都へと伸びた黄金の道を見上げた。

「けれど、この美しい小麦を踏み潰してダメにしてしまうことは、わたくしの本意ではありません」

そう言うと、ミーアは静かに靴を脱いだ。

「小麦は食べてこそ真価を発揮するもの。ですから、どうぞ、わたくしが通った後で、この小麦、

食べられるようにしてくださるかしら？　うーん、そうですわね、あのお城形のケーキを作るのなんか、最高のおもてなしだと思いますわ」

そうして、躊躇なく裸足になると、黄金の道に足を踏み入れた。予想していたような硬さはなく、麦は優しくミーアの素足を受け止めてくれた。

「みっ、ミーアさま！」

「ああ、ラーニャさん、あなたも一緒に行きましょう。どうぞ、わたくしをエスコートしてくださいな。後の者は、馬車と一緒に道の麦が拾い上げられたら来なさい」

「は、はい。わかりました！」

大慌てで、ラーニャも靴を脱ぐと、すぐにミーアの横に並んだ。

そうして、二人の姫は歩き出した。

皇女ミーアの態度に、民衆は驚嘆する。

未だかつて、この黄金の道を、自らの足で歩いた貴族はいなかったからだ。

ある者は、小国の卑屈なもてなしだと嗤った。

ある者は、くだらぬもてなしだと見向きもしなかった。

心ある貴族ですら、仕方がないと受け入れた。

そうして、豪奢な馬車が、自分たちの小麦を踏み潰して汚すのを、農民たちは何とも言えない気持ちで見つめていた。

誰も、自分の労苦の実りを踏みつけられて、気持ちの良い者などいない。されど、国のためを思い、仕方なく道に最上の小麦を敷き詰めたのだ。

けれど、この姫は、農民の労苦を馬車で踏みつけにすることを良しとせず、それどころか、靴さえ脱いで、そのうえでもてなしを受けると言った。

彼らが飾った道を通らないこと、それはもてなしを拒絶することになる。だから、その上を馬車で、土足で、通ることはせず、生身の足をもって歩くことを自らの誠意としたのだ。

その上で彼女は所望する。

城を模したケーキが食べたい、と……。

ペルージャンの民が誇りとするところの小麦を使い、彼らの王族の宮である城を模したケーキを食べたいのだ、と。

自分たちの誇りに対する皇女ミーアの敬意を、彼らは確かに受け取った。

人々の口から、歓迎の声が迸（ほとばし）る。それは、嘘偽りのない歓迎の言葉。自分たちの姫の友人に、自分たちの大切な客人に向けた、心からの歓迎。

その歓声の大合唱に包まれて、ミーアとラーニャは王都、黄金の天の農村（オーロ・アルデア）に入るのだった。

黄金の道を並んで歩く二人の姫君。

その気高き姿は、ティアムーンとペルージャンの関係に、新しい時代が来たことを感じさせるものだった。その姿を見ていた、とある農民の手により、この時の情景は一枚の絵になった。

絵のタイトルは「黄金の道を行く、二人の姫」。

その荘厳な絵とともに、黄金の道を裸足で歩く二人の姫の逸話は、さまざまな脚色を加えられて、長く語り継がれることになるのだった。

第二十話　帝国の叡智からは逃げられない

「あれが……帝国の叡智、ミーア・ルーナ・ティアムーン、か……」

ペルージャン国王、ユハル・タフリーフ・ペルージャンは、黄金の坂道を上ってくるミーアの姿を見ていた。

大歓声に沸く民衆、その声に偽りがないことが、彼にはわかっていた。

今日、帝国の姫を迎えるために集まった民衆、嫌々ながら集まった彼らが、今では、心からの歓迎の意を示している。

「このような方法で、民の心をつかもうとは……。見事な知恵だ。帝国の叡智は貴族社会のくだらない慣習にとらわれずに実利をとる、か……」

人心掌握のために、商人のごとく王侯貴族の常識を簡単に切り捨てる……。その姿勢に、ユハルは忌々（いまいま）しさを覚えた。

「心の中では我らを見下しつつも、外面だけは我らに敬意を見せるか……。小賢しい娘だ……」

ユハルは知っている。

「誇りなど、実利の前では何の意味もない」と、そのように合理的に考えられる者が、貴族や王族の中にもいるということを。

きっと、皇女ミーアというのもその類いの人間。誇りよりも利益を重んじることができる現実主義者（リアリスト）に違いないと、彼はそう判断した。

「しかし、ミーア姫はあの小麦のことを知っていたのだろうか……？」

普通、小麦には小さな棘（とげ）があり、素肌に触れると痛みやかゆみを発するようになる。

ペルージャンの小麦は品種改良により、ほとんどそのようなことは起こらないようになっているが……、その小麦の習性をしっかりと見抜いたうえで、安全を確信しての行動であれば、侮れない観察眼と機転だった。

「あるいは、どちらでもよかった、か……」

ユハルは、思わずハッとする。

もし、あの小麦を踏んで足にケガをしたとすれば、それを理由になにか無茶な要求をするつもりだったのかもしれない。相手をもてなすために、ペルージャン側が配慮を欠くとも思えないが、配慮を欠いていたとしても構わない、と……そういうことであったのかもしれない。

「小麦の知識を持っていたか、ペルージャン側の配慮を計算したか、もしくは、棘があっても構わないと思っていたか……」

いずれにせよ、ミーアの行動が、あくまでも計算に基づいてなされたものなのだと、ユハルは判断した。

あるいは……、もしかすると彼はそう思いたかっただけなのかもしれない。

いつか見返してやるべき帝国の姫は、強大な相手でなければならなかったから……。

強大で冷酷な……敵でなければならなかった。油断すると自分たちを踏みつけにするような、あるいは、民を思いやるふりをしながらあっさりと切り捨てる……そのような者でなければならなかった。

決して思いやりを持った者であっては、ならなかったのだ。

だって、そうでなければ、危険を冒して戦うことができなくなるから……。

ユハルは自分の信じたいものを信じ、見たいものを見た。

都合のよい虚像を見てしまったのだ。

「しかし、この黄金の天の農村（オーロ・アルデア）を訪れる、初めてのティアムーン帝国皇帝の関係者が、まさか、歩いてこの坂道を上ってくるとは……。わからぬものだな……」

その時だった……。彼の脳裏に微かな違和感が生まれる。

それは……ある種の揺らぎのようなもの。湖面に生じた波紋のごとく、彼の記憶が揺らいで、そして……。

「……いや、そうではないか。先代の皇妃さまがいらしたことがあったか……？　だが……、いや、あれは……夢のことだったろうか……？」

淡くはじける記憶の泡、それが夢か現（うつつ）か……。ユハルは、自身のあやふやな記憶に当惑し、それを誤魔化すようにゆっくりと首を振った。

「記憶の混濁（こんだく）か……。ふふ、年は取りたくないものだ……」

そうして、枯れた笑い声を上げた。

「ミーア皇女殿下、遠路をはるばるいらしていただきまして……」

ミーアが黄金の坂を上り切ったところで、ユハルはミーアの前に出た。

「お初にお目にかかります。ミーア姫殿下。ペルージャン国王、ユハル・タフリーフ・ペルージャンにございます」

そうして、彼は片膝をついた。

いかに相手が帝国皇女だとはいえ、仮にも一国の王のとるべき態度ではない。

けれど、ユハルもまた必要とあらば、誇りを捨てることができる者だった。属国の王の挨拶は、卑屈なぐらいでちょうどよい。特によからぬ企みを腹に秘めた今は、余計な詮索をされてはならない。

「これは、ご丁寧に、陛下。わたくしは、ミーア・ルーナ・ティアムーンですわ。以後、お見知りおきを」

スカートの裾をちょこんと持ち上げて、ミーアは言った。

「娘たちがすっかりお世話になっておりますのに、ご挨拶にうかがうこともせずに、申し訳ありません。そのお詫びというわけではございませんが、今夜は歓迎の宴を用意しております。長旅でお疲れでなければよろしいのですが……」

「ああ、それは実に素晴らしい。何の問題もございませんわ。わたくし、どれだけ疲れていても、お腹がいっぱいでも、ペルージャンのお料理でしたら、食べられると思いますわ。この国のお料理は絶品ですもの。楽しみにしておりますわね」

満面の笑みで見え透いたお世辞を言って、それからミーアは、わざとらしく小首を傾げた。

「あ、そうですわ。それでしたら、一つお願いがございますの」

「お願い……、ですか。さて、それはどのような……」

「わたくしのための歓迎会には、ぜひ、シャローク・コーンローグ殿を同席させていただきたいのですわ」

「ほう……」

不意打ちのように出てきたその名前に、ユハルは、ちらりとラーニャのほうを見た。自分と目を合わせようとしない娘に、ユハルは内心でため息を吐く。

――ミーア姫に情報を流したか……。まさか、娘に裏切られようとはな……。

などと思いつつも、表情一つ変えずにユハルは言った。

「ですが、かの者はただの商人。ミーア姫殿下の晩餐会には相応しくないでしょうに。いったい、なぜ、そのようなことを?」

大国ティアムーン帝国の皇女を招いての晩餐会に、一介の商人を呼ぶのは不適切である、と言外に伝える。けれど、ミーアは朗らかな笑みをたたえた顔で言った。

「ええ、実は……」

とそこで遅ればせながら、ミーアの乗っていた馬車が追い付いてきた。

降りてきたのはミーアと同年代の二人の少女、それにメイドの少女と、眼鏡をかけた青年が一人である。

ミーアは、そちらに目をやりながら言った。

「実は、わたくしのお友だちのタチアナさんが、なんでもシャローク殿に大変な恩があるらしくて。ぜひ、直接お会いして、お礼を言いたいということなんですの」

ミーアの視線を受けて、一人の少女がぴくん、と緊張したように固まる。

――なるほど。すでに口実は用意してあるということか……。このぐらいは当然か……。

ユハルは、自分の娘より幼いミーアに一層の警戒心を持って当たることにする。

「うふふ、シャロークさんは、とても良い方みたいなので。わたくしもその時のお話とか聞いてみたいって思っているんですのよ？」

妖しげな笑みを浮かべるミーアに、ユハルは油断なく頷いた。

「そうでしたか……。それでは、そのように手配いたしましょう」

逃れることのできぬ帝国皇女の願いに、内心で舌打ちしながら……。

第二十一話　ミーアのネガキャン大作戦！

「うふふ、上手くいきましたわ。晩餐会にシャロークさんを引きずりこむことに成功いたしましたわよ」

ペルージャン国王の出迎えを受けた後、ミーアは城の一角に用意された部屋で休んでいた。

部屋の中には、アンヌ、ルードヴィッヒ、ベル、ラーニャ、そしてタチアナの姿があった。

みなを前にして、ミーアは上機嫌な笑みを浮かべた。

「しかし、ここから先はどうなさるおつもりですか？」

ルードヴィッヒは、眼鏡を押し上げつつ言った。

「帝国との取引をやめないように暗に脅すということはできるかと思いますが……」

「ふむ……、それをラーニャさんのいる前で口にするということは、本気ではありませんわね、ルードヴィッヒ」

「どうでしょうか？　あえてラーニャ姫にお聞かせすることで、脅そうとしているのかもしれません」

ミーアは、ちらりとラーニャの顔をうかがう。幸いにも、ラーニャは落ち着いた顔をしていた。それを確認してから、ミーアはルードヴィッヒに言った。

「では、はっきりと言っておきますわ。過去はいざ知らず、わたくしはペルージャンを力をもって屈服させるつもりはありませんわ」

前の時間軸、帝国は失敗した。

「力」でもって押さえつけたのでは「力」を失った時に簡単に寝首をかかれる。しかも、相手は気付かれぬように、こっそりと帝国の「力」を削ろうとするに違いないのだ。

あるいは、帝国の「力」と拮抗する「力」をどこかの国から借りてくるということも考えられる。

そのやり方では、ミーアの小心者（チキンハート）の心はいつまでたっても安心できないのである。だからこそ……、

「ペルージャン農業国は『信頼』をもって説得する。これしかございませんわ」

ミーアへの「信頼」があったからこそ、ラーニャは連絡をくれた。帝国が、自らの力でどうにもならない状況に陥った時に助けてくれるのは、力で屈服させた相手ではない。

信頼関係をきちんと築いておいた国なのだ。

では、そのためにどうするか？

ミーアの立てた作戦はシンプルだ。ミーアはこう考えた。「相対的に敵の信頼を落としてやればいい」と。

悲しいことに……、帝国貴族のこれまでの歴史を見れば、ペルージャンと確固たる信頼関係を築くことは簡単ではない。

ラーニャやアーシャとは個人的に親しくしているつもりのミーアであるが、それを全国民のレベルにまで広げるのは、時間がかかるわけで……。

——まったく、ご先祖さまもやらかしてくれましたわ。農業に対する差別意識なんか、植え付けたりしなければこのようなことにはなりませんでしたのに！

ともかく、帝国貴族の意識改革にも、ペルージャンからの信頼を勝ち取るのにも時間がかかるのだ。

ということで、ミーアは発想の逆転をした。

自分たちへの信頼感が上げられないのなら、シャロークへの信頼感を下げてやればいいじゃない？　と。

いわゆるネガキャンである。

ペルージャン国王の前で、シャローク・コーンローグの化けの皮を剥（は）ぐのだ。

――〝金のためなら容赦なく、徹底的になんでもやります〟というあの態度……あれこそが、バケモノじみた得体の知れなさをあの男に付与しているもの。もしかしたら、彼ならばやってくれるかもしれない、という期待感を生み出している要因ですわ。

だからこそ、彼が本当は、普通にいい人なのである、と……優しさも甘さも持ったただの人なのである、と見せつけてやるのだ。

そうして、ペルージャン国王が描いた妄想、シャロークに任せれば帝国を見返すことができるかも……などという甘い夢をぶち壊してやるのだ。

「ふふふ、目を覚まさせてやりますわ」

そのための切り札こそが……、

シャロークの過去を知る者、タチアナだった。

「そこで、タチアナさんの出番ということになりますわ」

実のところ、ミーアは、そこに一抹の不安を感じないではない。

なにしろ、タチアナはシャロークに恩のある者だ。その彼がミーアによって辱められることが、愉快であるはずもない。

――けれど、そのせいで証言を拒否されてはたまりませんわ。

だからこそ、ここで念を押しておく。ということで、

「言いましたわよね、タチアナさん。あの方次第、シャロークさん次第である、と……」

あいつが、なーんにもしなかったら、こんなことにはならなかったんですよー？　と。

まず、責任の所在をはっきりとさせておく。

自分は悪くない、とここに明示したうえで、

「これはあの方のためでもありますわ」

だらだらと帝国に敵対することは、シャロークのためにならない。傷口をいたずらに広げるだけですよ、とシャローク側のメリットをも強調。

これにより、タチアナの心理的負担の軽減に努める。

なんとも狡(こす)い手である。

そんな狙いに気付かれぬうちに、ミーアはタチアナに言った。

「だから遠慮など無用。嘘を吐く必要もない。全力であいつの頬を張り飛ばしてやればいいですわ！」

かくして、方針は決まった。


「……ところで、ミーアさま、その……足や肌は大丈夫ですか？」

「……はて？　なんのことですの？」

きょとん、と首を傾げるミーアに、ラーニャは少しだけ眉をひそめて言った。

「小麦に触れた部分に痛みやかゆみはありませんか？」

「そういえば、なんだか、足が少し痛がゆいような……」

「ああ、やっぱり……」

ラーニャは、ミーアの足元に跪(ひざまず)き、

「ミーアさま、失礼いたします」

ミーアを座らせると、素早く靴を脱がせた。

「いいですか？　ミーアさま。小麦にはとても細い棘があって、それが刺さると痛みやかゆみが生じます。あの道に敷き詰められていた小麦は、ペルージャンで品種改良をしたものですから、滅多にないことですけど、種類によっては大変なことになりますから、不用意に、あのようなことをしてはダメですよ」

「まぁ！　そうでしたの……。どうりで、チクチクすると思いましたわ……」

ミーアの脳裏に、触るとヤバいことになる炎のようなキノコが思い浮かんだ。

「それはラーニャさんにも申し訳ないことをしてしまいましたわ」

「私は慣れているので大丈夫です。でも、申し訳ありません。止める間もありませんでした」

「全然知りませんでしたわ。今度から気をつけますわね」

やはり、軽率な行動はとるべきではないな、と反省しきりのミーアであるが……。

「でも……、ミーアさまは、知っていてもやってしまうのではないですか？」

「……はぇ？」

「農民たちの誠意に応える方法があれしかなければ……、ミーアさまはそうなさるのではありませんか？」

「え、いえ……、そんなことは……」

と言いかけたミーアであったが……、周りを見て察する。

みーんな、たぶん、ラーニャと同じことを思ってるんだろうナァ、ということを……。

なので……。

「え、ええ、まぁ、そうですわね。必要でしたら、やってしまいますわ、たぶん……」

ついつい、流されるままにそんなことを言ってしまう……のだが……。

——あ、あら？　でも、これって、また同じような場面に出会ってしまったら、わたくし、ちょっと痛かったりかゆかったりしても、我慢してやらなければならなくなるような……？

ふと、そんなイヤァな予感を覚えてしまうミーアであった。

ラーニャはミーアの足をしげしげと観察してから言った。

「少し手当てをしたほうがいいかもしれませんね」

「なにか、薬があるんですか？」

医者志望のタチアナが興味津々といった様子で尋ねると、ラーニャは小さく頷いた。

「王都の中にクロリオの池という場所があります。そこの水は、かぶれや、かゆみを抑えたり、少々の切り傷には効き目があるといわれています。汗を流すのにも使われる場所なので、旅の汗を流してくるのがよろしいかもしれません」

第二十二話　ミーア姫、タチアナに刺される（……精神的に）

「ここがクロリオの池……。なるほど、綺麗な場所ですわね」

ラーニャに案内されたそこは、人工的な池だった。

木造の城とは違い、石が敷き詰められていて、整備が行き届いている。

池の水は澄み渡り、そよそよと流れる水音は、聞いているだけで眠気を覚えるような、平和な音だった。

「他の者には入らないように言っておきましたから、こちらで汗をお流しください」

池は、四方を壁で覆われており、外からの目が届かないようになっていた。

「ふむ、まぁ、お風呂みたいなものですわね。屋根がないのは少し気になりますけれど……これならば、汗を流すことはできそうですわ」

そうしてミーアは、そそくさと靴を脱ぎ、着ていた服もチャチャッと脱ぎ捨てる。

傍らに控えていたアンヌに手伝ってもらい、水浴用の、上下一体の服に着替えたミーアは、

「ほら、ベルも汗を流しておきますわよ。タチアナさんも、今夜は晩餐会に出ていただくのですから、しっかりと体を洗っておいてくださいませね」

などと、いささか〝できるお姉さん〟ぶったことを言う。が……、ふと、ベルの足元を見た瞬間、ミーアの体が固まった。

「はい、わかりました、ミーアお姉さま！」

元気よく返事をしたベルは、服をすべて脱ぐと綺麗に畳んで置いていた。

その隣でお着替え中のタチアナもまた、畳んでいる。医の道を志すものとして几帳面な性格なのか、ベルよりもさらに丁寧に畳んである。

「…………」

一方のミーアの足元……、そこには、脱ぎ散らかされたドレスがあった。

ミーアは帝国皇女である。大国の姫である。

顎で使用人を使える立場で、だから、脱いだ服とか気にする必要は微塵もない。後でアンヌが整えておいてくれることに、疑いの余地はない。ないのだが…………、ミーアは二人にバレないようにサッサッと服を整えた。

必要の有無ではない。二人よりもお姉さんであるというプライドが問われているのだ！

「では、参りますわよ！」

最初から、自分も畳んでましたよー？　という風を装って、何食わぬ顔で、ミーアは池のほうへと向かった。

水面に、ちょこんとつま先をつけてみる……、と、水は思ったよりは、冷たくはなかった。けれど、歩いてちょっぴり熱くなった足を冷やしてくれて、なんとも心地よかった。

さらに、膝の辺りまで沈めてみると、先ほどまでチリチリと感じていた足の裏の痛みが、嘘のようにスッと引いていった。

「ああ、なるほど。確かに効きますわね。これは、どうなっているのかしら……？」

「湧き水の中には傷に効くもの、疲れをとるものなど、いろいろな効能を持ったものがあると聞きます」

遅れてやってきたタチアナが説明してくれる。

「まぁ、そのようなものが……」

などと言いつつ、ミーアは自分の足の状況を確認する。

見た感じでは……よくわからなかった。

――まぁ、地下牢のあの石のゴツゴツした床で切ったりしたこともありましたし、このぐらいは大したことでもないのですけど……。

地下牢とギロチンによって鍛えられたミーアは、小麦程度では動じないのである。

「ミーアさま……、大丈夫ですか？　私……」

アンヌが心配そうな顔で近づいてきたが……、

「あ、よろしければ、私が見ましょうか？」

そこで、タチアナが小さく手を挙げた。

「ああ、そういえば、医学の知識があるのでしたわね。そうですわね。でしたら、アンヌはベルのほうを見てもらえるかしら？　きちんと恥ずかしくないように、洗ってあげて」

「あ………、はい。わかり、ました」

アンヌは、一瞬息を呑んだように黙ってから、小さく頷いた。

――はて？　変ですわね……。

と、そこでミーアは気が付いた。なんとなくだが、アンヌに元気がないような……。

――ただ疲れているだけであればよろしいのですけれど……、これは池から上がったら確認しておく必要がありますわね。

夜にはシャロークとの対決が控えているのだ。後顧(こうこ)の憂いはとっとと断っておくべきだろう。などと思いつつ、ミーアは足を引き上げた。

タチアナは、足の裏の様子を見てから、ミーアのふくらはぎを軽く揉んだ。眉間にかすかにしわを寄せ、難しい顔をする。

「あら？　もしかして、そんなところにまで腫れが？」

「いえ、旅の影響で、少しこっているのではないかと思いまして……」

と言いつつ、ふにふに、ふくらはぎを揉み解してくれる。

「まぁ、そんなこともできますのね。それにしてもいい気持ちですわ」

試しにミーアも、反対のふくらはぎを揉んでみる。……と、なんだか、前よりちょっぴりＦＮＹっとしたような気がしたが……、まぁ、たぶん、気のせいだろう。

そう気楽に考えていたのだが……。

「あの、ミーアさま……、このようなことを言っては、失礼に当たるとわかってはいるのですが……」

ふと顔を上げると、タチアナが真剣な顔で見つめていた。

もしや、小麦のトゲが思ったより大変なことになっていたのだろうか……？　などと若干心配になりつつ、ミーアは尋ねる。

「なにかしら？」

「この旅が始まってから、ずっとミーアさまのお食事を見させていただきましたが……、食べすぎだと思います」

「………はぇ？」

ぽかん、と口を開けるミーア。そんなミーアのふくらはぎを、ふにふに揉んでから、タチアナは、なにかを確認したように頷いて……。

――なっ、なにを確認したのですのっ⁉

「甘いものを食べすぎると、お体に障ります。肥満は健康を害することに繋がります」

「ひっ、肥満……ですの？」

「はい。今はまだそこまでではありませんが……。甘いものをたくさん食べると、太って、健康を害するのです」

まだ、そこまでではない……。

まだ……、ということは、いずれ、というのがあるということで……。

そこまでではない、というのは、ちょっとはそうであるということで……。

タチアナの容赦のない、衝撃的な言葉を、一言一言反芻しつつ……、ミーアは無言で、そばにいたベルの二の腕をつかんで、ふにょふにょした。

「ひゃんっ！　み、ミーアお姉さま、くすぐったいです」

孫娘の悲鳴のような笑い声を聞きながら、ミーアは自らの二の腕をふにょふにょしてみた。FNY比べの結果……、

「………っ！」

自分のほうが……FNYっとしていた！

ここに来て、ミーアはついに認めざるを得なくなった。

自分は失敗した……。食べすぎたのだ！

「食べものには気を使われたほうが良いと思います。大切なお体なのですから……」

そうして、タチアナは真面目な顔で言うのだった。

「ふ、ふふふ、ええ、そうですわね。あなたのその、物怖(ものお)じせずに必要な注意ができるところは、とても素晴らしいと思いますわ。医師として、きっと必要になってくる資質だと思いますし……」

ミーアは、若干震える声で、そう言った。

「ぜ、ぜひ、その率直さを失わずにいていただきたいものですわ。ああ、もしも、あなたが、その、言葉を選ばない実直さで窮地(きゅうち)に陥ったりした時にはわたくしを頼りなさい。必ず助けてあげますわ」

基本的にミーアは、助言をしっかりと聞くことができる人である。

けれど、同時に「ミーアさま、ちょいFNYだから気をつけたほうがいいですよ！」などという助言で傷つくのが自分だけだなんて、許せない！　と考える、ちょっぴりアレな人でもあるのだ。

ということで、ミーアはタチアナが気兼ねなく助言できるように、フォローを入れておくことにしたのである。

周りを積極的に巻き込んでいくスタイルである。

――きっとエメラルダさんあたりも、隠れFNYですわよ。そうに決まってますわ！　ふふ、わたくしと同じ、屈辱に震えると良いですわ！

それから、ミーアは考える。

――ふむ……、とはいえ、ペルージャンのお野菜は新鮮なものですし、果物もとても体に良さそうな……みずみずしいものでしたわ。晩餐会までも時間がありますし、少しぐらいなら食べても大丈夫

なんじゃないかしら……？　この国の王都に来て買い食いをしないなど、それこそ失礼な話ですし……。

などと悪だくみを始めるミーアだったのだが……。


さて、水浴びを終えたミーアは、そのまま部屋に戻ってきた。

遊びに行きたそうにしていたベルをタチアナに任せて、さらに引率をルードヴィッヒにお願いしておく。ついでに、食べ物のリサーチをお願いしておくのも忘れない。

――この国にいる間に食べるべきものと、持ち帰ることができるものとの見極めが大事ですわ。

先ほど、食べすぎを指摘されたミーアであったが、すでに切り替えていた。

ミーアは、正しい忠言にはしっかりと耳を傾けるほうである。なるほど、確かにタチアナの指摘通り、この旅の間、自分は食べすぎていた。それは認めよう。健康を害するし、なにより、二の腕のフニフニ感はミーア自身気になるところではある。

それゆえに……、ミーアは考えた！　頑張ろう……、この旅が終わったら……と。

――旅というのは、特別なもの。それほど頻繁にあることではありませんし、ペルージャンでしか味わえないお菓子……ではなく、経験というのもあるはず。であれば、それをしないのはもったいないことですわ！

そうして、ミーアは割り切ることにした。

この旅の間は、目をつむろうじゃないか、と。

それは……「明日から頑張ればいいじゃない」という、サボる時の常套句を格上げしたような、なんともアレな決意ではあったが……。ともあれ、ミーアは決意を固めたのだ。

だが……、その前に……、

「アンヌ、少しよろしいかしら？」

「……はい？　なんですか？　ミーアさま」

水浴びにより、しっとり湿ったミーアの髪を梳きながら、アンヌは首を傾げる。

今はそうでもないが、先ほどは様子がおかしかったアンヌである。今のうちに話を聞いておこうと、ミーアは考えたのだ。同時に、心を開いて話してもらうには、もっと明るい状況が好ましいだろう、とも考える。……例えば、買い食いの最中とか。

ということで……、

「この後、晩餐会まで少し町に出て買い食いにでも……」

「いけません！　足のおケガもあるのですから、時間までこのお部屋で休んでいてください」

「……はぇ？」

珍しく、強い口調で否定するアンヌに、ミーアは目を白黒させた。

「あっ……」

見ればアンヌも、驚愕の表情で固まっていた。どうやら、自分で言ってしまった言葉がショックだったらしい。小さく唇を震わせて、絞り出すように、

「もっ、申し訳ありませんっ！」

勢いよく頭を下げると、そのまま踵を返して、部屋を出ていこうとする。

「ちょっ、待ちなさい。アンヌ！」

ミーアは、慌ててその手をつかんだ。

「一人でどこへ行くつもりですの？」

「……っ！」

セントノエルや帝都ならばいざ知らず、ここは異国の地である。案内もなく飛び出したら、迷ってしまうだろう。目を見開いたアンヌに、ミーアは小さく微笑んで、

「うふふ、最近はしっかりしてきたと思いましたけれど、やっぱりアンヌはそそっかしいですわね」

それから、静かに瞳を閉じた。

「でも、まぁ、そうですわね。アンヌがそう言うならばここで休むことにいたしましょうか。髪の手入れを続けてくださらない？」

「はい……、申し訳、ありません」

再び、頭を下げるアンヌ。やっぱり、その声には元気がないように感じた。

「ねぇ、アンヌ、なにかありましたの？　なんだか、先ほどから元気がないように見えますけど……」

ミーアの指摘に、アンヌは一瞬息を呑んでから、ぽつり、ぽつりと話し始める。

「ミーアさまが、あの小麦の上を歩こうとされた時……、私は止めることができませんでした。その結果、ミーアさまのおみ足に……。しかも、そのことに全然気付かなくて……」

「ああ、あれは……。余計な心配をかけてしまって申し訳ないと、わたくしも大いに反省しておりますわ。今回は少し無茶が過ぎたと……」

「それだけじゃ、ないんです……」

アンヌは、声を震わせる。

「タチアナさんの言ってたこと……本当は、私がミーアさまにお伝えしなければならないことだったのに……。食べすぎだって……お止めしなくてはならなかったのに……私は……その務めを果たすことができませんでした……」

うつむくアンヌの瞳に、じわりと涙の粒が膨らんだ。

「私が……もっとしっかりしないと……タチアナさんみたいに……、ミーアさまのお体に気を使って……」

「アンヌ……」

ミーアはアンヌの肩に、ポンと優しく手を置きつつ……。

——まっ、まま、まずいですわ。

内心で、焦りまくっていた！

——もしも、アンヌがタチアナさんに刺激されて、甘いものを一切許さない！　なんて言い出したら、一大事ですわ！

無論、ミーアは都合の良い人間ばかりを自分の周りに置くことの危うさを、よく知っている。

アンヌには忌憚（きたん）ない意見を言ってもらいたいし、必要とあらば諫（いさ）めてもらいたいとも思っている。

けれど、そのうえで、アンヌには、ちょっぴり甘くしてもらいたいミーアである。

必要とあらば、ミーアを恐れず注意をしてくれる、けれど……大抵の場合は、優しく甘やかしてくれる……そんなアンヌのままでいてもらいたいのだ！

なんとか、アンヌの思考の方向を変えなければ、と知恵を絞った末、ミーアは小さく笑みを浮かべた。ミーアが笑ってごまかす時によくやる笑い方である。

「アンヌ……、あなたの気持ち、わたくしはとても嬉しく思いますわ。そのうえで言っておきたいですわ」

ミーアは懸命に思考しつつ……、言った。

「アンヌ、あなたは……誰？」

「え？　私……私は……」

「あなたは、アンヌですわ。タチアナさんでも、ルードヴィッヒでもない。あなたはアンヌ、誰よりもわたくしが信頼する、わたくしの大切な腹心ですわ」

アンヌはタチアナとは違う。だから……、別に甘いものを食べることに、そこまで厳しくする必要はないんだ、と、ミーアは力強く、切々と訴えかける。

「あなたには、あなたのまま、わたくしのそばにいていただきたいんですの。もちろん、アンヌが算術を頑張ったり、お料理の腕前を鍛えたり、馬に乗れるようになったり……、そうしたことを頑張るのは止めませんわ。けれど……、無理をして他の人になる必要はどこにもありませんわ」

「み、ミーアさま……」

アンヌは、瞳をパチパチと瞬かせた。その瞳からは、大きな粒になった涙がこぼれ落ちる。それを指で拭ってから、ミーアは言った。

「いいですわね、アンヌ。あなたは、ずっとあなたのままでいて。それこそがわたくしの願いですわ」

「はい……、はい！　ありがとう、ございます……」

声を震わせるアンヌに、ミーアは……、どうやら上手くいったようだ、と胸を撫でおろすのだった。


……けれど、話はそれで終わらなかった。

「ただいま戻りました。ミーア姫殿下」

ベルとタチアナを連れたルードヴィッヒが帰ってきたのは、空が赤く染まり始めた頃だった。

「ああ、帰りましたのね。楽しかったかしら？」

ミーアの問いかけに、ベルが腕をぶんぶん振った。

「すごかったです、ミーアお姉さま！　ボク、あんなに美味しいもの、初めて食べました。もう、お腹いっぱいで」

「あら？　では、今夜の晩餐会は……」

「何言ってるんですか、ミーアお姉さま！　お夕食は別腹ですから！」

ミーア、反射的にベルの二の腕をつかんで、ふにふにする。

「きゃんっ！　み、ミーアお姉さま、くすぐったいです」

「これは……、腕をぶんぶん振ってるから、こうなのかしら……。なんか、納得いきませんわ……」

などというやり取りをしつつ、ミーアはルードヴィッヒに目をやった。

「それで、農作物の調査ははかどったかしら？」

「はい。さすがはペルージャンです。見たことのない作物がたくさんありました」

と、そこで、一度言葉を切って、ルードヴィッヒは苦い表情で続ける。

「それに……、初めて知ることもたくさんありました。やはり、師匠の言っていた通り、実際に見てみないとわからないことというのは、たくさんありますね。俺は……まだまだです」

「あら？　どうかしましたの？」

「ミーア姫殿下、先ほどは申し訳ありませんでした。小麦のことを、私は知りませんでした」

そう言って項垂（うなだ）れるルードヴィッヒに、ミーアはちょっぴり驚いた視線を向けた。

「まぁ、アンヌに続いて、今度はあなたですの？」

「は……？」

「いえ、何でもありませんわ」

などと首を振りつつ、ミーアは……、ふむ、とうなった。

——まぁ、珍しくへこんでいるルードヴィッヒを見るのは、悪くはありませんけれど……。ともあれ、ルードヴィッヒにはこれからも活躍してもらわなければ困りますし……、それ以上に……。

ミーアはチラッとルードヴィッヒを見て、ほんのり危機感を覚える。

——これは……。ヤバイ臭いがしますわね。

本来、ルードヴィッヒは、知識の徒。優秀な文官ではあっても、その根っこの部分は、勉学を好む学者気質である。

まぁ、それ自体は特に気にする必要のないことであるのだが……。問題は、彼が教育熱心でもある、ということである。

そして、その熱心さが向かう先がどこなのか、ミーアはよく知っていた。

――先ほどの出来事は小麦の特性を知っていればできなかったこと。だから今後、わたくしがあのような無茶をしないように、しっかりといろいろ勉強してもらう、などと言い出されたらたまりませんわ！

切実な危機感に背中を押されて、ミーアは言った。

「ルードヴィッヒ、わたくしは思いますわ。この世のすべてを知ることは、人の身には到底できないことである、と」

「はい。ミーアさまですら、この世のすべてはご存知ないのだということは、私も知っております。だからこそ、私がミーアさまの足りない部分を、補わなければならないということも……」

「ルードヴィッヒ、わたくしは確かにあなたの知恵を求めましたわ。されど、あなたに全知の賢者になるように求めたことは一度もございませんわ。わたくしは、自分ができることは少ないということを知っている。だから、あなたにも全部ができるようになれなどとは言いませんし、すべてを知っているように求めようとも思わない」

ミーアはそれから、そっと胸に手を当てた。

「無論、あなたが、向学心のままに知識を得るのを、わたくしは止めはしませんわ。けれど……、わたくしは、自分でなんでも知り、なんでもできるようになろうとは思わない。わたくしは、自分の足りない部分は他人に頼るのが良いと思っておりますの。意味は、わかりますかしら？」

要するに……、ルードヴィッヒが頑張って勉強するのは、まぁ、別に知ったこっちゃないが、自分はそんなに勉強せずに、他人の頭を借りようと思う、と……。

そんな具合のことを、臆することなく豪語するミーアなのであった。


そのミーアの言葉に……ルードヴィッヒはハッとした。

今まで、考えてもいなかったことを指摘されたためだ。

自分は……ミーアの傍らで、帝国のために働ければ、なんでもいいと思っていた。

下働きでも、肉体労働でも……、どのような仕事でも、ミーアの助けになれるならば構わないと思っていたし、現にそのように働いてきた。

それは、いわば万能の副官として、各地を働きまわる役割だ。けれど……、

——ミーアさまは、俺に求めるのは万能の副官ではない、と……。そう言っておられるのか？

ミーアが示唆したこと、それは、専門家たちの力を取りまとめる存在だった。

すなわち……、それは……。

——俺に人の上に立つ地位に就くことを望むと、そういうことか……。上の地位、例えば宰相か……。

ミーアを女帝にしようと画策するルードヴィッヒ。その意気に応えるために、ミーアは、ルードヴィッヒにもまた、覚悟を問うているのだ。

自分のように、足りない部分を他人に頼る存在になるつもりはあるか？　能力のある専門家たちを、帝国に数多いる能吏を率いるつもりはあるか？　と。

帝国宰相……。それは基本的に貴族の爵位を持つ者が就くものだ。

仮に、ミーアの後ろ盾があったとしても、平民のルードヴィッヒがなるのは、極めて厳しい。

さらに、彼が味方に引き入れた同門の者たちを、能力で納得させる必要がある。彼らの上に立つのであれば、相応の器を見せる必要があるのだ。

それは、ミーアの手足となって身を粉にして働く以上に大変なことだった。個人の能力とは別の、人を見る目と指導力、忍耐力が求められるのだ。

――ディオン殿には、上に行ってもらうと言ったのだ。俺自身もまた……覚悟を決めなければならない、か……。

後の名宰相、ルードヴィッヒ・ヒューイットが帝国宰相の地位を志したのは、実にこの時であった。

かくてミーアは、アンヌの「忠誠」とルードヴィッヒの「覚悟」、それに自身にかかっていた美食的良効果（グルメバフ）「空腹」をそれぞれワンランク引き上げることに成功したのだった。

――うう、結局、買い食いには行けませんでしたわ……。こ、こうなったら、歓迎晩餐会で後悔のないように、食べまくってやりますわ！

そんな決意を胸に……ミーアは、運命の晩餐会に臨むことになるのであった。

第二十三話　運命の晩餐会～キノコ駆けつけ三杯～

その日の夜、ミーアはペルージャン国王の晩餐会に訪れた。

ケーキのお城の一室に設けられた宴会の席、横長のテーブルの上に並べられたごちそうを見て、ミーアは思わずゴクリ、と喉を鳴らす。

中央に鎮座しているのは、新鮮な緑色を誇る野菜、その野菜の表面には、料理人の手によって、見事な花の彫刻がなされている。その周囲には、同じく大きな野菜を、今度は容器代わりに使った料理が置かれていた。中に入っているソースをつけて食べるのだろうか、容器の周りには、いい具合に焼いた野菜が置かれている。野菜からの香ばしい誘惑にミーアのお腹の虫が呼応する。

さらに、先日食べたターコースの生地の上に、キノコがのせられているものがあって……。

——まぁ！　あれが、ペルージャンのキノコですわね。ああ、楽しみですわ……。どんな味がするのか……。

などという気持ちを、生唾(なまつば)と一緒に飲み込んで、ミーアは優雅に挨拶をする。

「陛下、このたびはわたくしのために、このような素敵な晩餐会を開いてくださり感謝いたしますわ」

「いえ、心ばかりのものですので……。ご満足いただければよろしいが……」

「うふふ、ご謙遜(けんそん)を。これほどの絢爛(けんらん)豪華なお料理、見るだけで心が躍ろうというものですわ」

ただでさえ、買い食いに行けずに空腹怪獣(ハラペコモンスター)なミーアである。

そんなミーアの瞳には、並んだ料理がキラキラ輝いて見えた。

晩餐会にはペルージャン国王ユハルとその隣に王妃、さらにその隣にはラーニャとその弟王子の姿もあった。

弟王子は、ベルやタチアナよりもさらに幼く、おそらく十歳に満たないのではないだろうか。目の前の料理をジッと見つめたまま、今にもよだれをたらしそうな顔をしているのがなんとも微笑ましい。

——ふむ、あれがラーニャさんの弟さんとお母さままですわね……。やっぱりラーニャさんにちょっぴり似てますわね。

ミーアには、兄妹はいないし、母親はすでに亡くなっている。家族は皇帝である父親のみである。別にそのことで寂しいと思ったことはなかったが……、でも、家族が多いラーニャがほんのちょっぴり羨ましく感じてしまうミーアであった。

まぁ、それはさておき、料理である。ミーアは自分の席にそそくさと向かった。

ミーアの席は王妃とは反対側の、国王の隣の席だった。

その隣にミーアベルが、さらにその隣にはタチアナが並ぶ。

さらに、ミーアの後ろにはルードヴィッヒとアンヌの忠臣二人が控えていた。ミーア的には、ほぼ完璧な陣容である。

——さて、こちらの準備は万端ですけれど……、シャロークさんは、まだかしら?

おそらく、ラーニャの弟の隣がシャロークの席なのだろう。その空席を、睨みつけるようにして、ミーアが待っていると……、

「失礼いたします。遅くなって申し訳ございません」

やってきたシャロークに、ミーアは小さく会釈する。

「ご機嫌よう、シャロークさん。お久しぶりですわね。またお会いできるなんて、思っておりませんでしたわ」

「ミーア姫殿下……、この度は、このような席にお呼びいただき、光栄至極にございます」

シャローク・コーンローグは、さすがに歴戦の商人らしく、過去のいきさつなど微塵も感じさせない完璧な愛想笑いを顔に浮かべていた。

「しかし、私のような、しがない商人に、姫殿下がどのような……」

と、言いかけたシャロークを片手で制し、ミーアは言った。

「とりあえず、食事がしたいですわ。会を始めませんこと？」

今は、まず食事である。食事ファーストである。

シャロークを倒すのはいつでもできるが、料理を美味しく食べられる時間は限られる。料理人がせっかく温かくした料理が冷めてしまってはもったいない。

というか、ミーア的に、もうお腹が限界である。ということではあるのだが……。

「そちらの、ラーニャ姫の弟君もどうやら、お腹が減っているみたいですし……」

さすがに自分が食べたいから催促するのは格好が悪い。ということで、こっそり他人に押し付けるミーアである。

一方の話を振られた王子は、ちょっぴり恥ずかしそうな顔をした。と同時に、クーッとお腹の音が鳴るのが聞こえた。それで、一瞬緊張しかけた空気は一気に和やかなものへと変貌を遂げた。

「それもそうですな。それでは、会を始めるとしましょう」

ユハルは、厳かな口調で晩餐会の開始を告げた。

晩餐会が始まるや否や、ミーアはさっそく目の前の料理に手を伸ばした。

まず、手前、ターコースの黄色っぽい生地の上にキノコをのせて焼いたものに手を伸ばす。一口大に切られたそれを一気に口の中に放り込む。

パリィッと生地が弾ける音、コリッというキノコの舌触り、トロッとしたソースの感触、食感三重奏に、ミーアの舌がステップを踏む。

続いて手を伸ばすのは、キノコの串焼きだ。先ほどのキノコより大きめな、黒いキノコ。鼻を近づけてみると、なんとも言えない芳醇な香りがミーアの鼻をくすぐった。

パクリとかじると、前歯を心地よく受け止める弾力感の後、ぷつ、っと歯が食い込む心地よい感触がする。味付けは塩のみのようだったが、むしろそれゆえに、淡白なキノコの、微かにして複雑な味を楽しむことができた。

さらにミーアは突き進む。今度はキノコを肉で挟んで焼いたものだった。

焼きたての肉からジワッと湧き出す肉汁と、キノコのシャク、コリッという食感、その見事さにミーアの口から思わず、

「素晴らしいお味ですわ……。シェフに最大限の賛辞を……」

などと、偉そうな感想が零れ落ちてしまったほどである。

気付けば、ミーアは欲望の赴くまま、キノコ、キノコ、キノコ、と三種のキノコ料理をお腹の中に放り込んでいた。

俗にいう、駆け付けキノコ三杯というやつである。

キノコを食べることで、胃袋を膨らませ、食べれば食べるほど食欲が湧いてくるというミーア第一の奥義である。

……まぁ、どうでもいい。

「ああ……素晴らしい。大変、美味ですわ。たまりませんわね！」

「まぁ、ミーア姫殿下は、とても美味しそうにお食事を召し上がるのですね」

王の隣に座った王妃が、優しげな笑みを浮かべていた。

「お料理が見事だからですわ。それに、このお野菜の新鮮なこと。キノコも絶品ですわ。このように、豊かな実りを生み出すペルージャンとは、ぜひこれからも変わらぬ友誼を結んでいきたいものですけれど……」

ミーアはチラリ、とシャロークのほうに目をやった。

シャロークは、ミーアの視線などどこ吹く風、とばかりに、料理を頬張っていた。

……そして、彼の前の皿に、肉料理ばかりが取り分けられているのを、タチアナが厳しい目で見つめていた。

第二十四話　運命の晩餐会～トゲのように蝕むもの～

「ユハル陛下、このたびは、このように素敵な席を用意していただき、感謝いたしますわ」

ミーアはかつてないほどに絶好調で、勝負の時を迎えようとしていた。

お腹は満腹、戦意も上々。

そのうえ、この場には頼りになる味方、ルードヴィッヒやアンヌが控えている。ラーニャもいざとなれば加勢してくれるはずだし、なにより、切り札のタチアナもいるのだ。

さらにさらに、空腹ミーアの食べっぷりを見て、王妃も弟王子も友好的な雰囲気。

——これは、どう転んでも負けませんわ！

まるで、十万の大軍で一万の敵を包囲殲滅(せんめつ)しようとする、大将軍のように……、絶対の勝利の確信と余裕を持ちながら、ミーアはユハルのほうを見た。

「いえ、こうしてわざわざ収穫感謝祭に足をお運びいただいたのですから、当然のことにございます」

腰の低い王に、ミーアは笑みを返す。

「なにをおっしゃいますか？　我がティアムーンとペルージャンの仲、わたくしとラーニャさんの仲ですわ。アーシャさんにもお世話になっておりますし、来るのは当然のこと。これからも、固い信頼関係を築いていければよろしいのですけれど……」

なにげない言葉の中で、しっかりとペルージャンとティアムーンとのこれまでの信頼関係を強調。そのうえで、シャロークの信頼を揺らして、国王の気持ちに揺さぶりをかけるつもりであった。のだけれど……。

「信頼関係……ですか」

王は、なぜか苦笑を浮かべた。

その顔が……なぜだろう……、ミーアは少しだけ気になった。

けれど、だからと言って、そこで立ち止まるわけにはいかない。

「ええ、友好的な信頼関係ですわ。ですが、実は、先日、よからぬ噂を聞いて、わたくし、大変に憂慮(ゆうりょ)しておりますの。なんでも、ティアムーン帝国に対しての小麦の価格を、飢饉に合わせて吊り上げようとされているとか？」

「……さて、なんのことでしょうか？　私にはさっぱりと……。第一、飢饉が来るなどと、そのようなことは誰にもわからぬことではありませんか？」

ユハルは、見るからに驚いた、という顔で、そんなことを言う。

「とぼけるのは、やめにしましょう。ユハル陛下。ペルージャンであれば、察しがつくのではなくって？　去年から、小麦の収穫量は減少傾向にある。これを機に、小麦の値段を吊り上げれば、なるほど、儲かりはするでしょうけれど、民は飢えることになりますわ。そちらの、シャロークさんの差し金かもしれませんけれど……、その方は……」

とても信用が置けない、ただのいい人ですわよ！　などと、続けようとしたミーアであったが……。

「ははは、なるほど。民を思うそのお心、お見事にございますな、ミーア姫殿下」

突然、笑い出したユハルに、ミーアはきょとん、と瞳を瞬かせた。

「民を思う、優しき慈愛の聖女のお姿、さすがでございます……。昨冬のあのやり方もお見事でしたな。我が娘の心もつかんだようですし、先ほどの小麦の道を行く演出も、あなたさまはどうやら、人の心を誘導する術をお持ちらしい。その御年(おんとし)にして、末恐ろしいことです」

ユハルは、静かな笑みを浮かべて、言った。

「民が飢えることのないように、と大義名分を掲げて、我が国を縛りに来ましたか？　そう言えば、私が、あなたの言葉に従うと？」

――ふむ……。

ミーアは、その言葉の中にあるトゲに気が付いた。

否、正確に言えば……、その前、信頼関係という言葉を口に出した瞬間から、それはあったのだ。それは鋭い剣のような敵意ではなかった。むしろ、注意していても気付かないほどの小さく細かいトゲ……。さながら、あの、小麦のトゲのようだった。

気付かず、無視して踏み抜けば、後で苦痛にのたうち回ることになる危険なトゲ……。決して油断して、無視しても良いものではない……。

そんな危険な兆候を敏感に察知して……、ミーアは……静かに手を伸ばす。目の前のテーブルの上にある、たわわなフルーツに！

甘いものを補充して、脳内を活性化させる作戦である。ミーアの常套手段である。

口に入れたペルージャンベリーの甘味と酸味に、ミーアの脳内が一気に覚醒する。

それからミーアは、ユハルとシャロークの顔を改めて観察する。そうして、ふと思う。

もしかして……帝国への信頼感って想定以上に低いんじゃないかしら？　と……。

てっきり、シャロークなどという怪しげな商人と同程度はあるものだと思っていた。だからこそ、シャロークの信用度をほんのちょっぴり下げてやれば、帝国を裏切るようなことはないと……、そんな甘い想定でいたのだが……。

ミーアは、自らの油断に歯噛みする。

そう、戦は、そう甘いものではないのだ。

十万の兵を揃えていると思っていたが……その実、ミーアのもとにある兵は、大半がハリボテで……。敵とほぼ同数程度の戦力しかもっていなかった。戦力は拮抗していたのだ！

そして、そこまでの作戦を練らずに、ミーアはこの場に臨んでしまったのだ。

――なんたる失態！　これは、ヤバイですわ。

懸命に打開の方策を練るものの、

「帝国の都合を押し付けたいというのならば、どうぞ、武力を持ち出しなさい。そうすれば、我らは逆らうことなどできないのですから。信頼などと、民のためなどと、綺麗事を言う必要はどこにもございませんよ」

――ああ、それでは意味がないのですわ。力で押さえつけたのでは、力が落ちた時に裏切られてしまう。弱っている時に敵になるなど、最悪の展開……。ぐぬぬ、今までの帝国貴族の態度の悪さを甘く見てましたわ！

突如として劣勢に立たされたミーアは、心の中で帝国貴族に毒づく。それから、なんとか、態勢を立て直そうと模索するが……。

「それは違います。お父さま」

援軍は意外な方向からやってきた。

それは、会場の入り口の方から聞こえてきた女性の声で……。

「アーシャ？　帰っていたのか？」

ペルージャン第二王女、アーシャ・タフリーフ・ペルージャンが、そこに立っていた。


「ご無沙汰しております、お父さま」

現れた姉、アーシャの姿を見て、ラーニャは安堵のため息を吐いた。

姉をこの場に呼んだのは、ほかならぬラーニャだった。

当初、アーシャは今夏の帰国を見合わせる予定だった。

聖ミーア学園での講師としての仕事もあるし、なによりミーアから託された大切な仕事である、小麦の品種改良の研究もある。

収穫感謝祭はペルージャンの重要行事ではあるが、感謝の演舞はラーニャさえいればできることだ。

だから、アーシャからは帰らないとの連絡を受けていたのだが……。

——お父さまの様子がおかしかったから、念のためにお呼びしておいたけれど、正解だったわ。

「戻ってきたのか。息災のようでなによりだ」

アーシャの姿を見て、ユハルは意外そうな顔をした。

「帰ってくることはできぬと、報せが届いていたが……」

「どうしても、お父さまにお話ししたいことがあり、戻ってきました」

「そうか……」

チラリと父の視線が飛んでくるが、ラーニャは素知らぬ顔で、目の前のフルーツを口に入れた。

別に悪いことをしているつもりはまったくない。

――だって、ミーアさまに味方したほうが、絶対に上手くいくし……。

そのような確信が、ラーニャにはあった。

先ほどの会話が、彼女の頭に甦る。

ミーアは言ったのだ。

「信頼をもって説得する」と。

「力をもって屈服させるつもりはない」と。

目の前で、はっきりとそう言ってくれたのだ。

それからラーニャは、ミーアの後ろに立つ青年を見た。眼鏡をかけた鋭利な瞳を持つ青年、ミーアの腹心、ルードヴィッヒ……。

最初、彼の話を聞いた時、ラーニャは非常に驚いた。

ペルージャンを脅すなどということを言い出した時には、こんな奴、ミーアの臣下に相応しくない！　とすら思った。

けれど、今となっては彼の意図が、ラーニャにはよくわかった。

彼は、ミーアの真意をラーニャに聞かせるために、あんなことを言ったのだ。ラーニャの心に一片の疑いすらも生じぬように、ミーアに否定させて見せたのだ。

――ミーアさまに相応しい知性の持ち主……。あの眼鏡の奥の目には、きっと揺らがぬ真理が映っているんだろうな……。

そんな感慨にふけっている間にも、アーシャと父、ユハルの会話は続いていた。

「お父さま、私はミーアさまの学園で、子どもたちに農業を教えています」

「もちろん、聞いている」

「そうですか……。では、ミーアさまの命を受けて、寒さに強い小麦の研究をしていることは、ご存知ですか？」

「寒さに強い小麦……だと？」

ユハルの顔に驚愕(きょうがく)が走る。それは、その場にいたペルージャンの者たち、さらに、シャロークも同様だった。

アーシャは深々と頷いてから、ミーアのほうを見た。

「申し訳ありません、ミーアさま。事後承諾になってしまいますが、私の研究のこと、父に話すことをお許しくださいますか？」

わざわざそう尋ねる姉を見て、ラーニャは反射的に思った。

――ああ、お姉さまは……、ルードヴィッヒさんと同じことをしようとしておられるんだ。

アーシャはすでにミーアの思惑を知っている。ミーアがなにを思って寒さに強い小麦を開発させるのか……。

その知識を、どうしようと考えているかということも。

寒さに耐性を持つ小麦……、そんなものがあれば、冷害による飢饉が発生した時、極めて強力な武器になる。他国が不作にあえぐ中、自国では平常通りの収穫を得ることができるのだから。

それゆえ、本来であれば秘密としておくのが普通だ。このような場で、明かしてよいことでは決してない。

少なくとも、ペルージャンの常識ではそうだ。

……にもかかわらず、

「はて？　別に構いませんけれど……」

そんな特大の暴露であったにもかかわらず、ミーアは涼しい顔をしている。怒ったりすることは決してないのだ。

その、一見するとなにも考えていないようなミーアの顔を、ユハル王に見せつけたうえで、アーシャは言った。

「私は寒さに強い小麦を、学園の生徒たちとともに研究しています。民を飢えから救うという、幼き日の夢を実現するために……。有意義な仕事だと思っています」

「愚かな……。寒さに強い小麦など、そんなものあるはずが……」

「あら？　寒さに強い小麦はございますわよ？　アーシャさんとセロくんが必ず見つけ出しますわ」

ミーアは、まるで、それを知っているかのように断言する。

ユハル以上に、アーシャのことを信じているようで……。その絶対的な信頼を目の当たりにして、ユハルは鼻白んだように黙り込んだ。

「だが、それすらも、しょせんは帝国の繁栄のためではないか。なるほど、寒さに強い小麦ができれば、民は生きるためにそれを買うだろう。民は小麦を得、寒さに強い小麦を持つ帝国は、その分、金を独占することができる……」

「ミーアさまは、その小麦の知識を、周囲の国々に分け与えようとされています」

父の言葉に、アーシャがすかさず反論した。

「おわかりいただけなかったでしょうか？　だから、このように、私が話しても、ミーアさまは何もおっしゃらないのです」

「お姉さまのおっしゃっていることは本当です」

そこで、ラーニャが立ち上がった。自分がミーアになにをしてもらったのか……、話すのは今しかないと思った。

「ミーアさまは、私にも道を示してくださいました。アーシャお姉さまが成功した暁には、その小麦の知識を大陸全土に広めればいいって……。悩む私に、進むべき道を、有意義な道を示してくださったんです」

誇りをもって進むべきその未来が、ラーニャには輝いて見えた。

帝国の叡智の照らしてくれた道は、まばゆいばかりに輝いているのだ。

「馬鹿な……。仮に、寒さに強い小麦ができたとして、その技術を簡単に他国に渡すわけがない。それほど重要な情報を簡単に他国に渡すなど……」

それは、農業によって豊かさを目指してきたユハルには受け入れがたい考え方であった。

農業の技術とは、ペルージャンにとっての宝であり、武器なのだ。それは、容易に他国に渡すことなどできない大切なもののはずで……。

「必要とあらば、ペルージャンに研究の成果を持ち帰っていただいても構いませんわ。アーシャさんはペルージャンの姫君ですし、ティアムーン帝国で良き発見があれば、自国の農業にも応用してみたいと考えるのは当然のことですわ」

ミーアは穏やかで、優しげでさえある笑みを浮かべていた。

「もしよろしければ、ペルージャンの土地もお借りして、そこでも寒さに強い小麦を育てたら良いのではないか、などとも考えておりますのよ。共同で研究を進めれば、両国にとって、とても有意義なものとなるでしょう」

そこまで言われてしまえば、ユハルとしても認めざるを得なかった。

ミーアは本気で、民を飢えから救おうと考えている。それも、自国の民だけではない。周辺の国すべての民を、である。

——きっと、お父さまもわかってくださるはず……。

そう期待したラーニャであったが……、直後にその期待は裏切られる。

「そのような……、民を思う姫殿下が、なぜ、ペルージャンの境遇を黙って見過ごされるのか？姫殿下は、今までのまま……、我らに奴隷のままでいるようにと、そうおっしゃるのか？」

まるで、血を吐き出すような、震える声で、ユハルは言った。

第二十五話　わたくしを信頼していただけるかしら？

ユハルの叫び……、それは、ルードヴィッヒにとって、痛みを覚える言葉だった。

ユハルの言うことは、ルードヴィッヒにはよくわかること……、帝国とペルージャンとの間には、確かにフェアではない条約が結ばれていて……。

それはどうしようもないことでもあった。問題があるとわかってはいても、どうにもできない……、目を逸らすしかない問題で……。

もっとも、それはあくまでも帝国側の理屈。ペルージャンの側には、彼らの主張があった。

「長年、帝国との条約により、我がペルージャンの小麦は不当に安く買い叩かれてきた。帝国がある限り、我が国は、永遠に農奴の国とのそしりを免れぬ。いかに口では綺麗事を言おうと、この現実は変わらん」

それは、どうにもならない現実だった。相手を納得させることなど不可能、まして信頼を勝ち取ることなど、絶対に不可能で……。

どうしようもない、仕方ない、と、諦めて目を逸らしてしまいそうなことで……。

けれどミーアは……、

「そう……。そのような条約が……」

たった一呼吸の逡巡の後に……、

「ならば、そのような条約、撤廃してしまうのがよろしいですわね」

こともなげに言った。

まったく、なんでもないことのように……、まるで、なにも考えていないかのように。

あるいは……、それが動かしがたい、絶対の真理であるかのように……。

ミーアは言い放ったのだ。

そんな条約、捨て去ってしまえ……と。

その言葉に、その場の何人かが固まる。

ユハル王、シャローク、そしてルードヴィッヒも……。

そんな中、いち早く立ち直ったのは、ほかならぬルードヴィッヒである。

「ミーアさま、それは……」

そんな彼の顔を見て、ミーアは納得の顔で頷いた。

「ああ、もちろん、わたくしにはそのような権限はございませんから、できることは、それを取りやめるように働きかけることだけですけれど……」

と、ミーアは、一言、ユハルに断りを入れてから、

「できるかしら？　ルードヴィッヒ」

ルードヴィッヒに視線を向けた。

——ここで、俺に振るのか！

突然のミーアの言葉に内心で悲鳴を上げるルードヴィッヒ。一瞬、素が出てしまいそうになるのを懸命に抑えつつ、それでも彼は考える。ミーアの言ったことの意味を。

自分には絶対に不可能であると思えることでも、ミーアが言っているのだ。

きっと意味があるに違いない。

まず、道義的な面から言えばミーアの主張は正しい。確かに帝国とペルージャンとの間には、ペルージャンの国民を農奴扱いするような、不平等な条約が結ばれている。

非常に大まかに言うならば、それは、帝国の必要とする量の小麦を、割安の価格で売ることを中核にした条約だった。

毎年、価格の交渉は形だけ行われるものの、軍事力を背景に、ほとんど帝国の要求通りの値段で取引が行われている。シャロークは、ここに目をつけて、帝国の軍事介入を引き起こさない程度に価格を釣り上げ、食糧不足に陥った帝国に様々な要求を呑ませようと画策していたのだろうが……。

ともかく、ペルージャン側としては、二束三文にもならない小麦のために、広大な土地を占拠されているのも同じ状況であった。

しかも、せっかく輸出した小麦を悪しざまに言われては腹も立つだろう。これを放置することは、少なくとも公正とは言えない状況だった。

また、ミーアの構想「ペルージャンと信頼関係を結ぶこと」に鑑みても、この条約が邪魔をしていることは間違いない。

その意味でも、それを撤廃してしまえ、というミーアの考え方はシンプルで、理に適っている……。

——問題は実現性だが……。

なにしろ、ミーア自身も言っていた通り、ミーアにはそのような権限はない。

事は国と国との約束事にかかわる。いくらミーアが皇帝の寵愛を受けているとはいえ、皇女という立場に、そこまでの力はないし、わがままで通せることでもない。

そう……ミーアがただの姫ならば……。

言うまでもなく、ミーアの権勢は帝国内のみならず、大陸でも有数のものだ。

ヴェールガ公国の聖女ラフィーナ、サンクランド王国のシオン王子、レムノ王国のアベル王子……。

彼らは、ミーアが正しいことをしようとするならば、協力を惜しむことはないだろう。

それに加えて、帝国四大公爵家の子女たち……。こちらもミーアが頼めば否とは言うまい。

加えて今のミーアには国民の圧倒的支持もある。

そんな絶大なる後ろ盾を従えた、帝国の姫の「働きかけ」である。

ミーアに権限があろうがなかろうが関係ないのだ。その「働きかけ」は、担当の月省の長の言葉より、宰相の言葉より……場合によれば皇帝をすら凌駕するほどの力を持つのだ。

実現性は、決して低いとは言えない。

——なにより決定的なのが、それが、帝国の改革に必要だということだ……。

ルードヴィッヒは、戸惑いつつも認めざるを得なかった。

ミーアの言うことが、帝国をより良い方向に改革していくうえで、絶対に必要であるということを。

なぜならペルージャンとのこの条約がある限り、帝国貴族は、自領の農地を増やそうとはしないだろうから。

どうせ、ペルージャンから安く小麦を仕入れることができる。その想いがある限り、帝国内の食糧自給率を上げることは困難だった。

ゆえに、帝国の農地を速やかに改革しようとするならば、ペルージャンへの依存を減らしていく必要があるのだ。

――明快な論理だ。実に……、あいつらが好みそうだ。

ルードヴィッヒの頭に浮かぶのは、自らの同門の者たち。先日、彼が声掛けし、協力を願った者たちの顔だった。

賢者ガルヴの弟子たちが、このミーアの考え方を理解し、その必要を示されたならば……、その行政処理能力のすべてをもって動き出すに違いない。

なにせ、自分の力を発揮する場を探してやまない連中だ。生き生きと張り切って、死力を尽くすに決まっている。

そして、それは……条約交渉の権限を持つ者にすらおそらく届きうるだろう。

――ゆえに、できるかできないかで言えば……できる。

それをする道義的「理由」があり、それをする合理的「必要」があり、それをする「力」さえある。

さらに……、ルードヴィッヒは、あることに思い至って、思わず感嘆のため息を漏らした。

――ああ、だからか……。だから、この「時」にミーアさまはこんなことを……。

ルードヴィッヒは知っている。大きな改革には、反対がつきものであるということを。

平穏な日常とは言ってしまえば、止まった状態だ。同じような毎日、同じような一年が続いていく、静寂と停止の時。

変わらない、止まっているということに民衆は、安心を覚えるのだ。

それを変えること、すなわち止まっているものを動かすことに対しては必ず反対が起こる。止まっているから安心できるのだ。変化した先が今より良いとは限らない。否、それが「良いこと」「正しいこと」であったとしても、反対の声は小さくはない。

人間は本質的には保守的で、変わることを恐れるからだ。

ゆえに、ルードヴィッヒには、本来ならば反対する理由があった。

ミーアのやろうとしていることは貴族のみならず、民の反感をも予想できることだったからだ……。

けれど……。ああ、けれどなのだ。

——今、この時に限って言えば……、その反対する理由は消失する。

平穏な日常に変化をもたらすことは難しい。されど変化というものは……ミーアが起こすまでもなく起きるものだ。

時代の流れは今まさに《飢饉》という形で、大陸の国々に否応なく変化を強いるところなのだから。だから、ミーアがやろうとしていることは……。

——ミーアさまはその激変に合わせて一挙に帝国の改革をするつもりなのだ。

飢饉によって、弱り、壊れた国を〝元の形〟に直すのではない。

〝新たな形〟に作り替えようとしているのだ。

中途半端な改革ではダメなのだ。それでは途中で頓挫する。

そのことが今のルードヴィッヒにはわかっていた。いや、本当のことを言えばもともとわかっていたのだ。わかっていて、今まで見ないふりをしていた真理に、ミーアが光を当ててくれたのだ。

――飢饉により貴族も民も食糧自給に危機感を覚える……、その記憶が鮮烈なうちに、事を一気に進めてしまおうというのか……。

時代の流れすらも視野に入れた壮大なる構想に、ルードヴィッヒはめまいがする思いだった。

――だからこそ他人に頼れ、他人を使え、か……。確かに、このようなお考えを実施するには、俺一人では無理だ。

そう思いつつ、ルードヴィッヒは考えを整理しながら口を開いた。

「そうですね……。帝国内では現在、農地を増やすよう働きかけを行っています。農地が増えれば、必然的に、帝国が輸入する小麦の量も減るでしょうから、段階的に、ペルージャンとの条約を改定していくことは可能ではないかと考えます。帝国がペルージャンから輸入している小麦の量を減らしていくとか……」

ルードヴィッヒは慎重に、自らの考えを提示する。

それは、数年越しの改革になるだろう。

けれど、帝国への輸出量が減り、余った小麦を適正価格で他国に卸せるようになれば、ペルージャンに入っていくお金は増えるはず。状況は改善されていく。

あるいは、小麦以外のことに、その土地を使うこともできるかもしれないが……。

――いや、そのあたりの国内のことはペルージャンの民が考えることだろう。

その行き着く先の、最終的な形はわからない。

軍事力を持たぬペルージャン農業国であるから、安全保障の名目で、多少帝国に有利な形での取引は残るかもしれない。

そもそも改革自体も段階的に進めていくべきものであり、いきなりすべての不平等が解消されはしないだろうが……。

それでも……、それは希望の光になるだろう。

毎年、少しずつでも状況が改善していけば、ペルージャンの農民たちにとっては大きな希望となるのだ。停滞から希望への歩み……その歩みが遅くとも、進んでいくことに意味があるのだから。

そうして、ペルージャン農業国とティアムーン帝国とがウィンウィンの関係で結ばれる。それこそが、ミーアの思い描く両国の新しい形。

ルードヴィッヒの話を聞き終えても、まだ、ぽかんと口を開けているユハル王……。そんな彼に、落ち着き払ったミーアの声がかけられる。

「けれど……、それもすぐにというわけにはいきませんわ。最初に言った通り、これから数年間に及ぶ飢饉がやってきますの。帝国で農地を増やしたとしても、おそらく間に合わない規模の……」

そこで言葉を切って、ミーアはユハルを見つめた。

「だから、今ここでできるのは口約束に過ぎない。そのうえで……、わたくしを信じていただけるかしら？　わたくしを『信頼』していただけるかしら？　ユハル陛下」

ミーアは問うた。

自分を信頼するか？　と。

帝国と、一から信頼関係を結ぶつもりはあるか？　と。

第二十六話　大将軍ミーアの容赦ない残党狩り

――これは……、なんとかなったのかしら？

ユハル王の顔を見ながら、ミーアは、心の中でニンマリ笑う。

てっきり、シャロークをボコボコにしなければならないものと思って用意していたわけだが……、それをするまでもなく完勝できてしまいそうな勢いである。

――アーシャさんとラーニャさんの援軍が効きましたわね。うふふ、我ながら、わたくしの人徳が怖いですわ！

人徳の人、ミーアは徳が滲（にじ）みだすようなニマニマ笑いを浮かべる。

ちなみに、言うまでもないことではあるのだが……、ミーアには深い考えなどない。もちろんない。

ルードヴィッヒが言っているようなことを考えているわけもなし。

ミーアの思考はいつだってシンプルだ。それはもう、シンプルにシンプルを掛け合わせたような、一に一を掛け合わせたような思考こそ、ミーアの真骨頂（しんこっちょう）である。

ミーアが愚直（ぐちょく）に考えていたことは、ただ一つだった。

それは、ペルージャンとの信頼関係だ。

ペルージャンには豊富な農作物がある。だから、不作の年にも、ある程度の余力があるだろう。豊富な農作物を持つ隣国と仲良くしておけば、困った時に助けてもらえるに違いない。

そんなペルージャン農業国との関係を邪魔する条約が存在する。

ならば、どうするか？　ミーアならば、それをどうするか？

簡単なことだ。目的のために邪魔になるものならば排除するのみである。

その邪魔な石っころを蹴り飛ばしたら、どんなことになるのかとか、そういう難しいことはとりあえず置いておけばよい。

というか、難しい話はルードヴィッヒに任せてしまえばよいのだ。

ミーア的にはシンプルイズベストに、邪魔者は蹴り飛ばすのみなのである！

その結果、なんとなくではあるが、ペルージャン国王の態度が軟化してきたっぽい気がする。

これは、流れが来ているか？　などと、満足感を覚え始めるミーアであったが……。

「……ペルージャン国王、まさか契約書も交わさぬ口約束を、信用なさるつもりではありますまいな？」

水を差すかのような、シャロークの苛立（いらだ）たしげな声が聞こえた。

ユハルが驚愕したのと同様に、シャロークもまた驚愕を隠しえなかった。

そもそも、彼にとってはすべてが不意打ちのようなものだった。

皇女ミーアが予定より早くこの国にやってきたことも、こうして、晩餐会に招待されたことも……。

思えば、招待を受けた時点で、疑ってかかるべきだったのだ。けれど、彼は不審に思わなかった……。否、そう思いたくはなかったのだ。

自分の動きをすべてミーアが把握しており、なおかつ、ペルージャン国王の心を溶かす術を持っているなどと……。

そもそもが、そのような深刻な話に持っていく必要など、まったくなかったのだ。

今まで通りの付き合いをすると口約束をしておき、飢饉が起きた際には価格は上昇するものであるから、多少の値段交渉はさせてもらうことも付け加えておく。

その程度の軽いやり取りで、この場を乗り切ればよかったのだ。

にもかかわらず……、ペルージャン国王が乗ってしまったのは、ミーアが口にした言葉に原因があった。

「友好的な信頼関係」

……なんとも白々しい言葉ではないか。

ティアムーンとペルージャンの関係を知っている者であれば、決して言えないような言葉、帝国の姫が口にすれば、憎悪すら抱かれかねない偽善の言葉……。

あの一言は、確実にユハル王の逆鱗(げきりん)に触れるものだった。

本音など作り笑いの裏に隠して、適当にその場を乗り切る……、それこそがこの場での最善策。

心の中の悪だくみを証明することは不可能。であればこそ、感づかれることなく、尻尾をつかませることもなく、無駄な話で時間を潰せば良かったのだ。

されど、皇女ミーアは逃がさない。

あえてユハル王の怒りを誘い、自らのフィールドに引きずり込んだ。そこを起点にして、あとはミーアの独壇場だった。

次々と到来する援軍に、シャロークは口を挟む余裕もなかった。

それは、ただの談笑で誤魔化そうとしていた者と、この場で勝負を決めに来た者との差だった。

そうしてミーアは、シャロークが拠り所にしていたもの、ペルージャンが抱く帝国への不信感をすべて払拭したうえで言っているのだ。

自分を信頼するか？　と。

自分の言葉を信頼し、受け入れるか？　と。

「ユハル陛下……、よもや、そのような言葉を信じるわけではありますまい？」

そう言ってはみるが……、シャロークは自らの言葉に力がないことに気付いていた。

なぜなら、すでに、ユハル王が魅せられていたから。帝国の叡智、ミーア・ルーナ・ティアムーンの見せた、希望の光に……。

――最悪のタイミングで、最悪のことをやっていく……。なるほど、これが帝国の叡智か……。

「ああ、シャロークさん、わたくし、あなたにもお話がございましたの」

不意に、ミーアがこちらを向いた。

「以前、わたくし、あなたに言いましたわよね？　お金がすべてではない、と……。それに対して、あなた、なんて言ったか覚えてますかしら？」

ミーアは、わざとらしく頬に指をあて、首を傾げて見せる。

「確か、お金のためにならないことをやるのは甘いとか、そんなことを言ってたかしら？」

「さようです、ミーア姫殿下。商人とは金に信仰を捧げて生きる者。我が神はこの世すべてを支配する力である金です」

答えつつ、シャロークは自身が冷静さを欠いていることを自覚していた。そして、動揺の原因もわかっていた。

金がすべてではない、と言うミーアの言葉と体現する行動。それは、シャロークの今まで生きてきた道のすべてを否定するものであったから……。

……もしかしたら、間違っていたかもしれないという……微かな傷口をえぐる言葉だから。

自身が、ほかならぬユハル王と同じ状態にあることを自覚しつつも……、それを止めることができなかった。

「商人、いえ……、人はそのようにあるべきではありませんか？　人は働くもの。何のために働くのか？　それは金のためではありませんか……。ならば、効率的に金を儲けるために最善を尽くすことこそが、正しいのです」

自身の一生は金を儲けるためにあり、商人は持てるすべての知恵と力を使い、効率的に金を儲けるべきである。そうでなければならない。

だから……、寒さに強い小麦などという、金儲けの情報を、ただで教えて回るという暴挙が許されるはずがなくて……。

「そうかしら？　あなたも昔は、ずいぶんと……、あら？　どうかしましたの？」

ふいに、ミーアが眉を顰める。

なにが、どうかした、なのか……、一瞬わからずにいたシャロークであったが、直後、胸に強烈な痛みが走った。

「う……ぐぅ」

「シャロークさまっ！」

悲鳴にも似た少女の声が聞こえて……、直後、シャロークの意識は深い闇の中へと落ちていった。

第二十七話　ミーア姫、腕をブンブンする

シャローク・コーンローグが倒れた時、一番に動き出したのはタチアナだった。

崩れ落ちる巨体を受け止めようとして、受け止めきれずに、一緒に転倒。それでも頭だけは打たないようにしっかりガード。

それから、体の下から這い出すと気道を確保し……、最低限の処置を施す。

てきぱきと指示を出すタチアナを、ミーアは、ぼけーっと口を開けながら見つめていた。

せっかく、精神的にとどめを刺しにいったところを物理的に倒れられるとは、さすがのミーアも予想外だったのだ。

そうして、大の男四人がかりで運ばれていくシャロークの巨体を横目に、ミーアは、タチアナに話しかけた。

「シャロークさん、大丈夫なんですの？」

「あ、はい……。おそらく、ですが、一時的な発作ではないかと思います。呼吸も落ち着きましたし、少し横になっていれば……」

「あれは、なにかの病気なんですの？」

「病気……かどうかは、調べなければわかりません。ただ、同じような症状の話は聞いたことがあります。ある裕福な国の貴族さまが、あのような症状で亡くなったと……。その方は、美味しいものをたくさん食べて、一切、運動をせず部屋で生活していたそうです」

タチアナは難しい顔で、腕組みする。

「つまり、食べすぎと、運動の不足によって、あのような病にかかるということです」

タチアナの話を聞きながら、ミーアは自らのお腹をさすってみた。

――食べすぎと……、運動の、不足……っ！

「幸い、まだ間に合わないというほどではありませんが……、あの……、申し訳ありません、ミーア姫殿下……、私、シャロークさまのことが気になるので、行ってきてもよろしいでしょうか？」

「はぇ？　あ、ええ……もちろんかまいませんわ。心配でしょうし……」

タチアナに話しかけられたミーアは、慌てて頷き……、もう一度、自らのお腹をさすってから……ふぅむ、と考える。

「シャロークさんが運び込まれた治療室は、どこにございますの？　ああ、お城の中の、少し離れた場所……ふむふむ、なるほど……それは好都合……。確かに気にはなりますしね……」

ミーアは、うんうん、と頷いてから、

「ならばタチアナさん、わたくしも一緒に行きますわ」

「え？　なぜですか？　ミーアさま」

きょとんと首を傾げるタチアナ。その純粋な視線を受けて、ミーアは、ススッとお腹を隠すように体の角度を変えてから……。

「なぜ……、えーと……、そうですわね」

……言えない。まさか、寝る前にちょっとでも運動しとかないと、ヤバイと思ったからなどと……。言えるはずがない。

ミーアにだってプライドというものがあるのだ。

かといって……お見舞いに行くというのもおかしな話だ。自分が行ったところで何ができるわけでもなし。そもそも敵同士なので、行ってやる義理もない。

むしろこの場で、ユハル王との会談を続けるのが普通ではあるが……。

ゆえに……、ミーアは難しい顔で考え込むことしばし……、やがて考えを開陳する。

「……シャロークさんが、弱っているからですわ」

そう、大将軍ミーアは知っている。戦で情けは無用。敵の弱った部分を徹底的に叩く必要があるのだ。

シャロークは今、弱っている。それゆえに、今こそ彼にとどめを刺し、二度と帝国に楯突くことがないようにする必要があるのだ。

断じて、運動のためではない。ミーアは、最後の戦いに赴くのだ！

と、まぁ、そんな具合に自分に言い聞かせつつ、ミーアはニッコリ笑みを浮かべた。

「ようやく、あなたの出番がやってきましたわよ、タチアナさん」

そう、シャロークにとどめを刺すための切り札、タチアナは、まさにこの時のために連れてきたのだ。

彼女の存在を示して、シャロークに言ってやるのだ。

「お前なんかが冷酷で合理的な商人を名乗るなどおこがましい。お前はしょせん、甘さも弱さも思いやりもある、普通の人間に過ぎないんだ」と。

そのためには、タチアナの協力が不可欠。

ゆえに、逃げられないようにミーアは釘を刺す。

「しっかりと、働いていただきますわよ、タチアナさん」

と、タチアナの目を見つめて……。

「ミーアさま……」

その言葉を聞いて、タチアナは納得する。

ミーアの、いくつかの言葉の意味が……、今こそ理解できたのだ。

——ミーアさまは、シャロークさまが弱っているのを見て……お見舞いに行かれるつもりなんだ！

と。

先ほどのやり取りを見る限り、ミーアとシャロークの仲は良くない。というか、敵同士といった感じである。

だからてっきり、ミーアは〝自分を使って、シャロークを痛めつけようとしている〟のだと、タチアナは思っていた。

けれど……違った。

——ミーアさまは、シャロークさまを、救われようとされているんだ！

すべての事象が、今まさに、タチアナの目の前で繋がっていくかのようだった。

あのクロリオの池での出来事……。ミーアは言った。

「率直さを失うな」と。

「物おじせずに注意せよ」と。

そして、もしもそのことで、タチアナが危機に陥る時には自分が助けてやるから、と勇気づけて、背中を押してくれたのだ。

ミーアの言葉は次々に甦ってきた。

ミーアは言っていた。「すべてはシャローク次第である」と。

それは、まさに、今この時のようなことを言っていたのだ。

知っていたのだ……、ミーアは。シャロークが、このままの食生活を続けていたら、体を害することを。

だから、タチアナを連れてきたのだ。健康を損なうような生活を諫めさせるために……。

——ううん、それだけじゃないかもしれない。もしかしたら……、ミーアさまは……。シャロークさまに思い出させようとしているのかもしれない……。

タチアナに不健康を諫めさせることでシャロークの命を救い、なおかつ過去に彼がなした素晴らしいことを思い出させようとした。

心と体、同時に健康に戻すために、ミーアは自分を連れてきたのではないか？

そんなことさえ思ってしまう。

——シャロークさま次第だと言いながら、できるだけ、シャロークさまが、破滅せずに済むようにする……、正しい道に戻れるようになさるなんて……。

それは医の道にも通じるのかもしれない、とタチアナは考える。

シャロークが節制をするかどうか、それは確かにシャローク次第で、彼が長生きしようがしまいが、健康であろうがなかろうが、最終的にはシャロークの選択にかかっていて……。

「でも、働きかけることはできる」

なにもできないと、諦めてしまう必要はない。

聞く耳を持たない者に、それでも何度でも伝え続ける。そうすれば、いつかはその言葉に耳を傾ける日が来るかもしれない。

真摯に受け止めるがゆえではない。ただやかましいがゆえに、その言葉を止めるために、話を聞いてくれることだってあるかもしれない。

——シャロークさま次第……、ミーアさまのお言葉は、冷たい言葉のように聞こえたけど……。

タチアナは、今、心底からミーアに感謝した。

この場に、自分を連れてきてくれたこと……、シャローク・コーンローグという恩人を救えるかどうかという……、この分水嶺(ぶんすいれい)に、自分を連れてきてくれたことに！

「ミーアさま、行きましょう」

そう言ってタチアナが見ると、なぜだろう……、ミーアは、なんだか、腕をぶんぶん回していた。

それは、ミーアの連れている少女、ベルの動きに似たものだった。

第二十八話　糸

深く、暗い闇の沼に、落ちていく、落ちていく。

閉ざされた視界、音のない世界……匂いもなく、味もなく、温もりすらも感じない世界。

——なるほど、これが死ぬということか……。

ここが、自分の人生の終着点……、これですべてが終わり……。

すべてが、今、断ち切られてしまう。明日のために立てていた計画も、売ろうとしていた商品も
すべては無に帰する。そんな現実を唐突に突き付けられて……、シャロークは思いのほか動揺した。

あの夢で、確かに自分の終わりを知っていたはずだった。いつかは、こんな日が来ることはわかっていた。されど、それは「いつか」であるはずだった。

こんなにも唐突に訪れるものであるとは、思っていなかった。

彼は……、冷徹な商人らしくもなく慌てた。

胸を覆う感情、それは形を成さぬ焦燥。

矜持にかけて、自身のこれまでの人生を否定することなどできぬと……、意地を張ってはみたものの、死のもたらす終焉（しゅうえん）は、たやすくそんな虚飾をはぎ取ってしまう。

後に残るのは、否定のしようのない後悔。

ああ、なるほど、自分は失敗して……、その失敗を認めることができずに、それを正す機会すらふいにした。

彼は失敗し……、頑なに最後まで失敗し続けた。

絶望の闇が、その身を蝕んでいく。

あの日の夢のように、醒めることは、もうない。濃密な暗い沼に沈み込もうとした、まさにその時……、不意に、彼は見つけた。

目の前に見えた違和感……、闇を切り裂くようにして目の前に垂れたそれは、白く細い糸……、今にも切れてしまいそうな頼りない糸に、されど彼は手を伸ばす……。

それがなにを意味するかはわからなかった。けれど、溺（おぼ）れる者が頼りなき藁（わら）にすがるように、闇に溺れた彼は懸命に手を伸ばし、伸ばして――そこで、目が覚めた。

「う、む……ここは……？」

視界が真っ白く染まり、直後に音が戻ってくる。

「お目覚めになられましたか、シャロークさま」

初めに聞こえたのは可憐な声……。そちらに目を向けると、一人の少女の姿が見えた。見覚えのある少女だった。

「お前は……、確かミーア姫殿下とともに来ていた……」

「タチアナと申します。シャロークさまがお作りになった奨学金制度で、セントノエルに通うことができている者です」

「えっ、あっ、ちょっ……」

タチアナの言葉の直後、なにやら、珍妙な声が聞こえたような気がしたが……、シャロークは未だ、ぼんやりとした頭のまま、考える。

「奨学金……？　ああ……」

そういえば、そんなものもあったな、と思い出す。

それは、シャロークがまだ駆け出しの頃、初めて仕事で大成功した時に作ったものだった。

あの頃は、儲けた金を人のため、社会のために使おうなどと……、青臭いことを言っていたものだったが……。

――浅はかで、愚かで、世間の厳しさも、人の残酷さも知らぬ時にした、くだらぬ所業だな……。

そんなもの、金貨一枚の得にもなりはしない。シャロークは鼻で笑い飛ばす。

――くだらない感傷、なんの意味もないもの……。

ふと、そこで、彼の口元に皮肉気な笑みが浮かんだ。

「いや、それは私の人生も同じこと、か……」

自分の人生に、なんの価値も、意味もないことを突き付けられた今となっては、もはや、彼にはなにが正しいのかがわからなくなっていた。

「無事に目が覚めましたのね」

今度は別の声が聞こえる。視線を転じると、そこには……、

「どうやら、大丈夫そうで安心しましたわ」

皇女ミーアが立っているのが見えた。

「これは、ミーア姫殿下……、まさか、私めの見舞いに来ていただけたのですか？」

その問いにミーアは、一瞬、タチアナのほうを見た。なにかを確認するかのような、そんな顔をしていたが……すぐに首を振って、それから、小悪魔めいた、妖艶な笑みを浮かべた。

「いいえ、わたくしは、あなたにとどめを刺しに来ましたの」

「ほう、それは物騒な……。もしや、毒でも盛るつもりですかな？」

ベッドの上、起き上がろうとしたシャロークであったが、ミーアは片手を上げることで動きを制す。

「ああ、無理しない……ではなく、また倒れられたら面倒ですわ。そこに横になったままで結構ですわ」

以前のシャロークであれば……、それでも起き上がろうとはしただろう。

彼にとって、相手との向き合い方は交渉の基本である。立ち上がり見下ろすほうが効果的か、椅

子に腰かけたまま高慢に対応するか、はたまた、膝をかがめ、平身低頭の姿勢をとるか。

されど……、シャロークは素直にミーアに従った。

先ほどの、死の気配が彼の中から、虚勢を張る理由を取り去ってしまっていたのだ。

「そうそう、素直なのは良いことですわ。それと、毒などと面倒なことをせずとも、あなたにとどめを刺すことはできますわ」

ミーアは、穏やかな笑みを浮かべながら言う。

「人は、自ら蒔いた種の実りを、必ず自分の手で刈り取らねばならぬもの。あなたにとどめを刺すのは、ほかならぬ、あなた自身が蒔いたものですわ」

その言葉に、シャロークは一瞬、目を瞬かせて、それから苦笑いを浮かべた。

「ああ……。なるほど、それは……至言(しげん)ですな」

改めて、シャロークは思う。

自身を絶望に陥れるもの、それが、毒などではないことを、彼は実感していた。

「そういう意味では、あなたはすでに死んでいるとさえ言えるのかもしれませんわね」

死が、あの絶対的な絶望であるというのなら……、出逢うのが今か、後かという違いでしかない。

終焉の形は変わらない、だから、すでに死んでいる……。

ミーアの辛辣(しんらつ)な言葉は、シャロークの胸を深く貫いた。

「慣れない種を蒔くものではないという話ですわ。失敗しましたわね、シャロークさん」

「どうやら、そのようですな……」

シャロークは小さく首を振った。

――私は、どこかで間違えたのだろう……。

行き着く場所が、あの絶望の暗闇であるというなら、確かに自分は間違えたのだ。

しょせん、死すればみな、行く場所は同じ……。すべて、人は虚しさの内に無に帰するのみ……。

そのように豪語することが、今の彼にはできなかった。なぜなら……、目の前の少女、帝国の叡智が上り詰める場所が、あのような場所だとは、どうしても彼には思えなかったからだ。

――慣れない種か。あるいは、あの終焉に満足できる者というのもいるのかもしれないが、私はそこまで強くなかったということか……。だが……、ならばどうすればよかったというのだ……？

らしくもなく物思いに耽(ふけ)るシャロークを、ミーアが……なぜだろう……、憐(あわ)れむような瞳で見つめていた。

第二十九話　キノコ女帝ミーアのエール

実のところ……、ミーアは、すでにシャロークに攻撃する気はなくなっていた。

ここに来るまでには、どうやって心を折ってやろうかと考えを練っていたミーアであるのだが……、ぐったりと横たわるシャロークを見て、その気持ちはすっかり失せてしまった。

いかに敵で、悪徳商人とはいえ、弱っている人間を足蹴にできるほどの胆力(たんりょく)はミーアにはない。

それに……、ふと思ってしまったのだ。シャロークは……自分ではないか？　と。

そこに横たわる男は、節制せず、好き放題に食べ散らかした将来の自分ではないか……と。

――いや、さすがに、ここまではなりませんわ……。

心の中でツッコミを入れつつも、ついつい自分のお腹を触ってみるミーア。シャロークまでは、まだかなり猶予(ゆうよ)がありそうである。

ともあれ、ミーアの本能が叫ぶのだ。この男を責めるのは、ちょっぴり気が引ける……と。

――考えてみれば哀れな方ですわ。ただ、美味しいものをお腹一杯食べて、ダラダラしていただけなのに、こんなことになるなんて……世の中間違ってますわ！

憤る(いきどお)ミーア。ミーアはシャロークのＦＮＹに同情と共感を覚えてしまっていたのだ！

だから、目を覚ますのを待って、おとなしく帰ろうと思っていたのだが……、タチアナが唐突に暴露(ばくろ)を始めたので、驚いてしまった。

――ちょっ！　よろしいんですの⁉　タチアナさんっ！

思わず、問いかけたくなるミーアであったが……、寸でのところで思いとどまる。

――被害を最小限にするため……、そうなんですのね？

ミーアは、タチアナの考えを察した。

やるべき時に思い切り叩いておかないと、ダラダラと被害は大きくなるのみ。

シャロークも同じこと。ここで回復してしまえば、また聞く耳を持たなくなってしまう。弱っている今だからこそ、徹底的に叩き、そうして、悪だくみから足を洗わせるのだ。

――悪だくみには加担せず、静かに養生してもらうことこそ彼のためになる……そのような判断なのですわね？　タチアナさん……。

ならば、とミーアは立ち上がる。

成り行きとはいえ、協力者としてついてきてくれたタチアナが、恩返しをしようというのだ。ここは、一肌脱いで、悪役を演じてやろうじゃないか！　と決意したのだ。

そうして、ミーアは口を三日月形にする。

エリスの物語に出てくる悪役の令嬢のような、わるーい笑みを浮かべて、ミーアは言った。

「慣れない種を蒔くものではないという話ですわ。失敗しましたわね、シャロークさん」

あれだけ悪ぶって、偉そうなことを言っておきながら、実は普通に優しいおじさんだったなどと……なんたる恥ずかしさかっ！

心を鬼にして、ミーアはシャロークを蹴る！　未来の自分だったかもしれない人物を論理のキックでビシバシ、ビシバシ！　蹴りつける！

――これもシャロークさんを救うためですわ！　ただの良いおじさんとして、余生を健康に過ごさせるためなのですわ！

そう、自分を励まして。

っと、シャロークがうっすら開いた目で見つめてきた。

「ミーア姫殿下……、一つ、お聞きしたいことがございます」

「……あら？　なにかしら？」

「ぜひ、聞かせて、いただきたい……」

シャロークは、その身を起こしつつ、言った。

「もしも、自分が、どうにもならぬところまで、道を間違えてしまったら……、そのことに否応なく気付かされてしまったら……あなたならどうするだろうか？」

その質問に、ミーアはきょっとーんと首を傾げた。

――いきなり、変なこと聞いてくる人ですわね……。話を変えてごまかそうということかしら……？　でも、逃がしませんわ。ここでしっかりと心をへし折って、ただの良いおじさんになっていただきますわ！

ミーアはフンス！　と鼻息を吐いてから、すぐに答えを出す。

「そんなの決まっておりますわ。間違ってしまったところまで戻って、そこから正しい道を探しかありませんわ」

そう、ミーアは知っている……。キノコ狩りに訪れた森で、迷った時はどうするか？　ということを。

簡単だ。迷った場所まで、来た道を戻ればよい。

ここ最近のミーアの愛読書、さる冒険家の手によって書かれたグルメ本「キノコ百珍」にはそう書かれていた。

そもそも、道に迷った時には、どうにもならないところまで……などと言っている場合ではないのだ。道を進んできた労力を惜しんではいけない。戻らずに歩き回ればますます迷ってしまい、余計な体力を消耗するだけなのだから、戻る以外に方法はないのだ。

そして、ミーアは……、その真理を人生にも転用できると思っている。

そう、かつてミーアは、周囲の反対により、キノコ料理の研究を断念した。馬形キノコソテーや、キノコスイーツを極めるという果てなき探求の道は、入り口で閉ざされてしまったのだ。

……けれど、あれは、大きな誤りであったとミーアは思っている。

――やはり、わたくしは……キノコが好きですわ！

キノコ百珍を読んだことで、ミーアの中に一つの決意が固まった。

――必ずや、アベルに、生徒会のメンバーに、わたくしの渾身のキノコフルコースを食べさせて差し上げますわ！

高貴なる紫色のキノコを握りしめ、ミーアは高らかに宣言する。

それは、キノコ皇女（プリンセス）ミーアが、キノコ女帝（エンプレス）への道を歩み出した歴史的瞬間であった！

まぁ、どうでもいい話である。

それはともかく……、

「間違ってしまう前、か……。なるほど、そのようなものがあるならば、どれだけよかったか……」

などと、独り言をつぶやくシャロークに、ミーアは追い打ちをかける。

――ごまかそうったってそうはいきませんわよ！　質問には答えましたし、話を戻して、きちんととどめを刺させていただきますわ！

腕組みし、勝ち誇った笑みを浮かべてミーアは言った。

「あなたは認めるべきですわ。彼女……タチアナさんも、あなたの蒔いた種であると……」

〝タチアナの存在は過去の自分のちょっとした過ち〟などと言われないように、予防線を張りつつ、ミーアは指摘する。

「え……？」

「あなたを救ったのは、そちらのタチアナさんですわよ」

「い、いえ、そんな……」

話を振られ、タチアナは慌てた様子で首を振った。

「救ったなんてそんな……、あれは簡単に治療できるものではありませんから……。あっ、でも……」

と、言葉を切って、タチアナはシャロークを見つめた。

「甘いもの、脂っけの多いものを食べて、運動をせずにいると体を蝕まれます。太りすぎれば、心の臓に負担がかかり倒れますし、これからもっと酷いことになるかもしれません。ですから、食事にはもっと気を使われたほうが良いと思います」

呆然と、タチアナの言葉を聞いているシャロークに、ミーアは補足する。

「タチアナさんは、謙遜しておられますけど、実際、あなたが倒れた時には一番に飛びついて、頭を打たぬようにしていましたし、あなたを救ったのは間違いなく彼女だと、わたくしは思いますわ」

タチアナがぼかしそうになったことを、あえて明確にしておく。

シャロークを救ったのは、タチアナである、ときちんと明示したうえで……、

「タチアナさんのお父上はお医者さまでしたけれど、彼女が幼い時に亡くなってしまいましたの。タチアナさんは、お父さまと同じ、医師の道を目指していた。けれど、お金がないから、それを諦

めなければならなかった。ああ、なんという悲劇かしら……」

いささか芝居がかった、大げさな仕草で言葉を続ける。

「けれど、そんなタチアナさんを救うものがありましたの。それこそが、あなたが設立した奨学金ですわ、シャロークさん。あなたには、なんの得にもならない、奨学金制度ですわ！」

金のためにならないことはやらないとか、人の不幸さえ金儲けの手段とか……そんな風に悪ぶっている人間が、過去に自分がやった善行に救われる。

――これは恥ずかしいですわよ！　悪ぶってるやつが一番、やられたくないやつのはずですわ。

ミーアは、そこで、ぽんっとシャロークの肩に手を置いた。

「ねぇ、もうよろしいではありませんか？　シャロークさん。あなたは、お金がすべてで、お金こそが力で、神だとおっしゃってましたけれど、あなたを救ったのは、無駄遣いの結果だった。そろそろ認めるべきですわ、お金がすべてでは、決してないと……」

そうして、ミーアは慈愛に満ちた笑みを浮かべて、

「くだらない悪だくみで寿命をすり減らすなど愚かなことですわ。養生なさい。そのための手伝いは、タチアナさんがしてくださいますわ。しっかりとその助言に聞き従うこと、いいですわね？」

シャロークの心をへし折ったうえで、タチアナの恩返しへと導く。

そうして、すべてをやり切った顔で、ミーアはエールを送る。

――頑張って、せいぜい長生きするとよろしいですわ、シャロークさん。共に健康には気をつけていくことにしましょう。

自らのFNYの先達へと……。

「ああ……ああ……そうか……」

シャロークは……、かすれる声でつぶやいた。

自分は確かに間違えた。

されど…………自分の人生のすべてが無駄であったわけではなかった。

いつか、どこかの未来で……、商人王と呼ばれた男が無価値だと切り捨てたものが……、決して耳を傾けようとしなかった弱き者たちの、救われた者たちの声が……、今、確かにシャロークのもとへと届いた。

「そうか……、なんだ、こんなにも簡単なことであったか……」

道に迷ったならば、迷う前まで戻ればいい。

反省という名の自己嫌悪に疲れ、自分なんかこんなものだと諦めて……、いつしか迷っていることさえ見ないふりをした。

気付けば森の奥深く、迷い迷って……、今さら道は変えられぬと、冷笑するばかり。けれど、そんなシャロークにミーアは……こともなげに言うのだ。

戻ればいい、と……。

金がすべてであるというのは、誤りであるから、その呪縛にとらわれる前に、戻ればいいだけなのだ、と……。

彼の目に甦るのは、かつての風景。師匠のもとから独立し、行商を始めた頃の記憶だ。

遠い地の珍しい玩具に目を輝かせる子どもたち。

美しく、珍しい柄の布に楽しそうな声を上げる若い娘。

異国のキセルに上機嫌になる旦那衆。

商品を運び、人々に喜んでもらう、そんなことにかすかな誇らしさを、彼は確かに覚えていたのだ。

初めて仕事で成功した時、なんだか、あまりにも嬉しくなりすぎて……、なんだか、いいことをしてみたくなったりして……。

だから、奨学金制度を設立するなどということにも手を出した。

あの時は、ずいぶんと仲間の商人たちに笑われたものだった。

——青臭い。けれど、純粋だった。純粋にこの仕事を楽しみ、誇りを持つことができていた。

いつからだろう……楽しみが、仕事そのものから金を儲けることに変わったのは……。

いつからだっただろう……、仕事を誇らず、金持ちであることを誇り出したのは……。

明確なきっかけがあったわけでは、たぶんない。

ただ、なにかのきっかけで、こうしたら客に喜んでもらえるかもしれない、が、こうしたらもっと儲かるかもしれないに入れ替わってしまった。

こうしたら、楽ができ、こうしたらもっと高く売れ……、そうして、仕事をすることの喜びが、金をたくさん儲ける喜びにとって代わられた……。

「シャロークさま……」

見れば、タチアナという少女が真っすぐにこちらを見つめていた。

「大丈夫です、今からなら、まだ、間に合います。一緒に頑張りましょう」

おそらくは、彼女が言う間に合うは体調的なものだろう。けれど、今のシャロークには、それが、自らの生き方についてのように思えてしまって……。

「そう……か。まだ、間に合うか……」

そうしてシャロークは、長い間、味わうことのなかった晴れ晴れとした気分になるのだった。

第三十話　ペルージャンの夜

ミーアとの晩餐会を終えた、その日の夜のこと……。

ユハル王は王妃とともに、寝室にいた。

「先ほどは、あの商人が倒れてしまったので、曖昧になってしまいましたね……」

心配そうな顔をする王妃に、ユハルは首を振った。

「いや、恐らくミーア姫殿下は、我らに考えさせる時間を与えるつもりではないだろうか……」

ミーアには、あえてあの場面でシャロークを追う必要などなかった。

あの場で混乱がおさまった後、改めて、ユハルに聞いてくることもできたし、決断を迫ることで、圧力をかけることもできたはず。

にもかかわらず、ミーアはそれをしなかった。

「自分の申し出に絶対の自信があるということか……」

「いいえ、そうではないと思います、お父さま」

突然の声、と同時に二人の娘たちが姿を現した。

「アーシャ、ラーニャ……」

「失礼いたします」

二人の娘の不意の訪問に……されど、驚きはなかった。

なんとなくだが……話をしに来るような、そんな気がしていたのだ。

「お父さま、少しお時間、よろしいでしょうか？」

「そうだな……。私も、お前たちに話しておかなければいけないことがあったな……」

ユハルは、娘たちを部屋に招き入れると……、深々と頭を下げた。

「すまなかったな……。帝国との条約の件、お前たちには話していなかった」

ペルージャンとティアムーンとの間に結ばれた条約、それは、この国が始まった時に結ばれたものだった。

もともと、ペルージャン農業国は、肥沃（ひよく）なる三日月地帯にティアムーン帝国が興ったことに呼応して生まれた。

肥沃なる三日月地帯を占領した狩猟民族と、侵略され、農奴に貶められた農民たち。帝国の手を逃れた農民たちが、南方へと移り住み、作った国こそがペルージャン農業国だった。

いずれ、この地も帝国に併呑されるに違いないと考えたペルージャンの開祖は、先手を打ち、帝国にある取引を持ちかける。

この地を耕し、一定量の小麦を帝国のために作るから、自分たちの国の存続を認めてほしい、と……。

帝国の初代皇帝は、その願いを聞き入れた。

そこにどのような思惑があったのか、ユハルにはわからない。そんなことをせずとも、すぐに併呑して、農奴として使えばよかったはず……。

けれど、とにもかくにも、ペルージャンは独立を保障された。

以来、ペルージャン農業国は帝国に依存、隷属することで、国としての体面を保ち続けた。生かさず殺さず、帝国はペルージャンの農産物を低価格で搾取し続けたわけだが……。

それは、ペルージャンでは王族と、一部の者しか知らぬことであった。

なぜなら、もしも帝国に対する恨みが高まり、衝突が起きでもしたら、ペルージャンは終わるからだ。帝国がその気になれば、自分たちなど簡単に侵略されてしまう。

肥沃なる三日月地帯を追われた者たちの間では、特にその恐怖が強かった。

帝国に、侵略する口実を与えては、農奴に堕とされる。そうならないためには、帝国の怒りを買わぬように、なんとか、できる範囲でやっていくしかない。

歴代の王たちは、貧しさから脱却するための術を「帝国との条約改正」にではなく、「自分たちの農業技術の向上」に求めた。

そうして、帝国との始まりの条約は秘されるようになった。毎年の帝国との価格交渉は王家と一部の者のみが担当し、大部分の国民にはその数字は明かされていなかった。

それは、二人の姫たちも、また同じだった。ユハルは、条約の内容を秘して、帝国のことをお得意さまと、娘たちに説明していたのだ。

産業にとって重要な相手であると……。

一面それは真実でもあって、小麦以外の農産物も帝国は大量に買い上げていた。条約に縛られない農産物に関しては価格も、それなりではあったのだ……だからこそ、帝国に対する民の心理は微妙なところがあった。

「お前たちは、いずれは他国に嫁ぐ身。そう考えて、余計なことは教えぬようにしていたのだが……」

ユハルの言葉に、アーシャが小さく首を振った。

「今は、そのことについては、なにも言いません。それで、どうなさるおつもりですか？」

「さて、どうしたものか……な」

確かに帝国との条約がなくなれば、大部分の土地は使えるようになる。今ある小麦を帝国以外の国に卸すか、もっと金になりそうな作物を作るか、なにかしらの方針が必要だった。

「小麦の縛りがなくなる代わりに、今までより帝国軍に頼れなくもなるだろう。より富むことはできるだろうが、それを守るための軍備は整える必要が出てくるだろう」

さすがに帝国に匹敵する軍備とはいかないまでも、他の周辺国と伍する程度には、兵力が必要となる。それは、当たり前の考え方だ。だが……、

「なにか、言いたいことがあるか？」

ラーニャの顔に、微かな不満を見て取って、ユハルは言った。

言った直後……、自身の言葉に、ユハルは驚いた。

娘に意見を聞こうなどと……今までの彼ならば思いもしなかったことである。

——私もまた、ミーア姫に影響を受けているということか……。

だが、同時に興味もあった。

あの帝国の叡智……、一国を、ただ一度の晩餐会でここまで揺るがしてしまう少女のそばにいた娘たちが、いったいどのような答えを出すのか……。

ラーニャのほうも、父親の変わりようにわずかに戸惑いを見せたが、すぐに首を振ってから言った。

「それは……、この〝ケーキのお城〟を建てた、先人たちの思いに反することになると思います」

ラーニャが言うのは、子どものような綺麗事だった。

いつか来るかもしれない戦なき世界と、戦を視野に入れぬ城のおとぎ話。

子どもしか信じることのできない、夢物語。

にもかかわらず、その言には、なんの迷いもなかった。

その理由が、今のユハルにはよくわかる。

帝国の叡智であれば、そんな現実離れした未来でさえ、成し遂げてしまうのではないかという期待感が、ラーニャにそれを言わせたのだ。

だが、もしも……、もしもラーニャが信じるとおり、本当にそのような世界が実現可能であるならば？

はたして、ペルージャンの民として、取るべき正しき姿勢はなにか？

「我らは、大地を耕し、人々に食の恵みを届ける者。その誇りを捨ててはならないのではないでしょうか」

その言葉より滲むは、ペルージャンへの誇り。

この地に国を構えて以来、ペルージャンの民がなしてきたことへの、圧倒的な自負。

ラーニャがまとうのは光だった。

それは、余光だ。

黄金の坂を、帝国の叡智と隣り合って上ったラーニャもまた、叡智の輝きを受けて、まばゆいばかりに光を放っているかのようだった。

それを見たユハルは驚きに目を見開いて……、次の瞬間、わずかばかり笑みを浮かべた。

――ああ……、大きくなったのだな……。

つぶやいてから、改めて思う。

ラーニャも、アーシャも、ペルージャンの姫として、立派に自分のなすべきことをしようとしている。

そのような中で、自分がすべきことはなにか……。

「お父さまは、ご存知ですか？　ミーアさまが、セントノエル学園の入学式で、どんなお話をされたのか……」

黙考するユハルに、ラーニャは言った。

ミーアが入学式の際に示したもの、パン・ケーキ宣言の話……。

「飢饉の時には互いの国で助け合う、か。ミーア姫殿下以外の者が言えば、正気を疑ってしまいそうなことだな……」

「私は、ミーアさまは、あらゆる意味で型破りな方だと思っております」

ラーニャに続き、アーシャが語りだした。

「あの方は自国の民のみならず、大陸の、他の国の民のことも、等しく大切に思っておられる。ミーアさまに講師へと誘われた時、私はお断りするつもりでした。にもかかわらず、お話を受けたのは、私が知ったからです。私が目指していたものは、ペルージャンの民が飢えないことではない。それでは不足なのだ、と……」

まっすぐに、こちらを見つめてくるアーシャに、ユハルは息を呑む。

中途半端な父への反発が隠しきれていなかった、かつての娘の姿はすでになく……。そこにあるのは、大きな役割を負った若き研究者の姿だった。

「あの日、ミーアさまに見せていただいた光……、パン・ケーキ宣言は、まさに、その続きにあるもののように感じます」

「パン・ケーキ宣言……、それに寒さに強い小麦と告げ知らせる者の必要……。我ら、農業の国、ペルージャンの解放……新しき歩みか……。なるほどな……、ミーア姫殿下が我らにお求めのものがようやくわかったような気がする。そして、お前たちがなにを言いたいのかもな……」

そうして、ユハルは快活に笑った。

それはいつもの卑屈な笑みではない。なんとも子どもっぽい笑みだった。

「なるほど、それは……面白い」

せっかく帝国から自由になれるというのに、ミーアの思惑に乗ってしまうことは、あまり意味がないことなのかもしれない……が、

「否、我らは自由になるのだ。ならば、過去の因縁に縛られるのもまた愚か。ならば……、ミーア姫殿下の考えに乗ってしまうのも、また一興……」

ユハル王は、久しく感じることのなかった心の高ぶりを覚えていた。

それは、幼き日に感じた悪戯をたくらむ子どものような気持ち。

「ならば、ミーア姫殿下には、やってもらいたいことができた……」

そんな父の様子に、ラーニャとアーシャは、瞳を瞬かせるのだった。

第三十一話　ミーアに巻き込まれた人々

「ここが、ペルージャン農業国……」

ガタ、ゴトと揺れる馬車の中、クロエ・フォークロードは、一面に広がる畑を眺めていた。

「すごい。見渡す限り畑なんだ……」

「我が国土に畑以外の場所はなし、というのがこの国の国是だからね」

「こんな広大な畑、初めて……」

幼い頃より、マルコについて、いろいろな国を回っているクロエだったが、ペルージャンに連れ

てくるのは初めてだった。

ペルージャンはどちらかといえば、退屈な国だ。

マルコなどは、その農耕技術を見ているだけでも興味がわいてしまうが、子どもは暇を持て余すだろうと、連れてくることはなかったのだが……。

今回の旅への同行を、クロエは強硬に願った。

先日、過労によって倒れた父、マルコが、再び無理をしないように、見張ろうというわけだ。

「別に無理をしようとは思っていないのだが……」

そもそも今回は、顔つなぎのために感謝祭に行くだけである。もちろん、良い作物があれば買い付けることもするだろうが、どちらかといえば肩の力の抜けた旅だった。

しかし、まぁ、そんなことは思ったものの、マルコは娘の同行を止めなかった。

それは、自分を気遣ってくれる娘が可愛かったから……というわけではない。いずれ娘が巻き込まれるであろう巨大な流れ……、皇女ミーアの生み出す壮大な構想にかかわることになるのであれば、食糧の輸送ルートについて、頭に入れておいて損はないからだ。

――それに、いずれは我がフォークロード商会を任せるのであれば、いろいろなところで人脈を作っておくのが肝要。幸い、ペルージャンのユハル陛下は温厚な人物だ。平民のことを見下したりもしないし、きちんと話を聞いて下さるだろう……。クロエに紹介するには、ちょうど……。

「楽しみだなぁ。ラーニャさまの感謝祭の舞……」

「……うん？」

あまりにも自然に娘の口から出た名前……、一瞬聞き逃しそうになったマルコであったが……、

「今、なんと?」

「セントノエルで仲良くしていただいているラーニャさまが、お祭りで感謝の演舞をなさるの。見に行く約束をしたのよ」

クロエはニコニコと嬉しそうな笑みを浮かべていた。

当たり前のように、ペルージャンの第三王女と友だちであると語る娘に、マルコは思わず驚いてしまう。

なるほど、確かにミーアやラフィーナ、生徒会の王子たちもそうだが、クロエの近くには、雲上人がたくさんいる。

それはもう、マルコでは会うことすら難しいような、王侯貴族がひしめき合っている。

だからまぁ、ペルージャンの姫君と、クロエが友だち関係を築いていること自体は、驚くに値しないのかもしれないが……。

むしろ、マルコが驚いたのは、クロエの交友関係の広さのほうだった。

おそらくはミーアを通して、親しくなったのだろうとは思う。けれど、きっかけがどうあれ、きちんと関係を築き、舞を見る約束までしたのだという。

これは、マルコにとって驚きだった。

クロエは引っ込み思案で、内気で……、いつでも自分の陰に隠れているような娘で……、セントノエルからたまに帰ってきた時も、それは変わらないと思っていたのだが。

――そうか、変わったんだな……クロエも。いや、大人になったということなのだろうか。

それもこれも、すべては、かの帝国の叡智、ミーア・ルーナ・ティアムーンの影響だろう。

――あの方は、クロエを、私が想像もできないような場所に連れていってくださるのかもしれない……。

子は、親を離れ、親を超えていくもの。わかってはいても、マルコの胸に、一抹の寂しさが過る。

ふと視線を上げると、クロエが心配そうな顔で見つめていた。

「お父さま、大丈夫ですか？　もしかして、具合が……？」

「いや、なんでもないよ。大丈夫だ」

まさか、娘の成長に接してしまって、ちょっぴり寂しい……なぁんて言えるはずもないわけで……、ついつい言葉を濁してしまうマルコである。が、それが逆にクロエの不安を煽ったらしい。

「お父さま、商談などは控えめにしてください。もしも、必要があれば、私が……」

などと……なんとも頼もしいことを言ってくれるクロエに、またしてもマルコはウルっとしてしまう。

「お、お父さま……？」

「ああ、いや、なんでもないよ。そうだな……、私が休んでいるわけにはいかないが、お前にも商談の様子を見せておくことには意味があるだろう」

うんうん、と頷いてから、マルコは笑みを浮かべた。

「クロエ、学校は楽しそうだな」

「え？　あ、はい……。とても充実した時間を過ごすことができています」

「そうか……」

嬉しそうな笑みを浮かべるクロエに、

――私も、そろそろ隠居を考える時が来たのかもしれないな……。

……マルコは、甘く見ていた。

ミーアに近づいた者は、誰も巻き込まれずにはいられないということを、彼は知らなかったのだ。まさか、娘だけでなく自らもまた、その流れの中に巻き込まれつつあるなどとは、思ってもみなかったのだ。

ミーアが方々にばらまいた種が芽吹き……、一つの実りをなそうとしていた。

ペルージャンの夜が今、明けようとしていた。

第四部　その月の導く明日へⅡへ続く

約束のカッティーラ

THE PROMISED CASTELLA

ティアムーン帝国の末期。

大陸を襲った大飢饉と疫病、不毛な内戦により、帝都ルナティアには殺伐とした空気が流れていた。

道行く人はみな息をひそめ、周りに殺気立った視線を送りながら歩いていく。

些細なことで喧嘩が始まっても誰も止めはしない。かといって、囃し立てたりもしない。他人への無関心と理由なき憎悪が町全体を覆っているかのようだった。

そんな帝都の雰囲気とは裏腹に、その日、地下牢には信じられないほどに穏やかな時間が流れていた。

「やっぱり、私は氷菓子が好きですね。一度しか食べたことがありませんけど、とっても美味しかったんですよ」

頬に手を当てて、柔らかな笑みを浮かべて、アンヌ・リトシュタインは言った。

「お肉を焼いたものとか、シチューとか、美味しいものはたくさんありますけど、やっぱり一番は甘いものですね」

「うふふ、気が合いますわね、アンヌさん。わたくしも甘いものが大好きですわよ」

地下牢の主、ミーア・ルーナ・ティアムーンは、アンヌの言葉に穏やかな笑みを浮かべた。

「ミーアさまは、どんなものがお好きなんですか？」

「わたくしは、やっぱりケーキが一番ですわね。クリームたっぷりの、イチゴが上にのったものが素晴らしかったですわ」

とそこで、ミーアは、なにか思い出したように、ぽん、っと手を打った。

「それから、カッティーラというお菓子も好きですわ。ペルージャンの伝統的なお菓子で、とっても甘くって美味しいんですのよ。こう、口の中でホロホロと溶けていって、すごく素敵なお味で」

ミーアは、うっとりと頬に手を当てて、とろけそうな笑みを浮かべた。

「へぇ、聞いたことないですね。そんなに美味しいんですか？」

「絶品ですわよ？　お父さまの大好物でもありますし、ここを出られたら一緒に食べましょう。その時に、あなたにも、お父さまを紹介いたしますわ。約束ですわよ？」

「え、や、私は別に皇帝陛下とお知り合いになりたくは……」

「約束ったら約束ですわ。わたくし、きちんとお礼を言わなければ気が済まないんですの」

強引なミーアに、目を白黒させるアンヌ。

それは……、ミーアが地下牢に落とされてから、まだ間もない時期のお話だった。


やがて、時は流れていき……。

ミーアの父、皇帝マティアス・ルーナ・ティアムーンが断頭台にかけられた。

アンヌがミーアのもとを訪れたのは、その三日後のことだった。

「ああ……アンヌさん……」

地下牢についた時、ミーアは呆然とした顔をしていた。が……、

「ごめんなさいね。アンヌさん。お父さまに紹介するという約束……、果たせなくなってしまいましたわ」

そうして、ミーアは寂しげな笑みを浮かべた。

「ミーアさま……」

アンヌは言葉を失う。なにかを言わなければ、と思うけれど、続く言葉が出なかった。

実際、なにが言えるというのだろう？　お悔やみを告げればいいのか？　同情してみせればいいのか？

それとも、今の世の中で人が死ぬことなんて、ありふれたことだ、と突き放せばよいのだろうか？

事実、アンヌの妹のエリスも亡くなっている。この帝国に住む者たちの中で、愛する家族を失っていない者は少ない。だから、ミーアも悲しむべきではないと？　慰められることすら許されないと？

そのように厳しく主張する者がいることは知っている。だけど、アンヌはそうは思わなかった。

ミーアはもう十分に傷ついている。だから、慰める人がいていい。そう思ったから……。

だから……。

「ミーアさま、絶対に食べましょう……カッティーラ」

「…………え？」

きょとん、と瞳を瞬かせるミーアに、アンヌは続ける。

「カッティーラ。約束したじゃないですか。一緒に食べるって」

「……なにを言い出すのやら……。そんなの、無理に決まってますわ。わたくし、ここから出ることもできませんし……。それにこんな状況じゃあ、手に入れようがありませんわ」

「それなら、私が作ります。作り方調べて持ってきます」

「そんな無茶苦茶な……。第一、それではあべこべですわ。わたくしがお礼のためにご馳走しようということなのですから……」

「なら……。そうです。私の練習台になってもらいます。弟や妹たちにカッティーラを作ってあげる、その練習台に付き合ってもらう。それでどうですか？」

　グッと拳を握りしめて、アンヌが言った。

「どうって……」

　ミーアは、一瞬、黙り込んだものの、

「まぁ、そういうことでしたら、仕方ありませんわね。特別に約束してあげますわ」

「はい……。約束、です」

　アンヌは、決意を込めて深々と頷いた。

　それからアンヌはなんとか、カッティーラを作ろうと努力した。けれど、作り方を調べるのは容易ではなかった。それ以上に、砂糖も小麦粉も、一市民であるアンヌには、到底、手の届く代物ではなかった。日々の食事にも困るような状態だったのだ。

　結果として、アンヌはカッティーラを用意することはできなかった。

　ミーアは、そのことについて特になにも言わなかった。

　もしかしたら、忘れてしまっているかもしれない。そもそもが強引で、無茶な約束だったのだ。

　その場限りの口約束、本当にできるなんて、まったく思っていなかったのかもしれなくって……。

　けれど、ミーアの最期の言葉が「ありがとう」だったから……。

　ただただ純粋な、お礼の言葉だったから……。

　アンヌは思ってしまったのだ。

　自分は、この「ありがとう」に応えられるような働きをしたのだろうか？　と。

ほんの一瞬だけ……、そう思ってしまって……。


アンヌ・リトシュタイン。

帝国革命時、最後の日までミーアのそばに付き添った女性の、唯一の心残りがそのことだった。

それは、アンヌの魂に刻まれた後悔の記憶……。果たされることなく消えた、他愛もない約束の記憶。


そして、時は流転して……。


「ん……うん？」

朝……。まぶた越しに見る明るい日差しに、アンヌはまどろみの時を抜け出した。

「ん……うぅん……」

大きく伸びをしつつ、目を開き……違和感。

「なんだか、目の前が歪んで見えるような……」

不思議に思い、目元をこすってみて、アンヌは愕然（がくぜん）とした。

なぜだろう、彼女の瞳には涙が浮かんでいた。

理由はわからないのに、チリチリと、小さく胸が痛んだ。なんだか、すごく悲しい夢を、見てしまった気がした。

「う……うーん、むにゅ……。もう食べられませんわ……」

ふと、声のほうを見ると、ミーアが能天気な顔で眠っていた。にまにま笑った口元には、薄っすらと涎がついていた。

「ミーアさま……」

なぜか、その顔を見て、ホッとする。

そして、そんな自分にアンヌは戸惑った。

理由がまるでわからなかったから。だって、昨日までごく普通に過ごしていて、その傍らにいて

……、だから、ミーアがそこで平和そうな顔で寝ているのは当たり前のことで……。

なのに、それが、泣きたいほどに幸せなことのように思えてしまって……。

「ん……ぅん？」

っと、ミーアのうめき声が聞こえた。

やがて、ううぅん、っと伸びをしてから、ミーアが起き上がる。

「ああ、アンヌ……。おふぁよう。ふわぁ」

目元をこすりこすり、ふわぁあ、っとあくびをもう一つ。それから、アンヌのほうを見つめて

……ミーアはギョッと驚いた顔をした。

「あ、アンヌ、どうしましたの？　そのように泣いて……なっ、なにか、つらいことでも……」

アワアワと慌てるミーア。それで、ようやくアンヌは気付く。自分の目に、再び、涙が溜まっているということに。

「いえ、なんでもありません。大丈夫ですから」

「で、でも、あなたがそんな風に泣くなんてただごとではありませんわ。なにかあったのでしょう？　誰かに意地悪されたとか……。あっ！　まさか、クソメガネ……じゃない、ルードヴィッヒに厳しいことを言われたとか!?　もし、そうなら蹴りを入れて成敗してやりますわ。ふんっ」

しゅっしゅっと蹴りの素振りを始めるミーアに、アンヌは首を振ってみせた。

「いいえ、本当に、大丈夫ですから。なんでもありませんから」

「でも……」

なんだか、ものすごーく心配そうな目で見られてしまって……、アンヌは思わず苦笑いを浮かべる。

「ちょっとだけ、悲しい夢を見ただけなんです」

「夢……？　ふむ……、家族と長く離れることになったからかしら……。寂しい思いをさせてしまって、申し訳ないことをしましたわ」

などとつぶやいていたミーアだったが、不意に、ぽこん、っと手を打った。

「あ、そうですわ。ここはペルージャンですし、ちょうどいいかも……」

なにかを思いついたのか、ニコニコ笑みを浮かべてから、

「アンヌ、お詫びというわけではございませんけれど、今日は一日自由にしていただいて構いませんわ」

「え……？　どうしてですか？」

「それはその、えーと……、そう。わたくしは、少し、ユハル陛下とお話がございますの。だから、ゆっくり休んでちょうだい」

そんなことを言われてしまった。アンヌとしては、むしろ、ミーアのそばに控えていたい気分だ

ったのだが……。

「大丈夫ですわ。わたくしなら一人でどうとでもなりますわ。気にせず、ゆっくり静養してくださいまし」

労わるような、優しい笑みでそう言われ、さらに「これで美味しいものでも……」などと金貨を渡されてしまっては、無下にできるはずもない。

「わかりました。それでは、のんびりさせていただきます」

そう言って笑みを浮かべるアンヌに、まだ、心配そうな顔を見せるミーアだった。


さて、ミーアと別れて町に出たアンヌは……、途方に暮れていた。

「どうしようかな……」

ペルージャンの首都、黄金の天の農村は、明るい活気に包まれていた。年に一度の収穫祭、さらに、ミーアとラーニャによって生み出された『黄金の坂』の興奮は、今なお、人々の心に熱となって残っていたのだ。

今年の祭りは、いつもと違い、なにかいいことが起きるのではないか……？　と、そんなソワソワした期待感が、町全体を覆っているようだった。

けれど……、

「どうしようかな。えと……」

アンヌは、時間を持て余してしまう。普段であれば、人脈作りに奔走するところであるのだが、今日はいまいちやる気が起きない。それに、お祭りの賑やかな雰囲気が、なぜか、虚しいものに感じられて……。

ミーアから渡された金貨を見て、小さくため息。美味しいものでも、と言われても、食べたいものなんて特には……。

「……あ……そうだ。カッティーラ……」

不意に、そのお菓子の名前が浮かんだ。

ペルージャンのお菓子だと、あの人は言っていた。

夢の中、とっても美味しいから、と。一緒に食べに行こうと、そう約束したお菓子。

「あの人が……。って、あの人って、誰だったっけ……？」

その顔が思い出せない。いや、そもそもが夢の話なのだ。

思い出せなくっても仕方ないことなのかもしれないけれど……。

小さく首を振り、アンヌは改めて考える。

「どんなお菓子なんだろう……？」

夢の中の出来事であるとはいえ、なんだか気になってしまって……。どこかに売っていないだろうか、と歩き出そうとした時だった。

「あれ？　アンヌさん？」

声をかけられ、振り返る。と、そこには、お付きの侍女を従えたペルージャンの姫、ラーニャ・タフリーフ・ペルージャンの姿があった。

「ラーニャ姫殿下……おはようございます」

「おはよう、アンヌさん。こんなところでどうしたんですか？　ミーアさまは？」

きょろきょろ、とあたりを見回したラーニャ。

「はい。本日はユハル陛下と会談があるとのことでしたが……」

「お父さまと？　んー……そうだったかな。ということは、もしかして、今日はお休みですか？

それとも、なにかミーアさまのご用事で？」

「ミーアさまのお許らいで、今日は一日、ゆっくりさせていただくことになりました。それで、せっかくなので、カッティーラというお菓子を食べたいと思いまして……」

とそこで、アンヌはふと思う。

夢の中では、ペルージャンのお菓子だと聞いたけれど、本当にあるのだろうか？

一瞬、不安になりかけるが……。

「ああ。カッティーラですか？　よく知ってますね。アンヌさん。あまり出回ってない品だと思いますけど……。よろしければ、ご馳走しましょうか？」

「え？　いえ、でも……」

「気にしないでください。ミーアさまの腹心に気に入っていただけたら、そのうち、ミーアさまのお口にも入るはず。そうしたら、帝国でも売れるかもしれないじゃないですか」

したり顔で可愛くウインクすると、ラーニャは自らの従者に声をかけ、

「それじゃあ、行きましょうか」

アンヌに微笑んで見せた。

案内されたのは、町の一角にある一軒の家だった。

「ここに住むテーリャは、カッティーラ焼きの名人なんですよ」

すでに使いの者が来ていたのか、着いて早々に、柔らかな笑みを浮かべるおばさんが出てきた。

「まぁまぁ、ラーニャさま、ようこそおいでくださいました」

「突然、ごめんね。テーリャ。帝国からのお客人にカッティーラを食べさせてあげたいのだけど、すぐに作れるかしら?」

「はい。お祭りに合わせて焼いたものがありますので、すぐにお出しできます。どうぞ、お入りください」

案内された部屋でテーブルにつくと、タイミングよくテーリャがそれを持ってきた。お皿の上に乗せられたのは、綺麗な焼き目のついた黄色味の強いケーキだった。

「これが、カッティーラ?」

アンヌは、そっとフォークを手に取り、一口大に切る。

——これが、あの人が一緒に食べたいって言っていた味……。

かすかに震えるフォークで、黄色いケーキを口に入れる。

甘い!

舌の上に乗せた瞬間、感じたのは、ハチミツの豊かな甘みと、鼻を抜けていく野に咲く花のような、爽やかな風味。

生地を噛むと、柔らかな食感の中に、かりりっと心地よい歯ごたえ。直後に、口の中に広がるのは焼けた砂糖の香ばしい風味だった。

「……美味しい」

それは、とても甘い甘い味だった。

ついつい、幸せな気持ちになってしまうような、甘い味だった。

……悲しいぐらいに甘い味だった。

もしも、一緒に食べられていたなら……、きっとあまりの甘さに笑いあっていたんじゃないかって……、そんなことが簡単に想像できてしまったから。

――誰だかはわからないけど……、一緒に食べたかったな……。

どうして、夢の中で会っただけの人に、ここまで気持ちを惹かれるのかがわからない。でも……。

ついつい、そう思ってしまう。

遅れて、アンヌの心に生まれたのは、強い焦燥感だった。

もう二度と、あんな思いはしたくないという想い……。もしも、あの人ともう一度会えたなら、絶対にカッティーラを用意したい、という焦り。

そのためにできることは何か……？

考えたアンヌは、やがて、一つの答えにたどり着く。それは……。

「あの……、テーリャさん、大変ぶしつけなことをお聞きしてもよろしいでしょうか？」

「あら？　なんでしょうか？」

不思議そうな顔をするテーリャに、アンヌは言った。

「カッティーラの作り方を、私に教えていただけないでしょうか？」

「ええ。もちろん、構いませんよ」

快く頷いてくれたテーリャに、アンヌはかすかな罪悪感を覚える。

なぜなら、アンヌのお願いは、それだけで終わらなかったから……。

今から言おうとしていることは、とても失礼なこと……。その自覚はあった。

でも、言わずにはいられなかった。胸の中、湧き上がる想いに背を押され、アンヌは言った。

「あの……それで、これは大変失礼なことなのですけど……、カッティーラはお砂糖を使わずに作ることってできるんでしょうか？」

なぜ、そんなことを言い出したのか、アンヌ自身にもわからなかった。

強いて言うならば、それは悲しい夢のせい。

たぶん、きっと正しいカッティーラの作り方を覚えたとしても、あの世界では役に立たないから。

あの世界では砂糖も小麦も、手に入れられないから。

あの世界でも作れるやり方でカッティーラを作ることに大切な意味があるような気がしてしまって……。

「お砂糖を使わない？　なぜ、そのようなことを……」

テーリャが首を傾げるのは当然のことだった。なんと説明したものか、悩みかけるアンヌだったが、助け舟は意外な方向から出された。

「ああ……なるほど。あの、タチアナさんって子が言っていたことが気になってるんですね？」

ラーニャがしたり顔で頷いていた。

「確かに、ミーアさまは甘いものが大好きですからね。あまり食べすぎると体に悪いかもしれませんね」

ラーニャはふむふむっと頷いてから、

「しかし、お砂糖を使わずに甘さを控え目にして、健康に良いもので作る……なるほど」

快心の笑みを浮かべた。

「それは、なかなか良いアイデアですね。では、私も協力します」

ラーニャが納得したからか、テーリャも気を悪くした風もなく、むしろ、

「新しい作り方……。考えてもみなかったけれど、楽しそうだわ」

などと乗り気になってくれた。

そんなわけで調理場を使って、新たなカッティーラ作りが始まった。

「申し訳ありません。このようなお願いをしてしまって……」

「気にしないでください。ミーアさまは、私にとっても大切な方ですから。健康でいていただかなければ困ります。それに……」

とここで、ラーニャは悪戯っぽい笑みを浮かべて、

「既存の概念を打ち壊し、新しいものを産み出そうという考え方、私は大好きです。新しいペルージャンの名物になるかもしれないですしね」

それから、気合を入れて袖まくりする。

「しかし、砂糖を使わないとはいえ、甘みがまったくないのは面白みに欠けますね。いっそ小麦ではなく、玉月麦(フルムーンコーン)を使うのはどうでしょうか?」

「玉月麦……あのターコースに使われていたものでしょうか?」

「ええ。玉月麦には一般的に小麦と呼ばれる麦よりも甘みがあります。砂糖を使わないのでしたら、こちらのほうがいいかもしれない」

それを聞き、テーリャがうんうんっと頷いた。

「なるほど。それは盲点でした」

「どういうことですか?」

首を傾げるアンヌに、テーリャは穏やかな笑みを浮かべた。

「我々、ペルージャンの民は小麦を食べません。玉月麦を主に食し、小麦はすべて輸出してしまいます。でも、カッティーラは特別な時に作るお菓子。だから、普通は上等な小麦を使って作るんです。玉月麦は、甘みがある反面、焼き上がりが少し硬い。口触りがゴワゴワする、といえばいいでしょうか。だから、ケーキなどには適さないといわれているのです」

テーリャの言葉を継いで、ラーニャが言う。

「だから、もしも、玉月麦を上手く調理して、良い舌触りのものを焼き上げることができたら、砂糖を使わない、まったく新しいカッティーラができるかもしれません。早速、やってみましょう!」

こうして、テーリャ指導の下、カッティーラ作りが始まる。

何度かのトライ&エラーの後、完成したカッティーラは、素朴な甘みのある、味わい深いものだった。

ラーニャとテーリャのお墨付きをもらったそれを持ち、アンヌは帰途についた。

「よかった。これならきっとミーアさまに喜んでいただける……」

そうつぶやき、アンヌの脳裏に違和感が生じた。

「あれ……どうして、私、ミーアさまにカッティーラを？」

ふと立ち止まり、つぶやく。

そもそも、このカッティーラを食べる約束をしたのは、夢の中の人とだ。

それもおかしな話だが、輪を加えておかしいのは、その約束が、なぜかミーアとしたつもりになっていたことだ。

「突然持っていっても……、ミーアさまに変に思われてしまうかな……」

それに、気がかりなことはもう一つあった。

ミーアは甘いものに目がない人だ。それに、なんでもよく知っている人でもある。そんなミーアが、このカッティーラを知らないということは考えにくい。

にもかかわらず、アンヌはただの一度も、ミーアがカッティーラを食べているのを見たことがない。

――もしかしたら、お嫌いなのかも……。

そんな不安を抱きつつも、アンヌはミーアの元に戻った。

「ああ、アンヌ！　遅かったですわね」

部屋に戻ると、ミーアが心配そうな顔で出迎えてくれた。

「なにかあったのかと心配しておりましたのよ。いったいどうしましたの……？」

「ただいま戻りました。ミーアさま。申し訳ありません。実は、これを作っていました」

そう言って、アンヌは、試行錯誤の末に完成した特製カッティーラをミーアの前に差し出した。

「まぁ！　これは……もしかして、カッティーラ？」

ミーアは、驚いたように目を見開いて……、それから、

「うふふ、気が合いますわね」

部屋の中に置かれていた袋を持ってきた。その中には、昼にアンヌが食べたのと同じ、カッティーラが入っていた。

「アンヌと一緒に食べようと思って、用意したのですわ。やっぱり、ペルージャンといえば、これですわ」

笑みを浮かべるミーアに、アンヌはホッと安堵のため息を吐いた。

「……良かった。ミーアさま、お嫌いというわけではなかったのですね」

「え？　なぜですの？」

「ミーアさまが、カッティーラを食べておられるところ、見たことがなかったので」

「そんなことはありませんわ。むしろ大好きですわ。でも……、その……」

と、ミーアはそこで言葉を濁した。少し考え込むようにしてうつむいてから、

「……約束がありましたの。わたくしに作ってくれると言ってくれた人が、いましたの。だけど、もう、その人とは会うことができなくなってしまいましたの。だから、その約束を果たさずに、わたくしが食べてしまうことが、少し気が引けて……」

「約束……？」

その言葉にドキッとする。けれど、まさか、そんなはずはない。

だってあれは、ただの夢のはず。それに、自分はミーアと会うことだってできるわけで……。

混乱しかけるアンヌに、ミーアが声をかける。

「どうかして？」

「あ……いえ。その、もしもそのような大切な約束がおありなのでしたら、無理をしなくても……」

と、慌てて答えると、ミーアはクスクス笑った。

「それならば、自分でカッティーラを用意などいたしませんわ。それに、きっと貴女となら、あの人も納得してくれるはず、と、そう思いますの。さ、アンヌが持ってきてくれたもの、食べたいですわ」

そうしてミーアは、アンヌが切り分けてくれたカッティーラをパクリ、と一口。

瞬間、目を見開いた。

「あら……このお味は……？」

「あ、やっぱり、お気に召さなかったでしょうか？」

不安そうにつぶやくアンヌに、ミーアは小さく首を振った。

「いえ、とても美味しいですわ。普通のカッティーラより、甘さが控えめですけれど、ほんのりとした優しい甘みがとても美味しい。これはいったい？」

「実は、その……、これ、私が作ったんですけど……、お砂糖を使っていなくって、それに小麦粉も……、玉月麦の粉を使っているんです」

「アンヌが作った？　それも、普通の材料を使わずに？　それはまた、いったいなぜ、そんなことを？」

さて……、なんと答えたものだろう……。一瞬悩んだものの、結局、アンヌは正直に言うことにした。ミーアに嘘を吐きたくはなかったから。

「その……もしもなにかがあって、小麦とかお砂糖が手に入らなくなった時にも作れるようにって思ったんです」

「小麦と、お砂糖が手に入らない……」

「はい。もちろん、ミーアさまがいらっしゃる限り、そんな酷いことにはならないって、私は信じてます。でも……どうしてでしょう。そうしたかったんです……。あはは、すみません。ちょっと変ですよね」

誤魔化すように笑うアンヌは、けれど、すぐに首を傾げた。ミーアが、なんとも不思議な表情を浮かべていたから……。

それは、まるで、どこか遠い場所に思いを馳せているかのような……。懐かしい、誰かのことを、思い出してでもいるかのような……。

「アンヌさん……？」

「え……？」

ドキリと胸が高鳴る。約束……夢の中、誰かに呼ばれたのと同じ呼び方。

思い出せない誰かとの約束……。

ミーアさまとした、約束……？

けれど、その言葉が形を成す前に、ミーアが苦笑いを浮かべた。

「いえ、なんでもありませんわ。忘れてくださいまし」

それから、ミーアは残ったカッティーラを見つめながら、

「ねぇ、アンヌ……。このカッティーラ……、とても美味しいですわ。お父さまにも食べさせてあげたいのだけど、今度、帝都でも焼いてくれないかしら？」

そうして、ミーアは……、なんとも言えない笑みを浮かべた。

その瞬間、アンヌは……なぜだろう、泣き出しそうになった。

夢の中のあの人に届いた……、このカッティーラは、確かに、あの人に…………、そんな気がしてしまって……。

だから、思わず、はい……と答えそうになって…………次の瞬間……さぁっと青くなった！

なぜ、と問う必要もないだろう。

アンヌが作ったカッティーラは、砂糖と小麦がない状況でも作れるようにした、代用のものだ。とてもではないが、皇帝陛下に出せるようなものではない。

「そっ、そんな、畏れ多い……。あ、そ、そうです。それなら料理長に……」

アンヌが言い終わるのを待たずに、ミーアはぽこんと手を叩いた。

「あ、そうですわ。いっそのこと、わたくしも一緒に作るというのはどうかしら？」

ミーアは、さもいいことを思いついた、という様子で、うんうん、っと頷く。

「お父さまに食べていただいて、ああ、もちろんアベルにも、シオンにもサフィアスさんにも……、生徒会の男子たちにわたくしの料理の腕を披露して差し上げるんですの。ね、いい考えだと思わない？」

この時、遠く離れた地で二人の男が、同時に胃を押さえたという噂があるが、まぁ、それはともかく……。

「ミーアさまと一緒に作る……。それならば」

ミーアに本気で願われたなら、アンヌに断れるはずもない。

結局、押し切られる形でアンヌは、カッティーラ作りに挑むことになるのだった。

さて、後日のこと……。アンヌは皇帝陛下に呼び出しを受け、直々にお褒めをいただくことになった。

それはもう、とっても、とってーも!! 褒められた。

ついでに特別報酬として給金をいただけたので、アンヌは、その全額を家族に送ったのだという。

なぜなら……、アンヌは、もう十分に幸せだったから。

今持っている以上は余分で、それを受け取ってしまうことが、なんだか欲張りに感じてしまったから……。

——なんでだろう……、ミーアさまとカッティーラを作っただけで、すごく幸せな気持ち。

それは、悲しい夢の続きの物語。

叶わないはずだった他愛もない約束が、少しだけ形を変えて叶う……、そんなちょっぴり甘くて幸せな物語だった。

ミーアの誕生祭日記

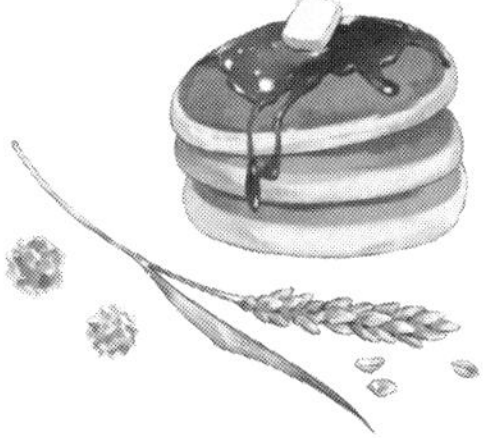

Mia's

DIARY

of Birthday Festival

Tearmoon Empire Story

十二の月　十六日

今日はわたくしの誕生祭初日。白月宮殿でのパーティー。

料理長のお料理がとても美味しかった。今年のお料理は値段を抑え目にといったのに、むしろ、例年のものより美味しく感じた。野菜ケーキは相変わらずの美味。

また、新メニューとして、甘月芋（スイートムーンポテト）のスープは特筆すべき味だった。甘みと濃厚なコクのハーモニーが絶品。文句なし。料理長の技術の粋を堪能した。

十二の月　十七日

今日は、わたくしの誕生祭二日目。町に出てみる。

途中の出店で、ミーア焼きなる菓子に遭遇。わたくしの形を模した焼き菓子だった。

中に甘いクリームが入っており、とても美味。

形が丸っこいのが業腹ながら、食べる時には、ちょうどよい分量。だから、許す。

十二の月　二十日

暖炉の前で食べる氷菓子は絶品！

十二の月　二十六日

忙しくて日記を書いている暇がなかった、かと思ったら、きちんと書いてますわね。でも、やっぱりグルメレポートみたいになってますわ。不思議なことですわ。

ここ数年の恒例になっておりましたけれど、今年もアンヌのお家に招かれてのお誕生日会でしたわ。今年は、趣向を凝らして、その翌日に、アンヌのご家族を白月宮殿にご招待しましたの。

アンヌの弟さんや妹さんたちも大喜び。エリスも原稿の役に立つって言ってましたし、よかったですわ。

これでもし仮に、大飢饉が訪れたとしても、アンヌの一家だけはお城に避難することができるでしょうし。これからも、門衛に顔を覚えさせるために、定期的にお城に呼ぶようにしておきましょうか。

それにしても、いよいよ、大飢饉がやってきますわね。

備蓄が足りればいいのですけど。考えてると不安になってきますわね。

アンヌに、甘いホットミルクを作ってもらって寝ることにしましょう。

あとがき

こんにちは、餅月です。みなさまいかがお過ごしでしょうか？

さて、早いものでこのお話も七巻になりました。今回はウェブ投稿時に、好評をいただいたミーアの「パン・ケーキ宣言」やペルージャン編が中心となる、グルメ・ティアムーン帝国物語となりました。ウェブに投稿した際に、小麦って素手で触るとてもかゆくなるんですよ！　と何人かの読者の方から教えていただいて「ひぃいっ！」と言いながら手直ししたのは良い思い出です。

読者の方の声を反映させつつ、エピソードを追加・修正していけるのが、ウェブ投稿小説の強みだなぁ、と改めて思わされた一件でした。

ところで、今回の巻。TOブックスオンラインストアでは、掛け替えカバーや書き下ろしSSの特典、アクリルキーホルダーと書籍のセットなど……盛りだくさんで非常に豪華なことになっております。まさか、ミーアがこのように、グッズになる日がこようとは思ってもいませんでした。感無量です。

ミーア「……しかし、ちょっと特典を豪華にしすぎではないかしら？　帝国の担当係が調子に乗りすぎて、お金を使いすぎていなければよろしいのですけど……。なんだか、次の巻あたりで、黄金のミニチュアミーア像とか、わたくしの顔が刻印された記念コインなんかを作らないか、はなはだ心配ですわ」

皇帝「ふむ……。ふむ！」

ミーア「なっ、ちょっ、お父さま、聞いておりましたの？　って、なにか、余計なことを考えてませんこと？　財政が厳しいというのに」

皇帝「なにを言うか。私は余計なことなど何も考えていないぞ。そもそも、財政が厳しいというのは、貨幣が少ないということではないか。とすれば、ミーアの肖像画が刻印された記念硬貨を大量に作れば、その分、使える分の金が増えるということになるではないか。ミーアの肖像が入っていれば、銀貨とて金貨と同じ価値を持つようになるではないか！」

ミーア「なるほ……ど？　はて……？　それは、お父さまにしては案外、妙案なような……ふむ」

この後、クソメガネから、経済の何たるかを教え込まれてしまうミーアなのであった……。

そんな、経済の勉強をしたつもりにもなれるような、そうでもないような、ティアムーン帝国物語、第七巻でした。あ、ちなみに第八巻のＴＯブックスオンラインストア特典は、黄金のミーア巨像級の価値があるオーディオブック特典になっています。こちらもぜひチェックしてみてください！

ここからは謝辞です。

Ｇｉｌｓｅさん、可愛いイラストをありがとうございます。掛け替えカバーイラスト、とっても素敵です。口絵もありがとうございます。

担当のＦさん、今回も諸々お世話になりました。家族へ。いつも応援ありがとうございます。

そして、この本を手に取ってくださった読者のみなさま、ミーアの冒険はもう少し（……少し？）続くかと思いますので、引き続きお楽しみいただけますと幸いです。では、また八巻で！

ベルの妄想
聖ミーア学園……とても素敵でした
とくにあのかっこいい像！
ああ「聖女ミーアと一角馬の戯れ」ですね
うっ
頭が
学校の子どもたちに聞きました
あの像は夜な夜な動き出すという噂があるって！
……え？
きっと帝国を守るために戦ってるんですよ！
さすがミーアお祖母さま!!
違いますわベル それは怪談というもので……
なるほど これを利用すれば……
ルードヴィッヒの広めた噂によりミーア像は人々に崇められるようになった
7
ティアムーン帝国物語
7巻
お買い上げありがとうございます！
もの
みず

巻末おまけ

コミカライズ　第十四話前半試し読み

Comics trial reading

Tearmoon

Empire Story

原作――餅月 望
漫画――杜乃ミズ
キャラクター原案――Gilse

はぁ
剣術大会ですの?
はい 男子たちがすごく騒いでましたわ
夏休み前の最後の週に学校を挙げて行われるとか
ご存知なかったですか?
はて……
ボッチ……
うっ
ズキッ
記憶にありませ……
剣術大会……
頭が

？
？
それで
その剣術大会では
ですね……
好きな殿方のために
お弁当を用意するのが
慣例となっている
みたいなんです
キャッ
キャッ
姫殿下は
どうされるの
かなって
へぇ
お弁……
お弁当!!
ヒョエッ
前時間軸
ドヤァァァッ!
ふふん
シオン王子
わたくしの用意した
お弁当のおかげで
優勝したって
言わせてみせますわ！
いや
必要ない
帰ってくれ

ううっ……
どうして…… わたくしこんなに豪華なお弁当を用意したのに……
ぼそ… ぼそ…
ぼそ…
いわゆるボッチ飯である
あれは…… とても……
辛かったですわ……
う――…
なっ ひっ 姫殿下
ギョッ
どうされたのですか!? だっ誰かハンカチを
いえ なんでもありませんわ 教えてくださり助かりましたわ
アホのシオンとは違ってアベル王子は紳士ですから ちゃんと食べてくれますわ そうに違いありませんわ!
にっこり
世界一美味しいよミーア姫!
アホのシオン

とりあえず
今回は事前に
約束を取り付けて
おくべきですわね…！
！
アベル王子！
ああ
ミーア姫
今日も乗馬の
練習かな？
ええ
そんなところ
ですわ

馬龍先輩が褒めていたよ
真面目に取り組んでいるって
部活動は基本的に自由参加だ
自由気ままな貴族が多い中毎日来る奴は珍しいな
あら……
姫さんもよっぽど馬が気に入ったんだろう
それは光栄ですわ
脱出手段の確保のためには乗馬技術は必須ですものね！
この差である
とりあえず今はこの馬しかいないのだが……
よければ一緒に乗って行くかね？
す
！

よろしいんですの？ではお言葉に甘えまして……
……あら？
手のひらがずいぶんと硬くなっておりますわね
さす…
んああ……
実は今度剣術大会があってね
その鍛錬で……
そうなんですの……
そういえば本国の騎士もこんな風に硬い手のひらをしていたかしら……
ドキ…

アベル王子
がんばっておられるのですわね……
あの
アベル王子
うん？
その
剣術大会の当日の……
ことなのですけれど
その……お昼のお弁当のお約束
どなたかとございますかしら？
お弁当？
いや特にはないが……
ぱ
！

それは何よりですわ
でしたらアベル王子
お昼のお弁当わたくしに用意させていただけないかしら？
え？ボクのために……？
ドキ…
ええ
アベル王子が勝てるよう精一杯のものを用意させていただきますわ
これであの時のようなボッチにはなりませんわ！
そうと決まれば後日お弁当屋にわたくし自ら注文しに行きましょう
ルードヴィッヒの横で買い付けの様子を眺めていたこともありますもの
余裕ですわっ！
と

舐め切ってアンヌにも相談しなかった結果
ちょっとその日はねぇ
受けるのは難しいですねぇ……
……
へ？
どう
どういうことですの？
まだ当日まで4日もありますわ…
繁忙期なんで1週間前には締めきっててね……
ここら辺の店はみんな手一杯だから今から追加ってのは難しいと思いますよ
わな
わな
な……

なんということですの―――!?
あ アンヌぅ!!
バァン
街の顔見知りの人たちに話を伺ってきました
なんとか…できると思います
さすがですわアンヌ!
作ってくれるお店が見つかったんですのね?
ふる
いえ それは無理でした
サーー……
一般的にお弁当は携帯性や保存性に優れた干し肉や乾燥させたパンなどなんです

島では豪華なお弁当の需要があまりないそうで……
そんな……
だから対応できるお店が少ないそうです
ででは いったい どうするんですの？
キュっ…!
作りましょう
……へ？

私もお手伝いしますから
ミーアさまご自身が
アベル王子のお弁当を
作るんです
食材は既に
手配してきました
作る!?
わたくしが
ですの？
わたくし
お料理なんて
したこと……
いいですか
ミーアさま
民衆の間では
夫のために妻が作った
お弁当のことを
「愛妻弁当」と言って
喜ぶ習慣があります
そう!
男性というのは
女性に料理を
作ってもらうと
嬉しいもの
なのです!
!
そっ
そういうもの
なんですのね!
ちなみに
アンヌ……
アンヌは
お料理とか
得意なん
ですの？
ピ
タ

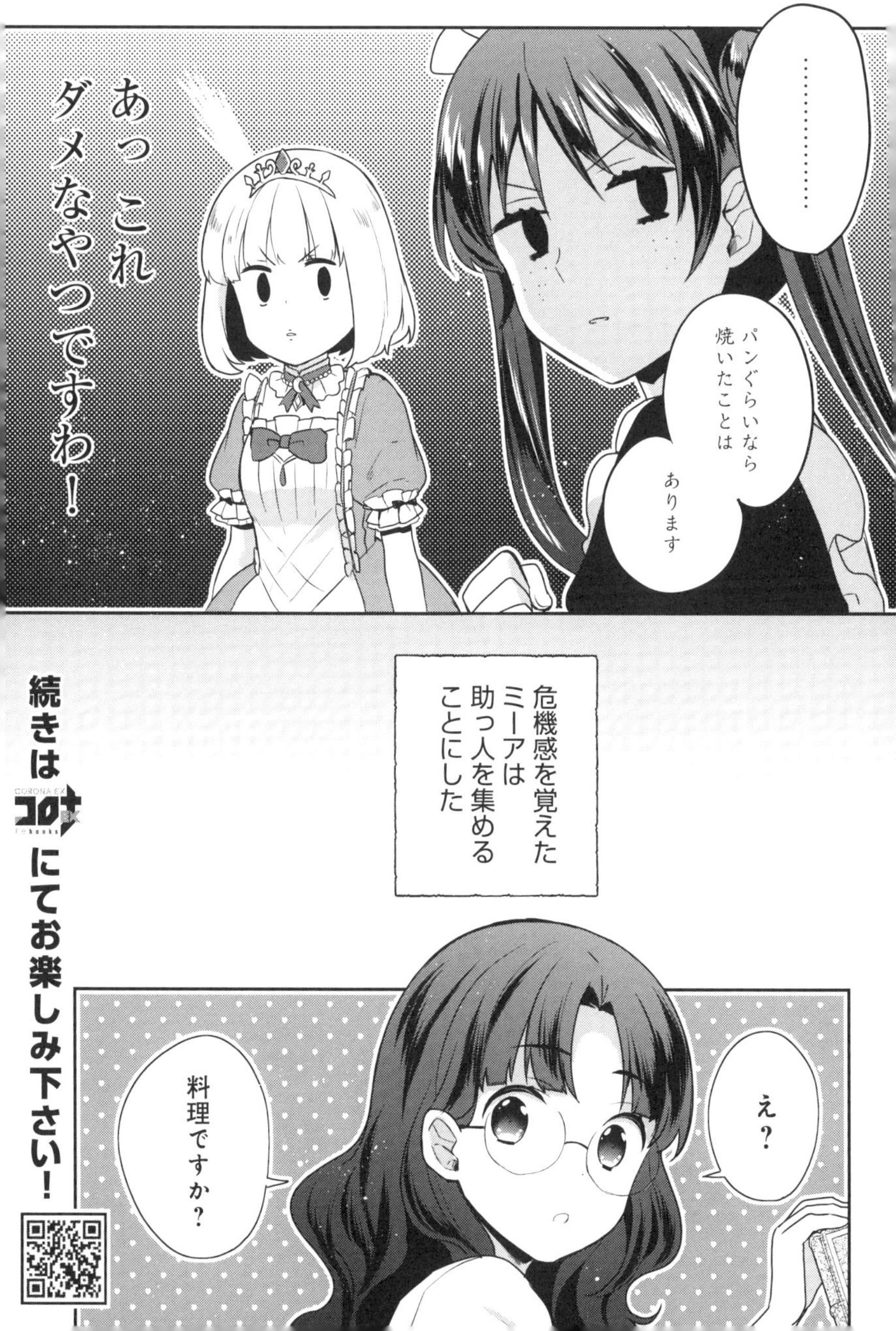
……
パンぐらいなら焼いたことは
あります
あっこれダメなやつですわ!
危機感を覚えたミーアは助っ人を集めることにした
え?
料理ですか?
続きはコロナEXにてお楽しみ下さい!

小説
第14巻
2023年
9月9日
発売!
シリーズ累計
140万部
突破!
(紙+電子)
TVアニメ放送開始!
帝国物語
餅月 望——著
Gilse——イラスト
式HPへ!
原作HP
TVアニメHP

Comics
ティアムーン帝国物語
ティアムーン帝国物語
ティアムーン帝国物語
ティアムーン帝国物語
ティアムーン帝国物語
コミックス
第7巻
2023年
10月14日
発売！
漫画：杜乃ミズ
2023年10月より
MBS・TOKYO MX・BS11にて
ティアムーン
断頭台から始まる、
姫の転生逆転ストーリー
詳しくは公

（第7巻）
ティアムーン帝国物語Ⅶ
～断頭台から始まる、姫の転生逆転ストーリー～

2021年6月1日　第1刷発行
2023年8月1日　第3刷発行

著　者　餅月 望

発行者　本田武市

発行所　TOブックス
〒150-0002
東京都渋谷区渋谷三丁目1番1号　PMO渋谷Ⅱ　11階
TEL 0120-933-772（営業フリーダイヤル）
FAX 050-3156-0508

印刷・製本　中央精版印刷株式会社

ISBN978-4-86699-180-1